Böhm – Gestern war ich tot

Gert Böhm

Gestern war ich tot

Intercultur Galerie und Verlag GmbH

Herausgegeben von der
Intercultur Galerie und Verlag GmbH

1. Auflage 1994

Umschlaggestaltung: Georg Fickenscher

Titelmotiv: Sabine Moreth

Druck: SummererDRUCK, 95119 Naila

Printed in Germany

ISBN 3-9803958-0-4

1

„Sie haben Krebs ..."

Dr. Fermann schob mit seinen Fingerspitzen die Blätter, die vor ihm auf dem Schreibtisch lagen, hin und her. Plötzlich hielt er inne und hob den Kopf. Ein paar Sekunden lang nahm er den Patienten, der ihm gegenüber saß, fest in die Augen. Dr. Fermanns Gesicht war reglos, fast maskenhaft, aber dahinter lag eine ungeheuere, düstere Bewegung. Dann unterbrach der Arzt die Stille.

„Sie haben Krebs'', sagte er mit leiser Stimme zu Klaus Kern, dem 38 Jahre alten Abteilungsleiter, der vor gut einer Woche zu einer Routineuntersuchung zu ihm gekommem war. „Lymphdrüsenkrebs.''

Der Mann wurde kreidebleich. Sein Herz klopfte ihm bis zum Hals.

„Krebs - unmöglich. Das kann nicht sein, Dr. Fermann, da muß eine Verwechslung vorliegen. Ich bin gesund, mir fehlt absolut nichts. Ich bin doch nur zur Untersuchung hergekommen, weil mir zwei Arbeitskollegen dazu geraten hatten - die machen das auch jedes Jahr einmal. Ich war doch gar nicht krank. Mein Gott - das ist ausgeschlossen! Da muß im Labor etwas vertauscht worden sein, vielleicht hat man meinen Befund mit einem anderen verwechselt, wahrscheinlich sind ganz fremde Werte in meine Unterlagen hereingerutscht.''

Kerns Augen hingen an den Lippen des Arztes, als wollte er von dort die rettende, aufklärende, beruhigende Nachricht erhalten. Sie müssen sich doch jetzt öffnen, dachte er, müssen sagen, daß auch er, der Mediziner, diesen grauenhaften Laborbefund nicht glaubt. Der Arzt sollte doch, verdammt nochmal, feststellen, daß alle anderen Untersuchungswerte das völlige Gegenteil ergaben und daß nach ärztlichem Ermessen tatsächlich nur eine Verwechslung im Labor möglich sein konnte. Auch der Gesamteindruck, den Dr. Fermann von seinem Patienten haben mußte, konnte nach Kerns Meinung nur positiv sein - halt so, wie man es von einem Achtunddreißigjährigen, der nie an schweren Krankheiten gelitten hatte, erwarten durfte.

Dr. Fermann schob wieder die mit Zahlen und Formeln vollgeschriebenen Blätter hin und her. „Ich habe zuerst auch gedacht, daß der Befund falsch ist, das kann ja vorkommen'', sagte der Mediziner, „schließlich machen Sie einen völlig stabilen Eindruck. Deshalb habe ich auch sofort mit dem Labor Kontakt aufgenommen.''

„Und?'' - Kerns Mund war ganz trocken. Er hatte Mühe, dieses eine lächerliche Wort aus der Kehle hochzubringen.

„Ein Irrtum ist ausgeschlossen.''

Der Satz kam heraus wie ein Todesurteil.

„Es tut mir leid, Herr Kern.''

Kern, der eben noch fordernd, aufbegehrend, fast aggressiv auf seinem Stuhl saß, war von einer Sekunde auf die andere zusammengebrochen. Ein Häufchen Elend: den Kopf gesenkt, mit kraftlos herabhängenden Schultern, den Blick leer.

„Muß ich operiert werden?'' Kerns Stimme klang belegt.

„Ich glaube nicht.''

Keine Operation!

Was sonst eher eine gute Nachricht für einen Kranken ist, bedeutete hier das endgültige „Aus''. Nicht mehr operieren - Kern verstand sofort, was gemeint war: Der Krebs in seinem Körper war offensichtlich schon so weit fortgeschritten, daß eine Operation keine Chancen mehr bot.

Inoperabel. Dieses Wort kam Kern in den Sinn. Sein Großvater war an Magenkrebs gestorben - und daheim wurde bei Erzählungen über ihn auch immer von „inoperabel'' geredet.

„Wie lange habe ich noch zu leben?''

„Das läßt sich nicht so leicht beantworten. Die Kollegen von der Klinik haben mir gesagt, daß Patienten in ähnlichen Fällen durchaus noch ein Jahr gelebt haben.''

„Und wie geht es jetzt weiter?'' - Aus Kerns Stimme klang Hoffnungslosigkeit. Der Schock hatte in ihm alles ausgelöscht.

Dr. Fermann nahm seinen dicken Terminkalender zur Hand. „Kommen Sie morgen um 16 Uhr vorbei. Dann sprechen wir über alles Weitere.''

Ein paar Augenblicke Schweigen. Dann erhob sich der Internist vom Stuhl und drückte Kern die Hand, länger als sonst.

„Bis morgen."

Kern ging wortlos.

Dr. Fermanns Praxis lag im Zentrum der Stadt. Zwei Ecken weiter, im Parkhaus, stand Kerns Wagen.

Kern trat auf die Straße. Unschlüssig blickte er die Straße hinauf und hinunter. Nein, das Auto wollte er noch nicht holen. Eher hatte er das Bedürfnis, ein paar Schritte zu laufen, an den Geschäften und Schaufenstern vorbei.

Er ging los.

Es war einer jener herrlichen, ersten warmen Frühlingstage: blauer Himmel, Sonne - und in dem Park zwischen Büschen und Bäumen erste Blumen, die ihre Köpfchen vorsichtig aus der Erde reckten.

Kern setzte sich in der Grünanlage auf eine Bank. Er hatte früher Tage wie diesen nie bewußt wahrgenommen. Jetzt saß er da, legte seinen Kopf in den Nacken und schaute in den blauen Himmel, blinzelte direkt in den Sonnenball, bis sich in seinen Augen alles in gleißendem Nichts auflöste. Für ein paar Sekunden hatte ihm die Sonne Farben und Formen weggeblendet.

Zwischen den niedrigen Büschen, die links von seiner Bank wuchsen, bewegte ein unsichtbarer Hauch die langen Silberfäden der Spinnen. Ab und zu ging vor ihm jemand vorbei - alte Frauen in dunklen Mänteln, Männer mit Aktentaschen, Mütter schoben den Kinderwagen.

Der ruhige, beschauliche Kleinpark mitten in der Stadt war Kern noch nie aufgefallen. Natürlich war er oft hier gewesen, aber immer so wie die Männer, die jetzt im Eilschritt mit Aktentasche vorbeihasteten.

Kern saß da und blickte aus sich heraus.

Er registrierte das Rundherum wie eine andere Welt, der er nicht angehörte: den Rasen, die Wege, die Bäume, die Menschen - und weiter hinten die ersten Häuser. Farben, Formen, Bewegungen. Nur ab und zu wurden seine Augen lebendig und hefteten sich auf eine der Gestalten, die an ihm vorbeigingen. Oder auf einen Baum, einen Silberfaden.

War diese Welt schön!

Kein Gedanke an das, was ihn bisher im Leben fasziniert hatte: Partys, Urlaub in einem der feudalen Clubs im Süden, das neue Auto, hier und da ein Abenteuer mit einer der Stuten vom Tennisclub.

Allmählich füllte sich Kerns leerer Kopf wieder mit Gedanken. Er lehnte sich auf der Holzbank zurück, breitete die Arme aus und umfaßte mit beiden Händen die Enden der Rückenlehne. Keiner der Passanten sah diesem Menschen, der sich da scheinbar entspannt auf der Bank räkelte, an, daß er über seinen Tod nachdachte.

2

Das Leben ohne Spur

Klaus Kern war als Einzelkind aufgewachsen - verwöhnt, verhätschelt. Die Eltern waren beide berufstätig, ein richtiges Familienleben gab es nur sonntags, wenn sich Vater und Mutter fein kleideten und mit dem Sohn auf's Land fuhren, um in einem der urigen Dorfwirtshäuser zum Mittagessen einzukehren. Danach ein Verdauungsspaziergang, später Kaffee und Kuchen und gegen Abend fuhr die Familie wieder nach Hause; denn zu den Fernsehnachrichten wollte Vater immer pünktlich vor dem Bildschirm sitzen.

Eine Erziehung voller Liebe und Wärme - nein, das war nicht Klaus Kerns Kindheit. Solche frühen Erlebnisse und Erfahrungen, die einen jungen Menschen auf guten Gefühlen allmählich ins Leben geleiten, wurden Klaus Kern nicht mitgegeben.

Dabei hatte der Junge durchaus nicht den Eindruck, daß ihm etwas fehlte. Er behauptete sich unter den Gleichaltrigen, weinte und klagte nicht - es ging ihm nichts ab. Er ließ wenig an sich heran und ging seinen eigenen Weg.

Kern hielt sich natürlich nicht für einen Außenseiter - im Gegenteil. Hunderttausende wurden ja in dieser Nachkriegszeit ähnlich erzogen: gefühlskalte Zeitgenossen, intelligent und egoistisch.

Und jetzt hatte er noch ein Jahr zu leben!

Kern fühlte sich absolut gesund. Nichts tat ihm weh, er war sportlich gut durchtrainiert. Zweimal in der Woche spielte er Tennis, einmal Squash, hinterher Sauna. Und Kegeln! Diese zwei Stunden jeden Freitag abend strengten nicht an, eher ein Altherren-Vergnügen, bei dem der wichtigste Teil nach der letzten Kugel begann - bei Bier, Schnapsrunden, Witzen und den Weibergeschichten, die die Kegelbrüder zum besten gaben. Aber immerhin - er bewegte sich, schwitzte mehrmals in der Woche und fühlte sich hinterher immer pudelwohl.

Seine Arbeit schlauchte ihn schon. Aber bitte: Wo gibt es für einen Achtunddreißigjährigen den gutbezahlten Job, ruhig und ohne Streß?

Müßig für Kern darüber nachzudenken - er hatte nach dem Abitur seinen eigenen Weg eingeschlagen: Kaufmannslehre in einer angesehenen Großhandelsfirma am Ort, gute Prüfung, nicht überragend zwar, aber immerhin. Dann verdiente er sein erstes Geld - genug, um davon als junger Mann gut leben zu können. Essen kostete ihm daheim fast nichts, und schmecken tat's bei Muttern sowieso am besten.

Mit 23 zog er von daheim aus. Er mietete ein kleines Appartement am Stadtrand - schon wegen der Mädchen, die er ja schlecht mit in die elterliche Wohnung nehmen konnte. Ein gebrauchtes Auto, ein paar schicke Klamotten

- dann wurde das Geld auch schon knapp. So kam ihm sehr gelegen, daß eine Keramikfabrik, die nur fünf Kilometer von der Stadt entfernt war, ihm anbot, beim Verkaufsleiter als Assistent anzufangen. Kern hatte zwar von Keramikgeschirren und deren Produktion keine Ahnung, aber er verdiente dort ein Fünftel mehr als in seinem alten Job - und sagte zu.

Die Arbeit machte ihm Freude.

Er kapierte schnell, worum es ging. Das Geschäft lief wie geschmiert, der Inhaber war zufrieden - vor allem mit der Verkaufsleitung, die für Umsatz sorgte. Und zur Verkaufsleitung gehörte halt Kern. Er hatte Rückenwind.

Sein Chef, der mit einer Handvoll Außendienstmitarbeiter den Inlandsverkauf leitete, war ein Haudegen aus dem letzten Krieg. EK 1 und EK 2, Verwundetenabzeichen. Er trug die Orden natürlich nicht am Rockaufschlag zur Schau, aber jedermann wußte es. Und der Verkauf war auch eine Art Krieg:

Nahkampf mit Künstlern und Kunden, Verwundete in den eigenen Reihen, wenn das Soll nicht erfüllt wurde - und Ehrungen natürlich. Statt EK 1 und EK 2 hatten die Auszeichnungen in der Verkaufsschlacht andere Namen: Prämien, Tantieme, Titel.

Kern konnte sich schon nach zwei Jahren ein neues Auto kaufen.

Er verstand sich gut mit seinem Chef. Er richtete sich nach dem Prinzip, daß der Ober den Unter sticht - so gab es keine Probleme. Weder mit dem Chef noch mit anderen Mitarbeitern und Kollegen.

Ein flottes Auto, immer saloppe Kleidung, mit 28

Handlungsvollmacht in der Firma - Kern war inzwischen wer in dieser Kleinstadt! Bei den Mädchen, im Betrieb und in der Disco stand ihm, dem gutaussehenden Aufsteiger, alles offen. Aber er wollte keine feste Beziehung eingehen. Warum sich dieses schöne, freie Leben verderben durch Heirat, Kinder, knappes Geld!

Dann trat Gabriele in sein Leben. Sie war 28, genauso alt wie er selber. Eine schlanke, schöne dunkelhaarige Frau, den Kopf voller Wasserwellen. Die beiden hatten viel gemeinsam: Tennis, englische Krimis im Kino, vergammelte Sonntage, knusprige Hähnchen und Urlaub am Meer, in der Sonne. Als Gabriele ihm eines Tages eröffnete, daß sie ein Kind erwartete, gab es für ihn kein Geziehe und Gezerre.

„Okay'', sagte Kern, „dann wird eben geheiratet.''

Die Hochzeit fand im kleinen Kreis statt. Bis auf die jungen Frauen, die Klaus Kern selber gern zum Manne gehabt hätten, waren alle der Meinung, daß die beiden gut zusammenpaßten. Gabriele blieb weiter in ihrem Beruf als Halbtagssekretärin in einer Versicherungsgesellschaft am Ort. Sie zog zu Kern in das Appartement - bis das Kind zur Welt kommen sollte, wollte sich das junge Paar allerdings um eine größere Wohnung kümmern. Aber dazu kam es nicht: Nach einer Erkältung im fünften Monat verlor Gabriele Kern ihr Kind. Große Trauer kam jedoch nicht auf - es war halt kein Wunschkind. „Kopf hoch'', tröstete Klaus sie, „wir sind noch jung. Beim nächsten Mal klappt's bestimmt...''

Durch seinen Beruf mußte Kern in dieser Zeit viel im Land umherreisen und Kundenbesuche machen. Er war mittlerweile als Nachfolger für seinen Chef vorgesehen, den Verkaufsleiter, der in drei Jahren ausscheiden wollte. So legte er sich mächtig ins Zeug. Das war die Chance seines jungen Lebens. Er war oft die ganze Woche mit dem Auto unterwegs, schlief in Hotels - und manchmal nicht allein.

Erst plagte ihn noch das schlechte Gewissen, wenn er heimfuhr zu Gabriele, aber mit der Zeit verstummte diese innere Stimme. Die Gewohnheit half ihm auch hier über die anfänglichen Gewissensbisse hinweg. Bald schon fühlte er sich nicht einmal mehr schlecht - im Gegenteil: Das Leben, wie er es jetzt führte, gefiel ihm! Daheim eine hübsche Frau, wo er sich an den Wochenenden geborgen fühlen konnte, mit der er Tennis spielte, Hähnchen aß und englische Krimis anschaute und unter der Woche tagsüber gute Geschäfte, abends Erfolg bei den Frauen. Kern genoß sich und sein Leben, bis - ja bis er erfuhr, daß Gabriele ihn betrog. Eine anonyme Frauenstimme hatte es ihm eines Abends am Telefon gesagt: „Sie setzt Ihnen Hörner auf.''

Klaus Kern war allein in der Wohnung. Gabriele ihn betrügen? - Ausgeschlossen. Aber der Zweifel nagte, Wut und Eifersucht kamen hoch.

Er ging ins Schlafzimmer und durchwühlte Gabrieles Handtaschen nach irgend etwas Verdächtigem. Nichts, nichts, nichts...bis er den Brief in Händen hielt, der in Gabrieles rechter Manteltasche steckte. Im roten Mantel, ausgerechnet in dem, den er ihr zum 28. Geburtstag geschenkt hatte - den Gutschein zumindest, weil er damals arg unter Zeitdruck gestanden hatte.

Klaus riß den Brief aus dem offenen Kuvert. Zwischen

blumigen Komplimenten, wie sie eher in Groschenromanen vorkommen, stand der Satz, der Klaus das Blut aus dem Kopf trieb: „...und danke ich Dir für diese Nacht, die ich nie vergessen werde.'' Unterzeichnet mit einem großen F, dahinter ein Punkt.

Als Gabriele heimkam, machte Klaus ihr eine Szene. Gabriele stritt nichts ab. Sie erklärte ihm, daß sie vom Leben mehr erwarte als einen Wochenend-Mann, Abende allein vor dem Fernseher, Tennis und Hähnchen. Dazu sei sie zu jung. Draußen sei das Leben und dahin werde sie zurückkehren. Basta, ade!

Die Ehe fand ein kurzes, fast schmerzloses Ende. Die beiden 29jährigen entließen sich zurück in die Freiheit. Kern fädelte sein früheres Leben sofort wieder an jenem Punkt ein, an dem er es wegen seiner Verbindung mit Gabriele unterbrochen hatte. Er war rasch wieder der begehrte Mann in der Stadt, inzwischen noch erfolgreicher, ein Kleinstadt-Manager eben. Seine Chancen bei Frauen waren noch größer geworden - und Klaus Kern nutzte sie weidlich.

Nach drei Jahren ging sein Chef etwas eher als geplant in den Ruhestand. Kern erhielt Prokura und wurde Chef für den Verkauf im Inland. Die örtliche Zeitung brachte von dieser Beförderung im Lokalteil ein Foto, auf dem der Inhaber der Keramikfabrik und sein frischgebackener Prokurist mit einem Glas Sekt auf eine gute Zukunft anstießen.

Klaus Kern stand mittlerweile im 33. Lebensjahr. Doch kaum hatte er seine neue Position angetreten, gab es Schwierigkeiten im Markt. Eine Wirtschaftsflaute begann.

Die Umsätze, für die Kern verantwortlich war, fielen zurück. Es gab ersten Ärger mit dem Inhaber der Fabrik, mit Außendienstmitarbeitern und mit Kollegen in der eigenen Verwaltung. Kern, der sich vorher immer mit dem Erfolg identifizieren ließ, wurde jetzt mit Mißerfolg identifiziert.

So verflog die Zeit.

Vier, fünf Jahre waren verstrichen, ohne daß Kerns Leben eine Spur hinterlassen hatte. Die zähe Arbeit, das viele Umherreisen, die flüchtigen Nachtbekanntschaften, seit zwei Jahren schon keinen Urlaub mehr, weil das Geschäft den ganzen Mann forderte. Er spielte wohl noch Tennis, ein wenig Squash, ging in die Sauna, ließ sich einmal pro Woche massieren, aber sonst schien Klaus Kern zwischen seinen selbst gewählten Mühlsteinen zerrieben zu werden. Und vor zwei Wochen hatten ihm Kollegen im Betrieb gesagt, daß sie sich seit ihrem 40. Lebensjahr einmal pro Jahr von einem Arzt gründlich untersuchen ließen, um festzustellen, ob die Gesundheit noch in Ordnung war. „Check up'' nannten sie es - und empfahlen es dringend auch dem gestreßten Klaus Kern. „Schon wegen der Prostata'', sagte der Produktionsleiter und zwinkerte mit den Augen. „Das ist für Nichtschwule zwar ein komisches Gefühl, wenn dir der Arzt mit dem Zeigefinger im Hintern rumfingert, aber du weißt dann wenigstens, daß du gesund bist.''

Kern verspürte eigentlich keine Lust, eine solche Generaluntersuchung über sich ergehen zu lassen. Er fühlte sich fit, von schlechtem Schlaf einmal abgesehen. Und gegen harte Arbeit gab es sowieso keine Medizin.

Aber dann entschloß er sich doch. Er rief Dr. Fermann an, den er vom Tennisclub kannte und der als Internist den besten Ruf genoß.

Die Untersuchung dauerte vier Stunden. Alles wurde abgecheckt: Kopf, Wirbelsäule, Reflexe, Blut, Urin, wieder Blut, Herz - und natürlich auch die Prostata. Vier Tage nach der Untersuchung sollte Kern bei Dr. Fermann anrufen.

Kern tat es - und hörte am Telefon zu seiner Verwunderung, daß man aufgrund der Blutanalysen „noch einmal genauer nachsehen'' müsse.

„Sie sollten für ein paar Tage in die Klinik gehen. Es ist nur zur Untersuchung'', erklärte ihm Dr. Fermann.

Kern war sehr beunruhigt.

„Die haben in Ihrem Blutbild was gefunden, das ist offenbar nicht in Ordnung. Es könnte eine Unterfunktion der Schilddrüse sein, eine beginnende Gelbsucht...in der Klinik werden sie es schnell herausgefunden haben'', sagte Dr. Fermann. Er hatte offenbar in der Klinik schon alles in die Wege geleitet und Kern, der sonst bei seinen Geschäftsterminen um jede Minute feilschte, sagte sofort zu.

Er meldete sich für ein paar Tage in seiner Buchhaltung krank und legte sich in die Klinik. Legte - das war allerdings nicht das richtige Wort. Er wurde ständig hin- und herbugsiert, von einer Station in die andere, immer den feinen, unverwechselbaren Krankenhausgeruch in der Nase - und nie wissend, was eigentlich geschah und warum. Dauernd wurde Blut gezapft, irgend etwas in die Ader am Unterarm injiziert, dann wieder abgezapft und ein paarmal lag er unter einem tunnelartigen Apparat, angeschnallt - ein unangenehmes Gefühl. Gerade diese Prozedur, die ohne jeden Schmerz ablief, bereitete Kern Unbehagen, fast Angst. Dieses Hineingeschoben werden wie ein Torpedo, ohne daß er sich bewegen konnte - es war immer auf die gleiche, unergründliche Art unangenehm und beängstigend.

Kern atmete auf, als er nach fünf Tagen die Klinik wieder verließ. Die Untersuchungen waren offensichtlich abgeschlossen. Er sollte sich, sagte ihm der leitende Klinikarzt, in zwei bis drei Tagen bei seinem Hausarzt melden. Der würde mit ihm alles weitere besprechen.

Diese Besprechung hatte Kern soeben hinter sich gebracht.

Jetzt saß er auf der Parkbank und überlegte. Ein Jahr Zeit - das war verdammt wenig.

Kern begann, über sich und diese elende Krankheit nachzudenken. Aber er hatte keinen klaren Kopf. Zu sehr beschäftigte ihn die unmittelbare Nachricht vom Tod, und er war nicht in der Lage, Ordnung in sein Hirn zu bringen. Alles schwirrte durcheinander und Kern saß wie betäubt auf der Parkbank. Er wollte nicht glauben, daß mit nur 38 Jahren seine Zeit auf dieser Welt abgelaufen war. Wo blieb denn da die Gerechtigkeit, wo lag der Sinn in so einer schrecklichen Vorstellung vom nahen Ende! Wenn es einen Gott gab, ging es Kern durch den Kopf, dann durfte er doch so etwas nie und nimmer zulassen - mitten im Leben!

Kern klammerte sich auch immer noch an den Gedanken, daß die klinische Diagnose vielleicht doch eine Täuschung war, ein Irrtum, auch wenn Dr. Fermann das für ausgeschlossen hielt.

Kern beobachtete die Menschen, die an ihm vorbeigingen. Er verglich sich mit ihnen, die gesund waren und nicht so einen grausamen Schicksalsschlag erlitten hatten wie eben er selbst. Schlimmer noch als die Tatsache, daß er innerhalb eines Jahres sterben mußte, war für Kern einfach das Wissen um diesen Tod. Manchmal hatte er schon früher darüber nachgedacht, wie er denn eines Tages wohl sterben würde - unangenehme Gedanken waren das, immer verbunden mit Furcht und einem grausigen Gefühl über das Wie und Wo. Aber jetzt war das völlig anders. Daß seinem Leben jäh ein Ende gesetzt werden würde, war für Kern unfaßbar. Wie das Kaninchen vor der Schlange fühlte sich Kern: ohnmächtig gegenüber dem Schicksal, ausweglos in seiner Lage und ohne Kraft, sich dagegen aufzubäumen. Was war Kern in seinem Beruf für ein hartgesottener Mann, nie hatte er aufgegeben - und jetzt?! Er war nicht einmal fähig, seine Gedanken zu ordnen. Er hatte völlig sein Zeitgefühl verloren, sein Herz klopfte in der Brust, als ob es im nächsten Augenblick zerspringen würde. Kern fühlte sich schwerelos und bleiern zugleich. Klar wurde ihm nur eines: Er brauchte dringend ein paar Tage Zeit, um die Todesnachricht zu begreifen - verdauen würde er sie wohl sowieso nicht.

Klaus Kern erhob sich von der Parkbank. Von der alten Piuskirche schlug die Glocke viermal. Es war Mittwoch.

Er ging durch die Grünanlage Richtung Parkhaus, wo sein Wagen eingestellt war. Vor dem Parkhaus stand eine gelbe Telefonzelle. Kern betrat sie, warf die Groschen in den Münzschlitz und wählte seine Firma an.

„Kern hier'', meldete er sich bei der Vermittlung, „geben Sie mir bitte meine Sekretärin.''

„Sekretariat Kern, Sie wünschen bitte...?''

„Ich bin's, Frau Hert. Ich habe in den nächsten Tagen ein paar wichtige private Dinge zu erledigen und nehme bis Montag Urlaub. Falls was ganz Wichtiges im Geschäft sein sollte - Sie können mich daheim erreichen. Aber nicht mit irgendeinem Kleinmist... Alles klar? - Dann bis Montag.''

Kern legte den Hörer auf.

Soeben hatte er die erste Handlung für seine letzten Monate vollzogen.

An der Kasse zahlte er seinen Parkschein, fuhr mit dem Lift zwei Etagen hinauf und setzte sich in den Wagen. Ein paar Sekunden lang dachte er über seinen Tod nach, dann drehte er den Zündschlüssel und ließ den Motor an. Halb in Gedanken beim Krebs, halb im Straßenverkehr fuhr Kern durch die Stadt zu seiner Wohnung. Er ließ das Auto auf der Straße stehen und ging zu seinem Appartment in den ersten Stock hinauf.

Im kleinen Wohnzimmer auf dem gläsernen Tisch standen ein paar Flaschen: Cognac, Aquavit, ein Magenbitter, Birnengeist... Kern nahm die Cognacflasche, holte aus der Vitrine ein bauchiges Glas und goß sich einen Dreistöckigen ein. Den brauchte er jetzt.

Er setzte sich bequem in den Ledersessel und zog das Glas zu sich. „Auf dich, Klaus Kern'', sagte er zu sich selber und nahm einen Schluck.

Aber seine Gedanken landeten schon wieder bei der

Krankheit. Durfte er denn überhaupt noch Alkohol trinken bei Krebs? Oder verkürzte das etwa seine Restzeit? Morgen bei Dr. Fermann wollte er es erfragen - und vieles andere auch. Denn er mußte ja schließlich wissen, wie er sich bezüglich der Krankheit zu verhalten hatte, um das Unheil nicht noch durch falsches Essen und Trinken zu verschlimmern. Mein Gott, die Schmerzen! An die hatte er noch gar nicht gedacht - sie sollen, wie er gehört hatte, bei Krebs im Endstadium fürchterlich sein.

Kern merkte an solchen Überlegungen, daß seine Zukunft im Augenblick noch völlig im dunkeln lag. Aber deshalb hatte er sich ja die vier Tage bis Montag frei genommen. Da wollte er über alles nachdenken, wollte planen, Schritt für Schritt - sein zwölfmonatiger Lebensrest durfte keine Denkfehler und keine Zeitvergeudung mehr enthalten.

Jetzt, mit dem Cognacglas in der Hand und der Todesnachricht im Kopf, war er nicht in der Lage, Pläne zu schmieden. Es riß ihn hin und her zwischen Verzweiflung und dem Versuch, sich zu ordnen und einen klaren Gedanken zu fassen. Da war im Innersten eine kaum wahrnehmbare, leise Stimme der Hoffnung, daß er am Ende vielleicht doch nicht sterben würde - und dann tauchte Dr. Fermann auf und löschte solche Gedanken abrupt aus. Kern stürzte in sein eigenes Mitleid, aus dem er sich nach Sekunden wieder herausholte, mit einem bewußt in den Kopf geschobenen Gedanken über seine allernächste Zukunft: was er zuerst tun mußte, was danach, aber im Nu war sein Kopf wieder leer, weil Verzweiflung und Angst alles Logische herausschwemmten.

Klaus Kern fühlte sich in ein leeres Zimmer eingesperrt - und die einzige Tür hatte innen keinen Griff zum Öffnen.

Als er ins Bett wankte, war die Cognacflasche halbleer.

3

Lebensplan für ein Jahr

Am nächsten Morgen wachte Kern gegen neun Uhr auf. Es ging ihm miserabel. Die Nacht nach dem grausamsten Tag seines Lebens und der Alkohol machten den neuen Tag zum Martyrium. Was er gestern wie einen Schock aufgenommen hatte, war jetzt ohne Betäubung in seinem Bewußtsein vorhanden. Wie ein Messer steckte ihm die Todesnachricht im Hirn - alles andere verschwand im Nichts. Nur diese Todesbotschaft existierte in Kerns Kopf und ließ keinen anderen Gedanken zu.

Kern duschte sich, schlüpfte in den Bademantel, seifte sich den Bart ein und rasierte sich, rieb sich Creme in die Haut - ein Ritual, das ihn jeden Morgen in den Tag hineinführte. Das erhoffte sich Kern auch heute, aber er bekam den Gedanken an seinen baldigen Tod nicht aus dem Bewußtsein. Er zog bequeme Freizeitklamotten an, damit er sich wenigstens einigermaßen wohl fühlte bei der geplanten Denkarbeit über seine Zukunft, sofern man diesen lächerlichen Rest Leben überhaupt noch Zukunft nennen konnte. Dann ließ er heißes Wasser durch den Kaffeefilter laufen, goß sich eine Tase ein - doch auch diese Zeremonie brachte ihn nicht weg von dem Todesgedanken, der in seinem Hirn festsaß.

Kern überlegte, ob er mit jemandem über seine Situation sprechen sollte. Aber mit wem? Seine Mutter war längst verstorben, der Vater verbrachte seine Tage im Altersheim: Er wäre geistig wohl auch nicht mehr in der Lage gewesen, die Situation des Sohnes zu verstehen - geschweige denn ein paar gute Ideen für die restlichen Monate des Lebens beisteuern zu können. Den Vater als Gesprächspartner konnte Klaus Kern streichen. Wen aber dann? - Ihm fiel niemand ein - darüber war Kern einigermaßen überrascht. Er hatte ja immer so viele Leute um sich gehabt: Schulfreunde, Arbeitskollegen, Frauen, die vom Kegeln... aber jetzt, da es in seinem Leben zum ersten Mal ernst geworden war, traute Kern keinem zu, daß er offen mit ihm reden konnte.

Kern hatte keinen Freund.

Sein Leben war in die entscheidende Phase getreten, er hatte über die verbleibenden Monate nachzudenken - und es gab niemanden, keinen einzigen Menschen, mit dem er darüber sprechen konnte.

Klaus Kern legte sich auf die Couch und starrte an die Decke.

Er fühlte sich allein, von allen verlassen. Wie gerne hätte er sich jemandem mitgeteilt, hätte ihm erzählt, wie schlecht er sich fühlte und hätte sich Trost gewünscht von einem, der es gut mit ihm meinte.

Ein Scheißleben ist das, dachte Kern, und Wut stieg in ihm auf. Doch zu mehr war er in diesen Stunden nicht fähig.

Kern hatte die Absicht, in den vier freien Tagen seinen

Lebensplan zu entwerfen. Aber schon der Anfang gestaltete sich kläglich, weil er keinen anderen Gedanken fassen konnte als den an seinen Tod.

Punkt 16 Uhr saß Klaus Kern auf dem Stuhl, wo er gestern sein Todesurteil entgegengenommen hatte.

„Wie geht's?'' - Blöde Frage, dachte Kern bei sich.

„Blöde Frage'', antwortete er dem Mediziner.

„Sie haben recht - eine blöde Frage.''

Nach diesem geistreichen Auftakt kam Kern zur Sache.

„Welche Behandlung ist notwendig?'', fragte er.

„Damit Sie die Behandlung verstehen, möchte ich Ihnen erst ein paar Sätze über Lymphknotenkrebs sagen.

Er hat sich bei Ihnen bisher in seiner typischen Weise - jetzt allerdings noch ganz schwach im frühen Stadium - gemeldet: kleine Knoten unter der Achsel und in der Leiste, raschere Ermüdung beim Sport, Konzentrationsschwäche, etwas weniger Kreativität als früher - eigentlich alles nur typische Signale für Streß.

Aber es ist Krebs.

Es besteht jetzt zunehmend die Gefahr, daß kleinere Infektionen wie Schnupfen, Husten, ein Durchfall, also Dinge, die sonst schnell vorbei sind, bei Ihnen länger dauern. Sie können Fieber bekommen, der Allgemeinzustand wird schlechter werden - alles klassische Symptome, wenn das Lymphsystem nicht mehr intakt ist. Ihre Abwehrkräfte im Körper werden schwächer. Das ist eine Gefahr.

Es kann aber auch passieren, daß sich einzelne Lymphknoten auswachsen bis zu Nußgröße und sich miteinander verklumpen. Diese Geschwülste können dann regelrecht in innere Organe ‚hineinwuchern' - das ist natürlich eine sehr gefährliche Entwicklung."

Dr. Fermann machte in seinen Horrorschilderungen eine Pause.

Kern sagte nichts. Er fühlte sich jetzt wieder richtig elend angesichts dieser Möglichkeiten, die für ihn ja eines Tages Realität werden mußten: in sich verklumpte Lymphknoten, die vielleicht in die Lunge hineinwuchsen... Kern löschte diese Vorstellung sofort wieder aus.

Danke!

Dagegen schien ihm die Aussicht auf permanent schwächer werdende Körperabwehrkräfte, bis man sich vielleicht an einem naßkalten Novembertag wegen einer eigentlich harmlosen Grippe für immer verabschiedete, noch ausgesprochen human.

„Wird es Schmerzen geben?", wollte Kern wissen.

„Später wahrscheinlich. Schmerzen aber, die nicht ständig da sind, sondern mal kommen und gehen. Sie treten auch nicht immer an derselben Stelle auf, sondern mal da, mal dort. Sie tauchen auf und verschwinden wieder."

„... und was geschieht jetzt?"

Fast lauernd stellte Kern diese Frage. Denn von der Antwort hing für ihn ab, wie er seinen Lebensrest gestalten konnte.

Dr. Fermann hob die Augenbrauen.

„Wir haben drei Möglichkeiten: Stahl, Strahl oder Chemie."

„???"

„Stahl bedeutet: operieren! Das hätte jetzt bei Ihnen

wenig Sinn. Aber falls eines Tages Schmerzen kommen, sollte man vielleicht die Lymphknoten-Pakete herausschneiden.''

„Und Strahl?''

„Da müssen Sie alle sechs, acht Wochen in eine Spezialklinik zur Bestrahlung. Die Bestrahlung selber ist schmerzlos - da werden die Krebszellen nur zerstört. Weh tut's hinterher, wenn der abgestorbene Müll im Körper abtransportiert werden muß.

Danach fühlen sich die Patienten aber sehr gut, wie nach einer inneren Reinigung.''

„Die dritte Möglichkeit sind wohl Medikamente?'', fragte Kern.

„Ja. Mit Tabletten kann man das Wachstum der Krebszellen eindämmen. In dem Augenblick, da sich eine Krebszelle teilt, wird sie chemisch zerstört.''

Da müsse der Patient, sagte Dr. Fermann, dreimal am Tag Tabletten schlucken - doch ansonsten gäbe es keine unangenehmen Folgen. Es passiere nicht einmal etwas, wenn man sie einmal vergaß einzunehmen, meinte der Arzt.

Kern entschied sich innerlich bereits für Chemie.

Von den drei Varianten der Behandlung, die ja wahrscheinlich alle nicht halfen, waren die Pillen wenigstens die schmerzloseste - und die mit der größten Bewegungsfreiheit für den Patienten.

Also würde Kern fortan dreimal täglich Tabletten nehmen.

„Aber Vorsicht mit dem Essen'', ergänzte der Arzt, „viel Obst und Gemüse, viel Vitamine. Überhaupt: Essen

Sie künftig nur Vollwertkost. Lassen Sie harte Getränke stehen. Ein Viertel Wein pro Tag, mehr darf nicht sein. Oder ein kleines Bier. Kaffee am besten ganz weglassen.''

Dr. Fermann erhob sich. „Meiden Sie jede Überanstrengung'', gab er Kern noch mit auf den Weg, „und falls Sie reisen wollen, dann bitte nicht in rauhes Klima, sondern eher in den warmen Süden.''

Dr. Fermann reichte Kern den kleinen Zettel, worauf in unleserlichen Mediziner-Hieroglyphen die Namen der Tabletten geschrieben waren, die Kern ab jetzt täglich zu nehmen hatte. „Und wenn irgend etwas passiert, kommen Sie bitte sofort zu mir'', sagte ihm der Arzt.

Händedruck. „Auf Wiedersehen.''

Das Gespräch mit Dr. Fermann war aufklärend und niederschmetternd zugleich. Aber das hatte Kern nicht anders erwartet. Ihm war es ja vor allem darum gegangen, die medizinischen Notwendigkeiten mit seinen persönlichen Wünschen unter einen Hut zu bringen. Und da gab es, wie sich zeigte, schon einige Möglichkeiten. Es hätte ja auch sein können, daß ihm Dr. Fermann Hoffnung auf Heilung gemacht hätte, bei strengster Askese vielleicht, ständigen Klinikaufenthalten - und er, der Kranke, befand sich im dauernden Dämmerzustand wegen der starken Medikamente oder Bestrahlungen.

Und all diese Torturen bei einer Überlebenschance von vielleicht lächerlichen zehn Prozent! Kern wäre in größte Gewissenszweifel gekommen.

Vielleicht hätte er sich dem ärztlichen Rat gebeugt und wäre dann doch nach einem Jahr gestorben, ohne sein restliches Leben so genossen zu haben, wie er es tun wollte. Das erst wäre die Vollendung seiner Tragödie geworden! Gerade 38 Jahre alt, unheilbar an Krebs erkrankt - und dann die Spanne zwischen Todesurteil und Vollstreckung auch noch vertan durch nutzlose Heilversuche, statt wenigstens das verbleibende Stückchen Leben in beide Hände zu nehmen.

Kern war Dr. Fermann dankbar, daß er so offen gesprochen hatte. Diese Klarheit über seinen Zustand und die Absage an jede Hoffnung waren die Grundlage, von der aus Kern jetzt planen konnte.

Nur keinen Fehler machen, bloß nicht irrtümlich irgendwelchen Visionen nachrennen und Lichter sehen, wo nur Nacht ist! Wenn in der Endphase, was Dr. Fermann vorsichtig angedeutet hatte, tatsächlich die Schmerzen kamen und immer heftiger und unerträglicher wurden, dann konnte er ja eine Handvoll Schlaftabletten nehmen. Das hielt Kern jetzt nach einem wilden Finale vielleicht als schönsten, sanftesten und sinnvollsten Abschluß.

Dieser Gedanke ließ Kern die kurze Lebensfrist im Augenblick sogar erträglich erscheinen.

Trotz seines elenden Zustandes zwang sich Kern in den folgenden Tagen wenigstens stundenweise, seinen Verstand zusammenzunehmen und sich über die verbleibenden zwölf Monate Gedanken zu machen. Nachdem er inzwischen wußte, wie seine Krankheit ungefähr ablaufen würde, konnte er über seine Pläne und Wünsche ziemlich konkret nachdenken; denn auf gar keinen Fall wollte er sein Leben unverändert bis zum letzten Tag im Büro und auf Geschäftsreisen verbringen - davon mußte er sich zu allererst freimachen. Nur dann konnte er noch einmal nachholen, was er nach seiner Meinung bisher im Leben versäumt hatte.

Zwischen Katzenjammer und Cognac, zwischen Hoffnung und Verzweiflung, zwischen Selbstmitleid und Wut dachte der krebskranke Mann über seine Zukunft nach.

Er entschloß sich, seinen Job zu kündigen und dann das gesamte Geld von seinen beiden Sparkonten und vom Bausparvertrag, der sowieso in zwei Monaten fällig war, herauszunehmen.

In Kerns Kopf formte sich der Plan für den Lebensrest.

Da war sein Thema Nummer eins: Frauen! Er hatte wohl nie Probleme im Umgang mit ihnen, aber es waren stets schnelle und kurzzeitige Verbindungen ohne Tiefe. Tiefe strebte Kern auch nie an - er wollte Gemeinsamkeiten. Gleiche Hobbys, keine Langeweile, englische Krimis, Hähnchen, Bett.

Tiefe - nein!

Die wollte Kern auch in seiner Endphase nicht. Er mußte sich ja sowieso in absehbarer Zeit wieder von der Frau lösen.

Kern hatte das Leben immer auf seine Art genossen.

Bei den vielen Frauen, mit denen er geschlafen hatte, konnte er in sexueller Hinsicht immer viel lernen. Jede war anders. Dennoch hatte Kern immer das Gefühl gehabt, seine Abenteuer mit Frauen waren „klein-städtischer" Art, obwohl er selber nicht genau wußte, was damit gemeint war. Ihm war nur klar, daß es außer den Erfahrungen, die er bisher gemacht hatte, noch Unbekanntes und Verborgenes gab, von dem er sich im Innersten magisch angezogen fühlte. Aus Pornofilmen und Männergesprächen wußte er davon - und er ertappte sich immer wieder dabei, daß ihn solche Bilder heimlich faszinierten.

Ja, dachte Kern jetzt bei sich, das war so ein unerfüllter Wunsch!

Allerdings konnte er diese Abenteuer wohl nicht mit seinen bisherigen Freundinnen erleben. Dazu mußte er dorthin, wo Lust und Sünde daheim waren: in Großstädten, wahrscheinlich sogar bei Huren, die dieses Geschäft verstehen, aber auf keinen Fall bei seinen Landpomeranzen.

Dann war da sein Job.

Den mußte er kündigen; denn arbeiten mochte er in der verbleibenden Zeit wahrhaftig nicht mehr! Er entschloß sich, nächste Woche zu kündigen.

Was war noch zu bedenken?

Reisen!

Fremde Länder hatten Klaus Kern von jeher fasziniert. Im Fernsehen sah er sich neben den Krimis mit Vorliebe Berichte über Expeditionen an, über fremde Kulturen, exotische Bräuche, ferne Länder und Völker. So etwas wollte er immer schon selbst erleben. Aber leider fehlte ihm bisher zum Reisen immer die Zeit. Die wenigen Wochen Urlaub im Jahr waren dringend notwendig, damit er sich körperlich und nervlich wieder erholte für die nächsten elf Monate Schwerarbeit. So blieb ihm halt bisher nur der Flug in den Süden, in die Sonne, ans Meer. Urlaub war für Kern Nichtstun, braun werden - und abends mit netten Leuten an der Bar sitzen, in Discos tanzen.

Jetzt reizte es Kern, seine sieben Sachen zu packen und in die Ferne zu reisen. Aber die Strapazen, das Unbekannte, mögliche Krankheiten, die seine Situation zusätzlich belasteten - nein, das sollte er wohl besser nicht tun. Eher reisen wie bisher, nur eine Dimension darüber: Kreuzfahrt, Luxusclub in den Tropen, Wochenendflüge in europäische Hauptstädte - jawohl, Paris wollte er sehen, Amsterdam, Kopenhagen und London. Und in den deutschen Großstädten wollte er das Nachtleben kennenlernen!

Wenn er zwischendurch daheim war, wollte er sich erholen von den Strapazen, ohne auch da völlig auf süßes Leben zu verzichten. Der Kontakt zu seinen ehemaligen Freundinnen und Gespielinnen war ja nicht schwierig, schon gar nicht unter den neuen Umständen: Er würde ein flottes Auto fahren, Geld haben - und viel Zeit.

In Gedanken begann Kern schon so zu leben. Er war dabei, sich den Traum vom freien Leben zu erfüllen. Von Geld und schönen Frauen. Keine Sorgen, keine Pflichten!

Er wollte sich ein Jahr lang das Paradies auf Erden schenken. Und wenn dann der Tod anklopfte, wollte er ihm und seinen Schmerzen mit zwanzig Schlaftabletten entkommen. Auf französisch würde er sich aus diesem Leben empfehlen.

Kern kam bei diesen Überlegungen direkt ins Schwärmen.

4

Das neue Leben

Am Montag früh ging Kern ins Büro, kündigte fristlos beim verdutzten Inhaber der kleinen Fabrik und verließ das Unternehmen.

Am Nachmittag kaufte er sich einen fast neuen Mercedes.

Zum Abendessen im französischen Bistro im Stadtzentrum fuhr er bereits mit neuem Lack und Chrom vor. Die erste Nacht in seiner neuen Freiheit verbrachte er mit Karin, der langbeinigen Besitzerin einer Boutique, geschieden, sehr attraktiv.

Das neue Leben ließ sich gut an.

Den Dienstag benutzte Kern, um sich einzukleiden. Weg mit dem mausgrauen Geschäftsanzügen, mit den eleganten Socken und dezenten Krawatten - und rein in Klamotten, denen man ansah, daß ihr Träger unmöglich Prokurist sein konnte! Kleider machen Leute: Klaus Kern sah jetzt genau so aus, wie es zu seinem Plan gehörte.

Ab Donnerstag bereitete Klaus Kern sein erstes Wochenende in totaler Freiheit vor. Auf seinem Konto waren 82000 Mark, in der Garage stand eine Luxuskarosse, der Kleiderschrank platzte fast vor neuen Pullovern, Hemden,

Jacken, Hosen und Schuhen - und in zwei Monaten standen bei der Bausparkasse weitere 28000 Mark zur Auszahlung an. Es konnte losgehen.

Der Startschuß fiel am Donnerstagabend um 21 Uhr in der Discothek „Bluelight". Klaus Kern war da und suchte nach einem Wochenendvergnügen. Zwischen Spotlights und Glitzer entdeckte er Sonja. Sie war äußerlich sein Typ: viel Haare auf dem Kopf, unter den Achseln und zwischen den Beinen, einen festen Busen, und aus der engen Taille wuchs ein runder Po, eine Idee größer als Normalmaß, aber genau das liebte Klaus Kern. Er hatte Sonja schon öfter verstohlen in der Sauna beobachtet, aber bis heute war er bei ihr ohne Chancen. Sonja stand, daß wußte man in der Stadt, nur auf Männer, denen ein schönes Geschenk, ein bezahlter Urlaub, ein Abendessen beim besten Italiener, nicht zu schade waren. Für Kern saß Sonja bis heute unerreichbar am anderen Ufer.

Aber jetzt war das anders.

„Hallo wie geht's?"

Kern stand in der Disco an ihrem Tisch. „Darf ich Dich zu einem Schampus einladen?"

Die neuen Töne.

Klar durfte er. Beim dritten Glas fragte Kern, ob sie nicht Lust hätte auf ein gemeinsames Wochenende in den Alpen.

„Ich kenne ein Superhotel mit Tennisplätzen, Sauna, Schwimmbad, Massagen, mit kleiner Schönheitsfarm für Frauen - total ausspannen, verstehst Du?"

Sonja verstand.

Das Wochenende verlief genauso, wie Kern es sich

ausgemalt hatte.

Mit einer Lederjacke als Einstandsgeschenk für sie, mit Tennis, Sauna, Massagen - und mit zwei gemeinsamen Nächten.

Das war jetzt sein Leben.

Schade, daß beide am zweiten Abend drunten an der Hotelbar zuviel getrunken hatten, sonst hätte er Sonja hinterher noch besser genießen können.

Die nächsten Wochen gestaltete Kern in ähnlicher Weise - nur mit wechselnden Partnerinnen. Aber die Marschroute war immer gleich: ein schönes Hotel, Tennis und Sauna, gut essen. Die Wochenenden waren rosarot.

Unter der Woche trieb Klaus Kern Sport. Nicht zuviel natürlich; denn er durfte sich wegen seiner Krankheit nicht übernehmen, sonst bestand Gefahr, daß sich seine Lebenszeit erheblich verkürzte.

Tagsüber saß er in Kaffeehäusern, las Zeitungen oder hielt Ausschau nach Frauen. Abends ging er meist in seine Kneipe und diskutierte dort mit Freunden und Bekannten am Stammtisch über Gott und die Welt: Kleinstadttratsch, wie er an allen Stammtischen breit ausgewalzt wird. Kern blieb meist lange hocken, ihn drängte ja morgens kein Wecker mehr zur Arbeit. So trank er oft mehr, als er vertragen konnte, ging dann, statt den direkten Heimweg einzuschlagen, noch ein paar Ecken weiter in die Disco. Von Wein und Bier meist nicht mehr klar im Kopf, wurde Kern dann oft aggressiv und pöbelte Gäste mit schnoddrigen Bemerkungen an - junge Männer ebenso wie Mädchen. Und obwohl Kern inzwischen ein spendabler Gast geworden war, der nicht auf den Pfennig schaute, wurde er vom Discobesitzer immer häufiger ermahnt, er solle doch die Stänkereien bleiben lassen. Kern fühlte sich allerdings in solchen Situationen besonders stark und machte klar, wie er die Sache beurteilte: „Wer zahlt, schafft an - ansonsten: Klappe halten!''

Am nächsten Morgen schlief Kern immer lange in den Tag hinein.

Der Alkohol und die Nächte an Theken und Tresen bekamen ihm immer schlechter.

Drei Monate führte Kern bereits dieses neue Leben, doch allmählich wurde es ihm langweilig.

Er hatte zunehmend das Gefühl, daß sich seine Lebensbilder trotz wechselnder Gesichter und wechselnder Körper wiederholten: immer die gleiche Anmache in der Disco, der gleiche Schampus, später das Hotel, dieselbe Sauna, das Tennismatch, gleiche Hotelbar, gleiches Bett - und auch dort immer das gleiche.

Die Weibergeschichten begannen ihn zu langweilen. Nie hätte er das gedacht, zumal seine Gespielinnen hübsche, gutgebaute Frauen waren.

Im gleichen Maße, wie er sich in Gedanken schon von diesen Abenteuern löste, verstärkte sich sein Wunsch, das Leben in anderer Form kennenzulernen: nicht mehr das Normale - jetzt war es für ihn Zeit, jenen Vorstoß in Unmoral und Erotik zu wagen, zu dem er sich heimlich immer hingezogen fühlte. Das Ungewisse, Unerforschte, Unbekannte wirkte auf ihn wie ein Magnet, dessen Anziehungskraft täglich zunahm. In Kerns Gedankenwelt wurden das Perverse, das Niedrige, wurden Sünde und Lust in ihrer abartigen Form nach oben gedrückt.

Kern wechselte die Schauplätze. Jetzt fuhr er an den Wochenenden allein los: nach Frankfurt, Hamburg, Köln...

Mit seinem Geld und seinem Gespür für Geschäfte hatte Kern nirgendwo Schwierigkeiten. Schnell war er mitten in der Szene und lebte sich aus.

Er besuchte Nachtclubs, Bordells, Massagesalons. Er kaufte sich Huren wie andere Brot oder Hemden. Immer mehr, immer Wilderes wollte der todkranke Kleinstädter erleben. Da er abtreten mußte von dieser Welt, wollte er zumindest auf diesem Gebiet nicht zu kurz gekommen sein. Er wollte mehr sehen, mehr hören, mehr tun, als sich ein Kleinstädter in seinen wildesten Träumen vorstellte. Kern geriet in einen Rausch von Sinnlichkeit, den er auslebte und auskostete bis zur physischen Erschöpfung. Er dampfte die Sünde eines ganzen Lebens ein auf wenige Wochen. Tag für Tag und Nacht für Nacht jagte er nach immer neuen Variationen von Lust, Perversität, Abscheulichkeit. Kern gierte dem allen hinterher wie der ausgehungerte Hund einem Fleischbrocken. Der Kranke, der sich gesund fühlte, lebte wie ein Tier.

Um in diese Welt von Lust und Faszination noch tiefer einzudringen, wollte er seine Sinne öffnen für Wahrnehmungen, die im Normalzustand nicht erlebbar sind. Er machte Trips mit Kokain und Huren, mit „magic mushrooms'' und perversen Paaren. Sie brachten ihn fast um den Verstand - er hatte zu tun, daß er nach solchen Höhenflügen überhaupt wieder auf der Erde landete.

Aber dann wiederholten sich auch diese Bilder. Es gab kaum noch Neues. Die Wirklichkeit erschien hinter dem

Glitzer der Nacht: ernüchternde Rechnungen, Krähenfüße und Falten um die geschminkten Augen der Huren, Zuhälter mit dreckigen Fingernägeln, Neonlicht nach Kerzenschein.

Als Klaus Kern eines Morgens um fünf im Dämmerlicht aus einem Etablissement auf die Straße trat, wurde vor seinen Augen ein Dackel überfahren. Der Hund gehörte einer Dirne, mit der er einmal für eine Nacht zusammen war - von daher kannte Kern den Hund.

Zwei Meter vor ihm zuckte das Tier im Todeskampf. Es war grauenhaft zugerichtet. Nur der Kopf mit dem weichen, braunen Fell am Hals war unverletzt, der Rest des Dackels war eine einzige breiige, blutige Masse.

Die Dirne kam herbeigestürzt, warf sich über ihren Hund und schrie im Weinkrampf.

Plötzlich stand ihr Zuhälter da, riß die Frau hoch und gab dem blutigen Fleisch, das inzwischen nicht mehr zuckte, einen Fußtritt. Der Kadaver landete im Rinnstein.

Kern war übel geworden.

Er hatte das Gefühl, er müsse sich übergeben.

Scham überkam ihn bei dem Gedanken, daß auch er zu diesem Milieu gehörte.

Weg, nur weg von hier, dachte er. Raus aus diesem Sumpf! Raus aus diesem ausgebrannten Leben!

Von einer Stunde auf die andere wechselte Klaus Kern den Schauplatz.

Als er am selben Nachmittag im Auto saß und in seine Kleinstadt zurückfuhr, hatte er das Gefühl, als läge sein „Sündenfall'' nicht sechs Stunden zurück, sondern sechs Jahre. Die Szene vom jähen Tod des Hundes, der Zusammenbruch der ungeliebten Nutte, die ihr einziges anhängliches Wesen verloren hatte, die Rohheit des Zuhälters - diese Szene hatte Kerns Erlebnisse im Rotlicht mit einem Schlag ausgelöscht. Die Ferkeleien der letzten Wochen waren aus seinem Hirn wie weggeblasen.

Klaus Kern fühlte sich plötzlich frei von Laster und von Last. Nur noch die Schlußszene beschäftigte ihn - so sehr allerdings, daß er auf der Heimfahrt ein paarmal nur knapp einem Unfall entging, weil seine Gedanken beim verendeten Hund weilten.

5

Die Umkehr

In Kerns Appartement daheim war alles sauber aufgeräumt und geputzt. Seine Zugehfrau sorgte für ihn. Sie war ordentlich und zuverlässig. Klaus Kern empfand diese Ordnung gerade jetzt als wohltuend. Er ließ sich auf dem Sofa nieder und dachte nach, aber es gelang ihm nicht, die Szene vom Morgen aus seiner Vorstellung zu tilgen.

Kern legte sich, obwohl es erst 18 Uhr war, ins Bett und schlief sofort ein.

Als er aufwachte, war es draußen dunkel. Kern hatte die ganze Nacht und den ganzen folgenden Tag bis in den Abend hinein geschlafen. Jetzt erhob er sich vom Bett.

Die Frankfurter Hundeszene war nicht mehr in seinem Kopf.

Kern fühlte sich schlapp und ausgelaugt, obwohl er so lange und so tief geschlafen hatte. Aber sein Zustand war weniger eine körperliche Erschöpfung, Kern war seelisch am Tiefpunkt. Das Leben im Halbdunkel der Unmoral hatte Spuren hinterlassen. Nicht, daß ihn Gewissensbisse plagten - er war ja ganz bewußt vorgegangen! Aber das Böse zeigte Wirkung in seinem Innersten. Er hatte sich selber die Seele zerschnitten.

Kern fühlte sich allein. Plötzlich spürte er diese Einsamkeit, die ihm in den vergangenen Wochen die Sinnenlust mit fremden Fleisch und Parfum zugedeckt hatte. Ein verrücktes Gefühl: Da saß er nun in seiner aufgeräumten Wohnung, geborgen, geschützt und abgeschirmt von der roten Dämmerlicht-Welt draußen - und litt. Wie gerne hätte er jemanden bei sich gehabt, mit dem er über sich, über seine Pläne, über seine Krankheit, eben über alles reden konnte.

In Kern stiegen Zweifel auf, ob er seinen Lebensrest nicht doch verkehrt geplant hatte. Dabei war alles so logisch und klar gewesen: dieses Nachholen bisher versäumter Erlebnisse und Abenteuer, das Einsaugen letzter intensiver Genüsse, Erinnerungen und Eindrücke, das Anfüllen seiner bisher inneren Leere mit den Faszinationen dieser Welt, die voll war von Absurditäten und Geheimnissen, voll von Schönheit und Bösartigkeit.

Gerade hatte er, der Todgeweihte, angefangen, sich selber einen Sinn zu geben, und schon wurde er aus diesem rationalen Konzept herauskatapultiert. Erst die Serie von Wochenenden mit Sport und Sex, dann das Eintauchen in ein waberndes, sündiges Zwielicht der Großstädte - vier Monate seines letzten Lebensjahres hatte ihn dieser Irrtum bis jetzt gekostet.

Kern war leerer als zu Beginn seiner Reise. Und noch schlimmer: er befürchtete, daß möglicherweise auch seine weiteren Pläne genauso am Leben vorbeigingen wie das, was er bisher an scheinbar Versäumtem nachgeholt hatte. Die Kreuzfahrt in die Karibik, der Erlebnisurlaub in einem Luxusclub auf den Seychellen oder in Sri Lanka - nach seinen jetzigen Erfahrungen war sich Kern nicht mehr sicher, ob er mit diesen Träumen vom Meer nicht baden gehen würde.

Aber was denn sonst, um Himmels willen?!

Seine Zeit schmolz weg wie Schnee unter warmen Sonnenstrahlen. Ein dreiviertel Jahr hatte Kern voraussichtlich noch zu leben und sein körperlicher Zustand würde ja im Laufe dieser Zeit nicht besser werden, im Gegenteil, er würde nicht einmal gleich bleiben, sondern sich eines Tages jäh verschlechtern. Dann würden die Schmerzen kommen, die alle Reisepläne und Frauenträume zusammenstürzen ließen. Gedanken und Sinne würden dann nur noch danach trachten, das Bohren und Ziehen und Zucken im Leib zu lindern, dem gequälten und geschundenen Körper ein paar Stunden der Schmerzfreiheit zu gönnen, ihn schlafen zu lassen, ihm barmherzig zu sein im Leid.

Klaus Kern wollte seine Pläne noch einmal überdenken. Er mußte eventuell Korrekturen vornehmen, vielleicht sogar alles radikal verändern; denn so wie bisher mochte er nicht weitermachen.

Er beschloß, am Wochenende in ein Bergdorf nach Tirol zu fahren. Dort, in der Stille der Berge, wollte Kern seinem Leben eine letzte Kurskorrektur geben.

Am Freitag vormittag setzte er sich in seinen Mercedes und fuhr los in Richtung Süden.

Am Ende eines langen und warmen Sommers hatte die Sonne auch in den Alpen die Schneezungen längst weggeleckt. Nur oben auf den höchsten Gipfeln leuchtete es noch vom letzten Winter weiß herunter.

Es war ein wunderbarer Tag! Kern rollte auf der Autobahn dahin, selten drehte die Tachonadel über 120 hinaus - Geschwindigkeiten, die man in dem luxuriösen Wagen fast nicht spürte. Aus dem Stereolautsprecher drang Radiomusik, Live-Aufnahmen von Jazzkonzerten.

Draußen zog eine Landschaft vorüber, in der sich Kern wohl fühlte. Wiesen, deren sattes Grün sich unter den Sonnenstrahlen immer noch erhalten hatte, weit hinten schon Silhouetten von Alpengipfeln, die wohl erheblich höher waren als jene rechts und links entlang der Autobahn sich hinziehenden Bergketten. Kern fuhr jetzt auf der Autobahn, die im Sommer Millionen Urlauber in den Süden bringt. Er war selber schon ein paarmal zur Ferienzeit hier herunter gekommen - immer bei höllischem Verkehr, bei Staus und Hitze. Heute war wenig los auf den beiden Autobahnspuren: ein paar Pkw, einige Lastzüge.

Bei dem gemütlichen Dahinrollen durch diese Herbstlandschaft war Kern das Zeitgefühl abhanden gekommen. Plötzlich stand er an der deutsch-österreichischen Grenze.

Aus dem Wagen heraus zeigte er seinen Paß, wurde weitergewinkt, das gleiche noch einmal auf österreichischer Seite: weiterfahren, weiterfahren. Nur die Farben der Uniformen hatten sich geändert, nicht das Verhalten, nicht die Sprache, nicht die Landschaft, nicht die Autobahn.

Kern war in Tirol.

Er hatte kein festes Ziel. Nur irgendwo im Inntal wollte er von der Autobahn abfahren, in eines der Quertäler hinein, wo er sich ein ruhiges und vor allem aufschlußreiches Wochenende erhoffte.

Nach einer knappen halben Stunde verließ Kern die Autobahn und steuerte ein Seitental an, dessen Name ihn auf dem grünen Autobahnschild gut gefallen hatte: Alpbachtal. Kern war noch nie dort gewesen, aber es klang nicht schlecht: Alpen, ein Bach, ein Tal - so eine Umgebung brauchte er für die nächsten zwei, drei Tage.

Die Straße wand sich in Serpentinen in das Hochtal hinein. Kern hatte sich nicht zu viel erwartet: Das war ein herrlicher Fleck Erde, soweit er es vom Auto aus sehen konnte. Nach einer Ortsdurchfahrt mit wunderbaren Holzhäusern und farbenprächtigen Blumenkästen an den Balkons hielt Kern Ausschau nach einem Quartier. Eine kleine Pension wäre ihm am liebsten gewesen.

So fuhr er einfach einem der hölzernen Wegweiser nach, die an der Hauptstraße aufgestellt waren und auf eine Pension aufmerksam machten.

Es ging noch einmal zehn Minuten bergauf, die Straße wurde immer enger, zuletzt steinig - dann war er da. Jawohl, so hatte er sich seinen Platz fürs Wochenende vorgestellt: eine winzige Pension, hingeduckt an eine Bergwiese, mit einem Blick weit hinein ins Tal und hinüber auf die Berge. Das dunkelbraune Holz der Pension, die weißgekalkten Mauern, die üppigen Blumenanpflanzungen vor dem Haus, an den Fenstern und am Balkon strahlten Geborgenheit, Wärme und Freundlichkeit aus. So wirkten auch die Wirtsleute, die Kern mit einem herzlichen „Grüß Gott, der Herr" empfingen.

Im ganzen Haus gab es nur acht Fremdenzimmer: einfach ausgestattete Räume, helles Holz, sehr sauber -

und mit Balkon. Kern saß schon eine halbe Stunde nach seiner Ankunft auf diesem niedrigen Holzbalkon und schaute über das weite Tal hinweg.

Welch ein Kontrast zu seinem Leben der letzten Wochen. Hier sah es aus wie auf Postkarten.

Aber es war die Wirklichkeit.

Wann hatte Kern das letzte Mal Kühe auf der Wiese gesehen, mit Glocken um den Hals, die beim Weiden ununterbrochen bimmelten, damit die Bauern ihre Kühe wiederfanden, wenn sie bei Anbruch der Dunkelheit noch nicht im Stall waren.

Das sah und hörte sich an wie Ganghofer und Luis Trenker - Kern lachte, als ihm dieser Gedanke kam. Es war genau die Landschaft, die von Sonntagsmalern in Öl und Aquarell gepinselt wird.

Er fühlte sich sofort sauwohl - kein Vergleich mit den vergangenen Wochen und Monaten. Kein Vergleich auch mit früheren Aufenthalten in den Bergen, obwohl er da ohnehin nicht oft gewesen war. Er hatte eher das Meer und die Sonne bevorzugt, weniger Tiroler Berggasthöfe.

Kern war rundherum zufrieden - so zufrieden, daß er sich entschloß, heute nicht mehr über sein deprimierendes Thema nachzudenken. Er wollte in seinem friedlichen Zustand keine Pläne mehr machen und seine Gedanken nicht hineinbohren in die vor ihm liegenden acht Monate, die sowieso mit einem für ihn absolut unerfreulichen Ereignis enden mußten.

Er ließ seine Sinne und seinen Geist in dieser beschaulichen Umgebung verweilen, die auf ihn besänftigend, beruhigend und anregend zugleich wirkte.

Von unten rief die Wirtin zum Balkon herauf, ob er Lust auf eine Brotzeit habe: Tiroler Speck mit einem selbstgebrannten Obstler hinterher?

Jawohl, darauf hatte Kern jetzt Geschmack.

Er ging hinunter und nahm im Gastraum Platz. Das helle Holz in der Stube, die niedrige Decke, und hinter sich der warme Kachelofen: Kern fühlte sich schon wieder in eine Schnulze versetzt, aber er genoß sie. Vor allem die warmen Ofenkacheln in seinem Rücken taten ihm wohl.

Eine riesige Platte mit geräuchertem Speck stellte die Wirtin auf den Tisch, dazu eine Karaffe Rotwein und selbstgebackenes Brot.

Kern langte zu.

6

Eine fremde Welt mitten in Tirol

Klaus Kern war an diesem Wochenende nicht der einzige Gast in der Pension. Drei weitere Zimmer waren ebenfalls belegt: das eine von einem Pärchen aus München, die beiden anderen von einem jungen Mann und einer Frau mittleren Alters. „Nette Leit'', hatte die Wirtin in ihrem Tiroler Dialekt gesagt, „aber schon a bisserl komisch...''

Kern waren die anderen Gäste egal. Er suchte keinen Kontakt, sondern hatte mit sich selbst zu tun.

Beim Abendessen sah er die anderen Gäste zum ersten Mal. Sie waren gleichzeitig eingetroffen und setzten sich zum Abendessen gemeinsam an einen großen Tisch. Freundliche Menschen, sehr sympathisch, dachte Kern, obwohl er die vier überhaupt nicht auf eine Reihe bringen konnte. Daß das Pärchen Medizinstudenten waren, die in München lebten, daß der junge Mann diplomierter Psychologe war und die zierliche, dunkelhaarige Frau mit den ersten Silbersträhnen im Haar eine Organistin in der Schweiz, erfuhr er erst später. Alle vier waren lässig gekleidet, trugen Pullis, Jeans und Sandalen. Die Farbkombinationen der Kleidungsstücke stammten nicht von italienischen Modedesignern, sondern waren eine bunte Eigenmischung: viel Rot, Orange und Lila, auch Weiß, bunte Schals und bunte Stirnbänder bei den Frauen. Der junge Mann trug seine ärmellose Weste vorne offen. So leger die Kleidung der vier Unbekannten wirkte, so frei und ungezwungen war auch ihr Gespräch bei Tisch.

Sie bestellten gemeinsam eine riesige Salatschüssel mit einem ganzen Berg von dem hausgebackenen Graubrot. Dazu tranken sie offenen Weißwein mit ein paar Flaschen Mineralwasser zum Mischen. Dann das Gespräch: Kern war schon nach den ersten Sätzen mit beiden Ohren nur noch am Nebentisch. Da fielen Worte wie „Wunderheilen'', „ganzheitliche Behandlungsmethoden bei Krebskranken'', „indianische Rituale'', Bewußtseinserweiterung durch Drogen'' . Bald war von einem Medizinmann der Zulus die Rede, bald von einem philippinischen Medium, dann von einem tibetischen Lama und von einem über 100 Jahre alten mexikanischen Schamanen. Und all diese Fantasiefiguren schienen irgendwo in unmittelbarer Nähe der Pension zu existieren.

Kern war plötzlich von Unruhe ergriffen.

Am liebsten wäre er hinübergestürzt an den Tisch, hätte seinen eigenen Krankheitszustand herausgeschrien und gesagt, daß möglicherweise dieses ganze Gespräch nur deshalb jetzt in dieser Sekunde stattfand, damit er, der Todgeweihte, es hörte und entsprechende Schritte für sein bißchen eigene Zukunft einleitete.

Aber Kern beherrschte sich. Er wollte sich nicht lächerlich machen.

So schaltete er sich vom Nebentisch her ganz höflich

mit einer Frage in das Gespräch ein.

„Entschuldigen Sie, daß ich störe. Aber ich habe einige Geprächsfetzen mitgehört und bin gleichermaßen interessiert und ratlos. Sie sprechen über verschiedene Phänomene bei Krankheiten und über Menschen, die offenbar übernatürliche Heilkräfte besitzen. Habe ich Sie recht verstanden, daß diese Menschen hier in der Nähe leben?''

Kern erfuhr innerhalb weniger Minuten, was er wissen wollte.

In Alpbach, dem etwa fünf Kilometer entfernten Bergdorf, fand seit einigen Tagen ein Kongreß statt, in dem es um die Verquickung alter, traditioneller Heilmethoden mit den Erkenntnissen der modernen Medizin ging. Und die von den vier Kongreßteilnehmern am Nachbartisch immer wieder erwähnten Indianer, der Zulu, die philippinische Geistheilerin, die Inderin mit den heiligen Kräften, das medial veranlagte brasilianische Ehepaar, der Schamane aus Peru - das alles waren die für europäische Verhältnisse sehr ungewöhnlichen „Referenten'' des Kongresses. Natürlich traten auch westliche Ärzte, Psychologen und Naturwissenschaftler auf - die Bleichgesichter im Aufmarsch der Exoten.

Der Kongreß in Alpbach dauerte noch bis Sonntag abend. Kern beschloß, am nächsten Tag hinzufahren und sich das Treffen aus der Nähe anzusehen. Vielleicht konnte er dann auch direkten Kontakt aufnehmen mit einem dieser übernatürlichen Heiler. Am Ende gab es auf einmal von dieser völlig unerwarteten Seite für ihn noch Rettung. Andererseits hielt Kern solche paramedizinischen Methoden für reinen Hokuspokus. Medizinmänner, Zauberer, Krankheitsbeschwörer aus dem afrikanischen Busch - Kern schüttelte den Kopf. Nein, daran hatte er noch nie geglaubt. Wohl gab es überall Scharlatane, im Busch ebenso wie in klimatisierten Kliniken. Gegen seinen klar diagnostizierten Lymphknotenkrebs mitsamt den Metastasen, die den Körper verseucht haben, war schon die hochentwickelte Medizin machtlos - was also sollte da ein Wilder aus dem Urwald noch tun können, der mit Methoden aus der Steinzeit arbeitete.

Kern kehrte in seine rationale Welt zurück.

Wohl hatte er schon von den angeblich phänomenalen Heilerfolgen auf den Philippinen gehört, auch von unglaublichen Genesungen durch besonders veranlagte Naturheiler in der eigenen Heimat. Aber solche Zufallserfolge ließen sich nach seiner Meinung nicht wiederholen und schon gar nicht in eine systematische Heilbehandlung einordnen. Vielleicht hatte in diesem oder jenem Fall - mag er unter schulmedizinischer Beurteilung noch so hoffnungslos gewesen sein - der Glaube des Patienten Berge versetzt. Vielleicht war in einer Glücksstunde durch das Zusammentreffen rationaler und irrationaler Faktoren - von günstiger Wetterlage bis hin zu astrologischen Begleitumständen - eine Beziehung zwischen einem Naturheiler und dem Patienten zustande gekommen, die tatsächlich eine Verbesserung oder gar Heilung eines scheinbar unheilbaren Leidens ermöglichte, aber das waren Nadeln im Heuhaufen.

So war es nach Kerns Meinung auch bei einigen spektakulären Heilerfolgen, die mit den herkömmlichen Kenntnissen von Wissenschaft und Medizin nicht erklärbar waren. Kern dachte an die Akupunktur, die man anfangs auch für ausgeschlossen hielt. Aber Heilungen gegen alle Theorie der modernen Medizin, Behandlungsmethoden, die die profunden Kenntnisse der Schulmedizin ad absurdum treiben - daran mochte Kern nun wirklich nicht glauben. Und er war in dieser Auffassung kein Außenseiter, der sich einer neuen Methode verweigerte. Kern teilte lediglich die Meinung von Wissenschaft und Medizin, die sich ihrerseits auf Spezialisten aus aller Welt berufen konnten. Er, der Laie, der mit seinem Krebs zu leben und in acht Monaten zu sterben hatte, hängte sich nur an die gängige Meinung der Experten an.

Trotzdem: Für ganz ausgeschlossen hielt es Kern dennoch nicht, daß einer dieser Exoten gerade in aussichtslosen Fällen helfen konnte, vielleicht sogar ihm selber. Was konnte ihm denn passieren? Nichts, höchstens - im schlechtesten Fall - daß die Behandlung erfolglos blieb. Mehr hatte er von seinen Ärzten auch nicht zu erwarten.

Außerdem, so konnte sich Kern an Berichte erinnern, waren Behandlungen durch solche Außenseiter - ob sie nun aus dem Urwald, aus der Prairie oder aus den Tiroler Bergen kamen - nie langwierig. Und selten schmerzhaft. Es sollten ja angeblich eher Rituale und symbolische Behandlungen sein: Ein bißchen Geisterbeschwörung, ein bißchen Handauflegen, vielleicht Hypnose - nur harmloser Spuk. Schaden konnte es nicht, dachte Klaus Kern. Er wollte sich jedenfalls den Kongreß in Alpbach am folgenden Tag einmal anschauen.

Zumindest hatte er das Gefühl, daß es kein Zufall war,

daß er ausgerechnet jetzt auf solche Leute traf, zu einem Zeitpunkt, da er - nach Wochen der Unrast und des verkehrten Weges - zu diesem friedlichen Ort gekommen war, um über seine letzten Tage nachzudenken.

Am nächsten Morgen, nach einem ausgiebigen Frühstück auf dem Balkon, fühlte sich Kern stark und gesund wie selten zuvor. Er setzte sich in seinen Wagen und fuhr los. Ein paar Minuten später, nachdem er etliche Serpentinen hinaufgekurvt war, hatte er Alpbach erreicht: ein kleiner Ort am Berghang, herrliche, original erhaltene Holzhäuser, ein verdichteter Dorfkern mit Kirche, Gasthäusern und ein paar Geschäften. Vom Ortszentrum aus verteilten kleine und kleinste Straßen, Gassen und Wege die Menschen und Autos ins restliche Dorf. Die wenigen Plätze, wo man Autos parken konnte, waren belegt. Kern stellte deshalb seinen Wagen am Ortsrand ab und schlenderte zum Zentrum zurück.

Dort sah er auf den ersten Blick, daß die meisten Menschen, denen er begegnete, keine Einheimische waren, daß die Autos auf den Parkplätzen und am Straßenrand von überall her gekommen waren, daß man also vermuten konnte, ein Heer deutscher, niederländischer, englischer und Schweizer Touristen hätte dieses Bergdorf in Besitz genommen - und dennoch fühlte Kern eine gute, belebende, anregende und angenehme Atmosphäre. Er war überrascht: einmal, weil er plötzlich solche nicht sichtbaren und nicht greifbaren Dinge „spürte'' - und andererseits, weil dieses gute Gefühl im krassen Gegensatz zu seinen sonstigen Erfahrungen an Touristenorten stand.

Kern setzte sich auf die Terrasse eines Gasthofes, direkt gegenüber der Kirche. Von da aus konnte er alles beobachten: das Treiben auf dem Marktplatz, der sich zwischen seinem Gasthof und der Kirche ausdehnte, die Cafés und Wirtshäuser rund um diesen Dorfplatz, und der Blick reichte sogar hinein in ein paar dieser Wege, die sternförmig vom Marktplatz abzweigten.

Ein Kongreß also fand hier statt.

Kern kannte solche Tagungen, wo Männer in dunkelblauen und mausgrauen Anzügen mit Aktentaschen umherhasteten: jeder einzelne für sich wichtig und bedeutend, Repräsentant irgendeiner Firma. In den Pausen wurde Kaffee geschlürft, wurden Visitenkärtchen ausgetauscht, Meinungen geäußert. Dann wieder rein in die Vorträge - und abends, nach dem Essen, das im Seminarpreis enthalten war, war an der Bar Polen offen. Runter die Namensschilder vom Anzug, runter die Eheringe von den Fingern.

Nein, das schien hier in Alpbach anders zu sein.

Kein einziger blauer oder grauer Anzug, sondern Klamotten von jener Art, wie sie die vier in Kerns Pension trugen. Die Kongressteilnehmer: Männer und Frauen, halbe halbe. Und was für hübsche Frauen! Junge und mittleren Alters - auf den Kongressen jedenfalls, die er bisher kannte, hatte Kern soviel Anmut noch nicht gesehen. Die Frauen liefen umher mit bunten Tüchern um die Taille, um Hals und Stirn. Lange Haare, kaum geschminkt.

Kern wunderte sich.

Ein farbenfroh gekleidetes Völkchen bestimmte das Dorfbild. Dazwischen die wenigen Einheimischen, die auf den Straßen leicht zu erkennen waren - und ein paar Touristen, die so aussahen wie die meisten Touristen in den Bergen: karierte Hemden, Kniebundhosen aus Cord, rote Kniestrümpfe und Wanderschuhe. Die Urlauber waren typisch, aber die Kongreßteilnehmer, die überwiegend zwischen 30 und 40 Jahren alt waren, fielen aus dem Rahmen.

Klaus Kern zahlte sein Bier und folgte jenen jungen Leuten, die sich bei allem Hin und Her auf dem Marktplatz doch deutlich erkennbar in eine bestimmte Straße, in eine bestimmte Richtung bewegten: an der Kirche vorbei, dann leicht bergan zu einem größeren Gebäude, das aus dunklem Holz und weißgekalkten Wänden gebaut war und sich trotz seiner Größe wie selbstverständlich ins Dorfbild und in die Landschaft einfügte. Es war das „Kongreßzentrum'', wenn so ein Name in der Bergwelt überhaupt angebracht war: ein verzweigter Bau mit vielen Räumen und zwei größeren Sälen.

Hier traf sich das bunte Volk.

Auf Plakaten am Eingang war angekündigt, was der Tag bot. Kern las die Informationen durch und stellte fest, daß die Veranstaltung auf einige „Workshops'' aufgeteilt war. Jeweils einer der Referenten - ob Europäer oder Exote - hielt so einen Workshop ab, und eine Schar von jeweils 20 bis 25 jungen Leuten saß im Halbkreis herum und hörte zu.

Kern kam alles fremd vor - nichts für ihn.

Er wollte sich gerade wieder abwenden, da erblickte er mitten in dem geschäftigen Treiben auf der Terrasse des Kongreßhauses, wo die Teilnehmer gerade in einer Pause

Kaffee, Tee und Mineralwasser tranken, den Psychologen von seiner Pension. Die beiden begrüßten sich - und in dem dann folgenden Gespräch wurde die trockene, für Kern unverständliche Plakat-Information zum Tagesablauf plötzlich lebendig.

Die zwei Männer setzten sich ein paar Schritte oberhalb des Gebäudes am Hang ins Gras. Unter ihnen lag das große Haus mit den vielen Menschen, die ungezwungen in der warmen Mittagssonne die Pause genossen. Meist standen und saßen sie in kleinen Gruppen beisammen, diskutierten, gestikulierten. An stilleren Plätzen, unweit dieses Treibens, hatten sich vereinzelt Frauen oder Männer im Schneidersitz niedergelassen. „Die meditieren'', erläuterte Klaus Rieger, der Münchner Psychologe, „in dieser Haltung, dem Lotussitz, fließen die Energien am besten.''

„Aha'', sagte Kern, obwohl er überhaupt nichts verstand.

Rieger begann ein Gespräch.

In vielen Zweigen der Wissenschaft, sagte er, reife seit einiger Zeit die Erkenntnis, daß man zahlreiche Phänomene in unserer Welt allein rational nicht mehr erklären könne - und daß man sich wieder den lange belächelten Erkenntnissen alter Kulturen und Religionen annähere.

Vor etwa 300 Jahren, sagte Rieger, habe das wissenschaftliche Zeitalter begonnen. „Kopernikus war dafür die Symbolfigur, später kamen andere Wissenschaftler hinzu, die mit dem alten Weltbild, das vor allem geprägt war von mystischen und religiösen Vorstellungen, kurzen Prozeß machten. Dieser ganzheitliche Lebensraum wurde damals unter die Lupe der Wissenschaftler genommen: Sie zerlegten das Ganze in Teile - und diese wieder in kleinere Teile. Das neue Weltbild, das daraus entstand, war bestimmt von den Erkenntnissen der Wissenschaft. Ihre Formeln und Gesetze gelten heute noch: in der Mathematik, in der Physik und Chemie, in der Biologie - und natürlich auch in philosophischen Modellen. Die Menschheit wurde aus der mittelalterlichen Mystik herausgeholt und aufgeklärt. Heute, 300 Jahre danach, glauben viele, daß die Menschheit einen Irrweg gegangen ist. Und die Wissenschaften selbst stecken, trotz aller Erkenntnisse und Erfolge, in einer Krise.''

Rieger machte eine kurze Pause. Dann fuhr er fort: „Vielleicht hat man in eigener Überheblichkeit die früheren Erkenntnisse, vor allem auch die aus Religionen, zu leichtfertig über Bord geworfen und nur noch die beweisbare und nachprüfbare Rationalität in der Welt als einzigen Maßstab anerkannt. Aber zur Überraschung der Wissenschaftler stellen heute die besten und klügsten Köpfe die eigenen Formeln und Gesetze zunehmend in Frage. Einstein war in den zwanziger Jahren der erste, der das mit seiner Relativitätstheorie erkannt hat - und er hat die Physik in ihre tiefste Krise gestürzt. In der Physik hat man sich von diesem Niederschlag inzwischen wieder erholt - andere Naturwissenschaften stecken heute in der Krise noch mitten drin.''

„Das verstehe ich nicht'', warf Kern verwirrt ein.

„Es gibt Phänomene in unserer Welt, die mit den Gesetzen der Naturwissenschaft nicht zu erklären sind. Zum Beispiel Newtons Gesetz von der Erdanziehung: da fallen halt alle Äpfel immer nur vom Baum nach unten zur

Erde - und zwar exakt berechenbar. So ein Gesetz läßt keine Ausnahme zu: niemals kann ein Apfel nach oben fallen.''

„Klar'', schaltete sich Kern ein, „wie sollte er auch?''

„Immer schön langsam, lieber Freund'', sagte Rieger, „ich will Ihnen einmal an einem Beispiel erklären, was ich meine.''

Rieger machte eine kurze Pause und dachte nach. Dann nahm er den Faden wieder auf.

„Die Gesetze der Naturwissenschaften entstehen immer auf die gleiche Weise - nach der induktiven Methode. Das bedeutet: in der Wissenschaft wird heute wie eh und je die Natur beobachtet, und wenn 5000mal immer das gleiche beobachtet worden ist, leitet die Wissenschaft ein Gesetz ab; man schließt also vom Einzelfall auf das Allgemeine, auf das immer gültige Gesetz.''

„Und was soll daran falsch sein?'', unterbrach Kern Riegers Monolog.

„Die induktive Methode wird heute in Zweifel gezogen. Viele Wissenschaftler halten sie sogar für unwissenschaftlich.''

„???''

„Stellen Sie sich vor, ein Fischer fährt jeden Morgen mit seinem Boot aufs Meer hinaus. Mittags kehrt er mit seinem Fang zurück. Nachdem dieser Fischer 5000mal draußen war und seinen Fang im Netz immer sehr genau betrachtet hat, käme er nach der induktiven Methode zu folgendem Schluß: Erstens sind alle Meeresbewohner Fische - er hat ja nie etwas anderes in seinem Netz gesehen; und zweitens sind alle Fische größer als vier Zentimeter.''

Kern schluckte zweimal und sah in dieser Sekunde nicht besonders intelligent aus. Er ahnte, worauf Rieger hinaus wollte - natürlich, diese Schlußfolgerung mit den vier Zentimeter großen Fischen war zwar nicht falsch, aber auch nicht richtig!

Rieger führte seine Gedanken weiter: „Jetzt merken Sie selbst, wo die induktive Methode ihre Schwachstelle hat: Sie nimmt den momentanen Stand der Erkenntnis und legt Gesetze fest, die für alle Zukunft gelten sollen. Beim Fischer ist das noch ziemlich einfach. Er hat ja recht - nie war in seinem Netz ein Fisch drin, der kleiner als vier Zentimeter war. Aber das lag halt am Netz. Das nächste Netz, das feinmaschiger ist als vorher, bringt sofort auch neue Erkenntnisse zutage.''

Riegers Gedanken erschienen Kern zwar originell und logisch, aber er sah noch keinen Bezug zu seinem eigenen Leben.

„Und was nützt uns so eine Erkenntnis?'', fragte er Rieger.

Der dachte ein paar Augenblicke nach.

„Eines in jedem Fall: Naturwissenschaftliche Gesetze sind nichts Absolutes, sondern können sich ändern, je mehr man von einer Sache weiß.''

Rieger spielte ein paar Sekunden mit einem Grashalm. Dann knüpfte er wieder an seinen Gedanken an.

„Wenn man diese Theorie auf unseren Fischer anwendet, würden seine Beobachtungen gar nicht völlig über den Haufen geworfen werden, sondern man müßte nur eine andere Schlußfolgerung ziehen: daß nämlich erstens alle Meeresbewohner wahrscheinlich Fische sind - und daß zweitens wahrscheinlich alle Fische größer als vier Zentimeter sind. Verstehen Sie, Herr Kern: Dieses ,wahrscheinlich' läßt zu, daß hinterher einer mit einem noch engmaschigeren Netz fischt."

Peter Rieger führte das Gespräch wieder auf die Alpbacher Erde zurück.

Auch in der Medizin, sagte er, gelte noch das alte Prinzip. „Wenn ein Leiden oder eine Heilmethode oft genug im Experiment beobachtet worden ist, dann wird das von der Medizin als empirische Tatsache übernommen. Daraus sind natürlich gewaltige Leistungen entstanden. So gelang der Sprung aus dem Mittelalter heraus, als Zungen noch abgeschnitten und die Stümpfe mit einem glühenden Eisen ,desinfiziert' wurden, als man Beine bei vollem Bewußtsein mit der Säge amputierte, als Seuchen und akute Krankheiten die Menschen hunderttausendfach dahinrafften. Dank unserer Medizin haben wir Tod und Krankheit in einem Maße zurückgedrängt, daß es wirklich ein Segen ist. Unsere Schulmedizin ist heute durch nichts zu ersetzen - trotzdem gibt es Phänomene, die mit herkömmlichen Methoden nicht zu erklären sind. Und unsere Mediziner neigen immer noch dazu, sie einfach abzulehnen, weil sie sie in ihren Netzen noch nie erwischt haben."

Der Kongreß in Alpbach, sagte Rieger, wolle die beiden Welten wieder zusammenbringen: den Schamanen aus der mexikanischen Hochebene und den Psychotherapeuten aus Berlin; den indianischen Medizinmann im rituellen Schmuck mit Adlerfeder und Zauberstab und seinen Kollegen von der Unfallklinik München, der seinen Patienten im Ritualkostüm des weißen Kittels gegenübertritt; den Zulu-Medizinmann, der aufgrund von schnell aus seinem Lederbeutel hingewürfelten Knochen Träume deutet und den Diplompsychologen aus London, den Schweizer Kernphysiker und den buddhistischen Mönch - allen gehe es um die Erkenntnis der letzten Dinge.

Kern fand die Belehrungen Riegers, mit dem er sich inzwischen duzte, aufschlußreich, aber auch sehr anstrengend. Richtig interessiert war er ja eigentlich nur, soweit es ihn selber betraf, und das war die Medizin. Kern wollte einfach wissen, ob in Alpbach ein Heiler dabei war, der gegen seinen Krebs etwas ausrichten konnte.

„Du wunderst dich vielleicht, daß ich so neugierig bin'', sagte Kern zu Rieger, „aber es ist nicht nur Neugierde, was mich an diesem Thema interessiert - du wirst ja bemerkt haben, daß ich davon nichts verstehe.''

Dann druckste Kern ein wenig herum. „Verstehst du Peter, für mich ist das hier sehr wichtig. Ich habe, ich bin nämlich ... ich habe Krebs. Wahrscheinlich werde ich nur noch ein Dreivierteljahr leben. Da hängt man sich natürlich an alles, was irgendwie nach Hilfe aussieht.''

Kern schilderte dem Münchner seine Krankheit und seine Hoffnung, daß ihm vielleicht einer der Alpbacher Heiler helfen könnte.

„Ist so einer dabei?'', fragte Kern den Psychologen.

Der zögerte mit der Antwort. „Vielleicht ja, vielleicht nein'', sagte er dann.

Aha, dachte Kern, doch alles Hokuspokus. Erst redet der Mann glühend wie ein Missionar von neuen Erkenntnissen - und wenn es ernst wird, duckt er ab.

„Schau dir doch mal ein paar dieser Leute im Workshop

an'', sagte Rieger, „dann spürst du selber, ob du einem das zutraust.''

Aber er schränkte gleich ein: Alle hier anwesenden Heiler, erklärte er, hätten sich vor Beginn der Veranstaltung verpflichten müssen, hier keine Patienten zu behandeln. Das sei erstens nicht der Sinn dieses Kongresses - da gehe es nur um die grundsätzliche Annäherung der beiden Welten -, und zweitens sei es sowohl in Österreich als auch in Deutschland verboten, daß Geistheiler Patienten behandeln.

„Das verstößt gegen das Gesetz'', sagte Rieger. Er schlug Kern vor, einfach in den nächsten Workshop hineinzuschauen - irgendwie werde er sich schon ohne Eintrittskarte beim Kontrolleur am Eingang vorbeischmuggeln können.

7

Zweifel und Hoffnung

Rieger selbst hatte am nächsten Tag den „Workshop'' Nummer vier gebucht, wo eine weißhaarige Inderin mit einem roten Punkt über der Nasenwurzel Demonstrationen ihrer Heilkraft gab. Sie war offensichtlich im Besitz übernatürlicher Kräfte - durch ihre Hände. Sogar eine deutsche Universitätsklinik hatte sich vor acht Jahren für diese Inderin interessiert. Die Frau hatte längere Zeit gemeinsam mit Ärzten in der Klinik zusammengearbeitet - mit nachgewiesenen Erfolgen, obwohl der eigentliche Zweck der Kooperation erfolglos blieb: die Ärzte wollten nämlich die Kräfte dieser Frau auf sich selber übertragen. Doch das funktionierte nicht.

„Jeder der hier anwesenden Heiler hat seine eigene Methode'', erklärte Rieger, als er sich mit Klaus Kern im Workshop vier unter die Teilnehmer gemischt hatte.

Die.kleine Inderin in ihrem weiten Sari kniete auf dem Parkettfußboden. Neben ihr lag eine dreißigjährige, mollige Deutsche auf dem Bauch, bekleidet mit Jeans und Pullover. Vorher hatte die Frau, eine Physiotherapeutin, freimütig ihr Leiden erklärt: Sie war, sagte sie, vor nunmehr zwei Jahren an einer bösartigen Geschwulst am

Unterleib operiert worden. Jetzt interessierte sie, ob dieses Geschwür an der Gebärmutter weiter wucherte oder ob alles ausgeheilt war.

Klaus Kern bewunderte den Mut dieser Frau, so offen im Kreis unbekannter Menschen über ihr Leiden zu sprechen.

Die junge Frau drehte sich auf den Rücken und die Inderin führte ihre beiden Hände wie Bügeleisen im Abstand von zehn Zentimetern über den Unterleib der Frau. Plötzlich begannen ihre Hände zu zittern, zu vibrieren. Die Inderin hatte einen gequälten Gesichtsausdruck - die zierlichen braunen Hände der weißhaarigen Frau zitterten genau über der Stelle, wo sich die Gebärmutter der „Versuchsperson'' befand.

Im Raum war es mucksmäuschenstill geworden.

„Es tut mir leid'', sagte die Inderin langsam, „aber Sie sind nicht gesund.''

Klaus Kern stellte sich vor, daß es ihm an der Stelle der Frau wohl ähnlich ergangen wäre, nur eben nicht beschränkt auf einen handtellergroßen Bereich im Bauch, sondern überall im Körper. Bei ihm saßen die Metastasen in jedem Quadratzentimeter. Die Inderin wäre sicher entsetzt gewesen, wenn sie ihn mit ihren Wunder-Händen „untersucht'' hätte.

Kern war beeindruckt von der Inderin, die in der folgenden Stunde noch zahlreiche andere der anwesenden jungen Leute durchcheckte. Er erfuhr bei dieser Gelegenheit, daß sie aus Delhi stammte und in Indien als Heilerin einen großen Namen hatte.

Ähnliches hörte Kern auch von den anderen Exoten, die

durchweg in ihrer Heimat im Rufe standen, nicht nur berühmte Heiler für tausenderlei Gebrechen zu sein, sondern offenbar auch direkt mit der jenseitigen Welt in Verbindung zu stehen. „Na ja'', dachte Kern bei sich, „anders ist so etwas auch nicht erklärbar, falls es überhaupt stimmt.'' Und daran hatte der Ex-Prokurist seine Zweifel.

Trotzdem regte sich in ihm eine Stimme, die dies alles nicht abwies ins Reich von Fabel und Spuk. Wenn wirklich etwas dran war an diesen fremdartigen Leuten - und das Beispiel von den Erkenntnissen des Fischers ließ Kern nicht mehr los -, dann sollte er es vielleicht doch einmal bei einem dieser Exoten versuchen. Vielleicht war wirklich einer dabei, der mit einem engmaschigeren Netz arbeitete als Dr. Fermann und die anderen Mediziner in den Kliniken.

Kern entschloß sich, die Inderin persönlich aufzusuchen. Er bat Peter Rieger, ihm dabei zu helfen. Doch Rieger machte ihm wenig Hoffnung. Dennoch wollte er es Kern zuliebe versuchen.

Rieger sprach an diesem Tag mit den Veranstaltern des Kongresses, aber er wurde von ihnen dringend gebeten, nicht an die Heiler heranzutreten. Angeblich hatte man mit ihnen lange vorher vereinbart, daß - bei allem Verständnis für kranke Menschen - keine Heilungen vorgenommen werden sollen, um den weiteren Ablauf des Kongresses nicht zu behindern. Ziel der Tagung war es, das Bewußtsein der westlichen Medizin für schamanistische und andere „übernatürliche'' Heilmethoden zu erweitern - ein Vorhaben, das in seiner Einmaligkeit und Erstmaligkeit so bedeutend war, daß man es nicht durch gesetzlich verbotene Behandlungen einzelner Personen gefährden durfte. Die Kongressleitung hatte das Treffen in Alpbach monatelang vorbereitet, damit diese Begegnung zwischen traditionellen und modernen Heilmethoden ihren Sinn erfüllen konnte, nämlich zu einer gegenseitigen Annäherung zu führen: heraus aus den einseitigen Techniken, mit denen die Schulmedizin heute einen Krankheitsherd behandelt - und näher hin zu den ganzheitlichen Methoden der uralten Heilsysteme. Denn der traditionelle Heiler schließt bei seiner Behandlung auch alle seelischen Konflikte des Menschen mit ein und sieht die Krankheit als unmittelbare Folge eines Problems, das sich dann als Geschwür, als Gebrechen oder als allgemeiner Krankheitszustand „verfleischlicht".

Die moderne Medizin hat diesen ganzheitlichen Weg verlassen. Er paßt nicht zum Weltbild der Wissenschaften. Auch in der Medizin haben sich Diagnose und Therapie immer weiter aufgespalten und verfeinert, so daß der Mensch schließlich in Teile und Kleinteile „zerlegt" wurde. Und saß die Krankheit in einem dieser Kleinstteile, dann wurde eben dieses winzige Segment untersucht, analysiert und behandelt. Diese Methode wurde auch dann angewendet, wenn das Leiden sich über mehrere Körperteile oder -systeme hinwegzog. Nur wurde auch dann nicht der Mensch als Ganzheit betrachtet, sondern das Prinzip wurde eben auf die Teile einzeln angewendet.

Diese gegensätzlichen Behandlungsmethoden in alten und neuen Heilsystemen sollten im Laufe des Kongresses untersucht werden. Und wenn es gelang, daß die

Schulmediziner den alten Methoden wieder mehr Wertschätzung entgegenbrachten, ja vielleicht sogar sie ernstzunehmen begannen, dann hätte die Begegnung der beiden Welten in Alpbach ihr Ziel erreicht.

Darin lag der Sinn des Kongresses in der Tiroler Bergwelt.

So baten die Veranstalter Peter Rieger dringend, darauf zu verzichten, die anwesenden Heiler für ihre eigentliche Aufgabe, Menschen gesund zu machen, zu „mißbrauchen''. „Wir wollen nicht riskieren, daß unser Kongreß zu einer Massenheilung umfunktioniert wird, zu einem Lourdes in Tirol'', sagte der Seminarchef zu Rieger, „dann hätten wir die Chance, beide Systeme einander näherzubringen, vertan.''

Rieger sah dies ein, auch wenn es ihm leid tat, daß er Kern den Strohhalm nicht reichen konnte. Aber zumindest wollte er versuchen, direkten Kontakt zu den Heilern aufzunehmen und einen späteren Behandlungstermin für den Krebskranken zu vereinbaren. Notfalls mußte ihnen Kern halt in die Ferne nachreisen.

Klaus Kern empfand es als Glücksfall, daß er den Münchner Psychologen kennengelernt hatte, auch wenn dieser ihm jetzt die nicht gerade erfreuliche Nachricht der Kongressleitung überbrachte. Natürlich war Kern enttäuscht, aber er sah die Begründung ein.

Seine Enttäuschung war immerhin ein Indiz dafür, daß er die Kräfte, die offenbar in diesen Exoten steckten, durchaus für real hielt. Insofern hatte der Kongreß bei ihm bereits das bewirkt, was die Schulmediziner für unmöglich hielten.

Kern fragte sich, ob er tatsächlich an diese paranormalen Fähigkeiten der fremden Heiler glaubte oder ob er einfach instinktiv nichts unversucht ließ, um - notfalls durch ein Wunder - seine Krankheit zu besiegen.

Er entschloß sich, den weiteren Verlauf dieses Kongresses zu verfolgen. So kaufte er sich eine Teilnehmerkarte, mit der er an den nächsten beiden Tagen überall Zugang zu den einzelnen Veranstaltungen hatte. Er wollte auch die anderen Heiler bei ihren Demonstrationen kennenlernen und gegebenenfalls einen Besuch bei ihnen vereinbaren, nachdem die Tagung in Tirol beendet war.

8

Gespräche mit Rieger

Das Abendessen nahm Klaus Kern gemeinsam mit Peter Rieger ein. Die anderen drei waren nicht in der Pension erschienen; sie besuchten in Alpbach eine Abendveranstaltung, bei der ein peruanischer Hirte ein Flötenkonzert gab.

Kern kam das nicht ungelegen; denn Rieger war für ihn ein faszinierender Gesprächspartner, von dem er viel lernen konnte. Was Rieger wußte und wie er lebte, eröffnete Kern eine neue Dimension. Er hatte von solchen Dingen noch nie etwas gehört. Wohl wußte er von manchen ominösen Heilungen, auch aus Zeitungen und vom Fernsehen hatte er davon erfahren, aber für ihn waren das Berichte aus höchst merkwürdigen Quellen - eher Spuk und Hokuspokus. Jetzt stand er mitten drin in diesen Phänomenen, die er bisher nur aus großer Distanz erlebt hatte.

Rieger bestellte ein Omelett mit grünem Salat, Kern hatte Geschmack auf ein resch paniertes Wiener Schnitzel. Dazu bestellten beide einen offenen Weißwein und Mineralwasser zum Mischen.

„Ißt du kein Fleisch?'', fragte Kern.

Rieger nickte. „Doch'', sagte er, „ich vermeide allerdings Schweinefleisch. Das ist nicht gesund.''

Die meisten Kulturen und Religionen der Welt stimmten angeblich - bei allen Unterschieden sonst - in der Ablehnung von Schweinefleisch ziemlich überein. „Das hat nicht nur klimatische Gründe. Beispielsweise ist die Sonnenhitze, die das Fleisch schnell verderben läßt, im tibetischen Hochland überhaupt kein Problem. Und dennoch gibt es auch im tibetischen Buddhismus die Anweisung, auf Schweinefleisch zu verzichten'', sagte Rieger. Das Schwein sei dem Menschen in seinem anatomischen Aufbau täuschend ähnlich. Früher habe man sogar tote Schweine den Medizinstudenten für Obduktionen zur Verfügung gestellt, wenn keine menschlichen Leichen vorhanden waren.

„Schweine sind die kränksten Tiere, die es heute gibt'', erklärte Rieger. „Sie werden schnell auf zwei Zentner hochgemästet, und wenn man sie nach einem Vierteljahr nicht schlachtet, trifft sie wahrscheinlich alle der Herzschlag.'' Sie fressen, was sie erwischen: Kartoffeln und Abfälle, Obst und eitrige Mullbinden - sogar ihre Schwänze fressen sie sich gegenseitig ab, wenn sie in den Ställen zusammengepfercht sind. „Ihr Fett ist minderwertig und für den Menschen beinahe schon schädlich'', sagte Rieger und schilderte einen Versuch, der kürzlich in einem Forschungsinstitut unternommen wurde.

„Man hat dort Schweinefleisch radiologisch behandelt, um festzustellen, wo es später, nach der Verdauung, im Körper des Essers abgelagert wurde. Zur großen Überraschung wurde das verdaute und ‚aufgespaltene' Fleisch im menschlichen Körper genau dorthin transportiert, wo es beim Schwein seinen Ursprung hatte: Schinken setzte sich bei den Versuchspersonen prompt an den Oberschenkeln und Hüften ab, Innereien an den jeweiligen Organen beim Menschen, Schweineschulter an den Menschenschultern. Die Röntgenaufnahmen brachten es an den Tag.''

Rieger grinste. „Schau dir doch manchen Menschen an, der viel Schweinefleisch ißt, vor allem Metzger selber. Ihren Kopf könnte man auf ein Silbertablett legen, mit einer Zitrone und Petersilie zwischen den Zähnen...''

Kern mußte lachen. Er glaubte Rieger diese Horrorgeschichte sowieso nicht.

Das Gepräch wechselte.

Rieger freute sich, daß Kern noch bis zum Ende des Seminars bleiben wollte. „Ich glaube, das ist für dich wichtig'', sagte er.

Während des ganzen Abends gab es am Tisch der beiden nur ein Thema: den derzeitigen Paradigmenwechsel, diesen Übergang in ein neues Zeitalter. Ein richtiges Gespräch war es allerdings nicht, mehr ein Monolog Riegers, den Kern nur ab und zu durch eine Frage unterbrach, wenn er überhaupt nichts mehr verstand.

Rieger begann zu erklären. „Ein paarmal hat es in der Geschichte der Menschheit den Übergang von einer Epoche in eine neue gegeben. Es war nicht oft der Fall: Beim Übergang der Menschen vom Jäger zum seßhaften Ackerbauern und Sammler oder in der Französischen Revolution, die der Aufklärung endgültig zum Durchbruch verhalf. Das Mittelalter mit seinem mystischen, irrationalen Leben, das geprägt war von der Kirche - das alles wich dem aufgeklärten Verstand, wich einer neuartigen Form menschlichen Zusammenlebens nach den Grundregeln der Freiheit, Gleichheit und Brüderlichkeit. Das war damals ein neues Paradigma. Natürlich passiert so ein Paradigmenwechsel nicht an einem bestimmten Tag, also auch nicht an jenem historischen 14. Juli 1789, als die Französische Revolution mit dem Sturm auf die Bastille ausbrach. Immer ging ein langer und komplizierter Prozeß voraus, bis sich die neue Epoche aus der alten Haut herauslöste. Die meisten Menschen, die die Französische Revolution mit all ihren Wirren, mit ihren Parolen und Gegenparolen, mit Guillotine und Straßenschlachten damals miterlebten, waren sich der historischen Bedeutung dieses Ereignisses wahrscheinlich nicht bewußt. Erst im Rückblick auf die Geschichte, frei vom blutigen Alltag, zeigte es sich, daß die Französische Revolution tatsächlich der Übergang in ein neues Zeitalter war. Aus dem Blutdunst stieg neues Denken auf, die Menschen lebten nach neuen Grundsätzen und ihr Verhalten mußte sich an die veränderte Situation anpassen.

Ähnlich war es auch mit dem Beginn des Industriezeitalters im vorigen Jahrhundert, als die ersten Maschinen auftauchten. Plötzlich mußte der Mensch, die Krone der Schöpfung und Gottes Ebenbild auf Erden, erkennen, daß die aus Eisen konstruierten Maschinen schneller arbeiteten, zuverlässiger und billiger, daß erstmals solche Eisengebilde den Menschen ersetzen konnten.

Für die Menschen, die sich damals ihr karges Brot

mühsam mit ihren Händen verdienten, war das ein Schock. Sie waren plötzlich austauschbar geworden. Was heute, fast 150 Jahre später, mit Robotern noch Angst erzeugt, ist harmlos gegenüber dem damaligen Empfinden der Menschen: neues Denken, neue Verhaltensweisen, eine Neuausrichtung des gesamten Lebens kündigten sich an.

Aber die erste Reaktion der Zeitgenossen war ähnlich wie vorher bei der Französischen Revolution: Man erkannte nicht, daß ein Paradigmenwechsel stattfand, daß eine alte Zeit mit alten Verhaltensmustern zu Ende war und daß etwas Neues geboren wurde. In Unkenntnis wendeten die Menschen wieder das Prinzip der Guillotine an, diesmal jedoch nicht mehr gegen Menschen. Jetzt richtete sich der Zorn gegen die Maschinen selbst. Man stürmte sie, vernichtete sie und glaubte, durch die Zerstörung der bedrohlichen Räder und Metallarme könne man die Zeit zurückdrehen, zurück zum alten, vertrauten Paradigma, wo der Mensch auch in der Arbeit einen Wert sah.

Arbeit fand damals innerhalb der Familie statt - ja, die Familie selbst war nicht nur eine Lebensgemeinschaft, sondern auch eine Produktionsgemeinschaft. Einer verließ sich auf den anderen, man arbeitete Hand in Hand. Die Maschinen aber verlagerten die Arbeit heraus aus der Familie und in Fabriken hinein. Damit änderte sich die ‚Restfamilie' grundlegend - bis hin zum anderen Versorgungssystem im Alter. Die Familie begann zu zerfallen, zumindestens wurden die Bindungen untereinander lockerer.

In der Gegenwart erleben wir wieder so einen

Paradigmenwechsel.

Die klügsten Köpfe in der Welt sind sich - bei allen Unterschieden über das, was eines Tages noch herauskommen wird - darin einig, daß wir derzeit den Übergang von einer Ära in eine neue durchmachen: Den Übergang vom Industriezeitalter ins Informationszeitalter, wobei wieder niemand weiß, wie das neue Weltbild aussehen wird, nachdem sich die Nebel des Übergangs verzogen haben. Es gibt die skurrilsten Vorhersagen, aber das war auch früher nicht anders."

Rieger machte eine lange Pause, dann fing er wieder an.

„Interessant bei dieser Entwicklung ist eines: So unterschiedlich die Paradigmenwechsel zu den jeweiligen Zeiten auch waren, die Symptome des Übergangs sind merkwürdigerweise stets gleich.

Immer beginnt eine Phase der Orientierungslosigkeit, weil die alten, überkommenen und oft über Jahrhunderte gültigen Werte plötzlich nicht mehr auf neue Situationen und Entwicklungen anwendbar sind. Die alten Maßstäbe, mit denen Leben und Zusammenleben zwischen Menschen bewertet werden konnte, reichen auf einmal nicht mehr aus. Das Wertesystem ändert sich, bricht oft ganz zusammen und macht Platz für ein neues.

Die neuen Verhaltensweisen müssen von den Menschen aber erst erlernt werden, sonst gehen sie an der Entwicklung, die sich vollzieht, zugrunde. Tatsächlich werden die Leute in solchen Übergangszeiten krank. Ihr inneres Gleichgewicht, die Balance zwischen Körper und Geist, kippt - mit der fatalen Folge, daß die Unausgeglichenheit zu einer Krankheit wird, die scheinbar unerklärliche Ursachen hat.

Schau dich um und du findest bei uns heute wieder diese Symptome des Übergangs. Die Menschen leben ohne Orientierung, sind einsam, sie haben Angst - ein Grundzustand ohne konkrete Ursache. Er ist einfach da und wirft die Leute aus dem Gleichgewicht: Noch nie gab es - bei einem Höchstmaß an Wohlstand - in den Industrieländern so viele Unzufriedene, so viele Alkoholkranke, so viele Drogensüchtige, so viele, die von Medikamenten abhängig sind, so viele Streßgeplagte, so viele Selbstmorde und Selbstmordversuche, so viele Ehescheidungen, so wenig tiefe Freundschaften. Unser Wertesystem funktioniert auf dem Papier und in den Gesetzen, aber nicht im täglichen Leben und nicht im Innern der Menschen.

Da fragt man sich: Hat sich das alte gesellschaftliche Modell wieder einmal überlebt? Müssen wir es ad acta legen oder reicht es, daß wir da und dort aus freier Entscheidung lediglich den Kurs korrigieren, zugunsten sinnvoller Lebensformen verändern?

Vor diese Aufgabe sind wir heute gestellt.

Solange wir den Kopf in den Sand stecken, haben wir kaum Chancen, das Problem zu lösen. Die eigene Geschichte lehrt, was in solchen Übergangszeiten notwendig ist.

Mit den alten Verhaltensweisen und Regeln wird es nicht möglich sein, die neue Zeit zu bewältigen. Aber mit dem enormen Wissen, das an der Schwelle zum Informationszeitalter vorhanden ist, besteht vielleicht erstmals in der Menschengeschichte die Chance, einen solchen Übergang bewußt, freiwillig und selbstgesteuert zu bewältigen. Früher waren die Übergänge immer begleitet von Kriegen, Wirrnissen und Chaos.''

Rieger schaute Klaus Kern lange an. ,,Du bist Manager in einem Betrieb - keinem Riesenunternehmen zwar, aber doch einer Firma, die für eine ganze Reihe von Leuten Lebensinhalt ist. Ein paar Dutzend Menschen sind bei euch beschäftigt und verdienen für sich und ihre Familien das Geld, andere Firmen leben indirekt von euch. Tausenden anderer Betriebe geht es ähnlich. Du bist einer der Chefs, bist für etliche Millionen Mark Umsatz jährlich verantwortlich, redest das ganze Jahr mit Kollegen und anderen Geschäftsleuten, besuchst Kurse und Fortbildungsseminare, verkehrst in Clubs für feine Leute, hockst in Verbänden, liest täglich Zeitung und schaltest den Fernseher ein - und was weißt du von diesem Übergang, den viele Paradigmenwechsel nennen? - Nichts.

Findest du, daß das normal ist?''

Kern schluckte erst einmal. Rieger hatte recht.

,,Ein Paradigmenwechsel trägt kein Etikett vor sich her, damit jeder gleich weiß, was los ist'', sagte Rieger. ,,Er schleicht auf leisen Sohlen in die Zeit herein.''

Die Probleme, die heute in der Wirtschaft, in der Politik, in Kunst, Kultur und im Sport bestehen, seien keine voneinander unabhängigen Einzelphänomene, sondern alles stehe in einem großen, verflochtenen Zusammenhang.

,,Prinzipiell passiert überall das gleiche: die Sinnfrage der Menschen in der Religion, die Ratlosigkeit des Unternehmers, dessen bewährte Steuer- und Kontrollinstrumente auf einmal nicht mehr funktionieren und Arbeitslosigkeit erzeugen, die Peinlichkeiten im Hochleistungssport, wo Amateure mit professionellen Monstern konkurrieren, die chaotische Zügellosigkeit in der modernen Kunst, die Verdrossenheit am Staat - die Aufzählung ließe sich lange fortsetzen. Wo Konflikte auftauchen glaubt man, es sei nur das Problem in einem Spezialbereich. - Irrtum, mein Freund.''

Kern dachte lange nach.

Er erinnerte sich an einen Fortbildungskurs für Betriebswirtschaft. Da ging es um „Früherkennungssysteme in der Wirtschaft''. Sein Betrieb war zwar zu klein, um sich so ein aufwendiges Frühwarnsystem leisten zu können, aber die Methode hatte ihn damals beeindruckt. Das Warnsystem ging nämlich von der Notwendigkeit aus, daß Firmen neue Ideen, neue Technologien oder neue Werkstoffe immer schon sehr früh erkennen müssen, damit sie solche Neuheiten rechtzeitig in ihr eigenes Produktions- und Verkaufskonzept aufnehmen können. Sie mußten deshalb alle Entwicklungen sorgsam beachten. Auf keinen Fall durfte die Konkurrenz eher im Besitz der Neuentwicklungen sein.

Wissenschaftler hatten herausgefunden, daß sich neue Ideen immer auf die gleiche Weise verbreiten. Was zunächst nur im Kopf eines Utopisten aufblitzt, breitet sich, falls es wirklich eine bedeutende Neuheit ist, nach einem genau bekannten Verlaufsmuster aus: erst vielleicht in einem Science-Fiction-Roman, dann in vorpreschenden Fachzeitschriften, dann als Test in einem wissenschaftlichen Labor mit einer Veröffentlichung in irgendeiner Forschungsarbeit, dann schon als Forderung oder Warnung einer Bürgerinitiative, später in bestimmten Magazinen, dann in der normalen Presse - und ganz zum Schluß, kurz bevor die gesamte Gesellschaft von der Neuheit durchdrungen ist, wird die Idee von der Gesetzgebung und von den Universitäten übernommem. Wer also wissen wollte, ob eine Neuheit die Kraft hatte sich durchzusetzen, mußte nur an bestimmten Stellen „Horchposten'' aufstellen. Wenn dann die gleiche Nachricht von unterschiedlichen Stationen gemeldet wurde, konnte man davon ausgehen, daß sich wieder einmal eine bedeutende Entwicklung in Marsch gesetzt hatte.

Dieses Prinzip der Früherkennung, so wunderte sich Kern jetzt, hatte seines Wissens nie etwas von einem Paradigmenwechsel in der Gesellschaft gemeldet.

„Was würde denn ein Frühwarnsystem heute an den Tag bringen, wenn man das neue Paradigma einmal beobachten wollte?'', fragte Kern den Psychologen.

„Es käme wahrscheinlich das heraus, was du zur Zeit in Alpbach mit deinen eigenen Augen siehst: daß es eine wachsende Zahl von Leuten gibt, die diese Übergangszeit ziemlich bewußt erleben. Und daß sich bereits neue Verhaltensweisen herausbilden, die wir künftig wahrscheinlich dringend brauchen werden.''

Kern hatte das Gespräch mit Rieger genossen.

Bis gestern hatte er von solchen Veränderungen nichts gehört. Aber er war froh, daß er mit diesem Paradigmenwechsel so plötzlich und so intensiv konfrontiert wurde.

Sein Adlerflug in dem Tiroler Berdorf ermöglichte ihm

zum ersten Mal eine neue Sichtweise, auch wenn er sie in ihren Konsequenzen noch nicht richtig begriff. Ihm wurde jäh klar, wie gefährlich es werden konnte, wenn man immer am Boden kleben blieb - den Blick versperrt durch zu nahe Hindernisse, die sich vor einem auftürmten und die Sicht in die Weite verhinderten. Kern war bisher nur vor solchen Hindernissen gestanden und hatte geglaubt, daß es die Aufgabe des Lebens war, sie zu übersteigen. Immer wieder, immer wieder; denn kaum war ein Hindernis überwunden, tauchte dahinter das nächste auf.

Jetzt hatte ihn jemand mit hoch hinauf genommen. Von oben sah Kern erstmals das Ganze in seiner Vielfalt. Er war wie berauscht.

Mit dieser neuen Perspektive konnte er gelassen auf die Erde zurückkehren. Was er jetzt tat, hatte eine neue Dimension - größer, nicht mehr das Eisschollen-Springen in seinem bisherigen Leben.

Kern empfand den Adlerflug, zu dem ihn Peter Rieger mitgenommen hatte, wie eine Einweihung: als Tür zu einem neuen Raum, von dessen Existenz er bislang nichts gewußt hatte. Noch hatte er diesen Raum nicht betreten, aber er wußte jetzt, daß es ihn gab. Und er wußte, daß er ihn erreichen konnte. Es lag allein an ihm selbst, die Tür aufzustoßen und hineinzugehen.

„Vielleicht ist ‚Adlerflug' tatsächlich das richtige Wort'', sagte Rieger zu Kern, „aber es ist - wie bei allen Dingen im Leben - wichtig, in welche Höhe man sich begibt. Bleibst du ganz unten am Boden, hast du wahrscheinlich nie die Chance, gewisse Dinge zu sehen - die erfordern halt den Aufstieg. Fliegst du aber zu hoch, dann erkennst du das Detail herunten nicht mehr - und du kannst nicht erkennen, wo drunten dein wirklicher Platz ist, zu dem du zurückkehren kannst. Beim Adlerflug ist es die Kunst, die richtige Höhe zu finden.''

Es war spät geworden am Kachelofen in der Pension. Rieger und Kern erhoben sich von den Holzbänken und gingen auf ihre Zimmer. Rieger gähnte beim Hinausgehen. Kern war frisch, als käme er soeben von einer kalten Brause. Sein Kopf und sein Herz waren angefüllt mit Gedanken und Gefühlen, alles schwirrte ihm durcheinander; es würde Zeit brauchen, die neuen Eindrücke zu ordnen.

Die Erregung ließ Kern lange nicht einschlafen. Er hatte das Gefühl, daß er dabei war, seinen Weg für den Rest des Lebens zu finden...

9

Kerns Erfahrungen in einer anderen Welt

Am nächsten Morgen machten die Alpbacher Kongreßteilnehmer - und dazu zählte sich Klaus Kern in der Pension inzwischen auch - an dem großen Tisch gemeinsam Frühstück. Das Gespräch drehte sich um die einzelnen Veranstaltungen des heutigen Tages - und wer in welche Workshops gehen würde.

Kern und Rieger beschlossen, bei den exotischen Heilern vorbeizuschauen, um etwas mehr von deren Behandlungsmethoden zu erfahren. Falls sich die Gelegenheit ergab, wollten die beiden auch einen Behandlungstermin für Kern arrangieren. Natürlich nicht in Alpbach selber, sondern irgendwo nach Abschluß des Kongresses.

In Alpbach herrschte wieder das Treiben, das Kern vom Vortag kannte und das für ihn noch immer ungewohnt war. Er fühlte sich nach wie vor als Außenseiter. Schließlich hatte er seine Nase erst seit einigen Stunden in dieses für ihn neue Thema gesteckt.

Gemeinsam mit Rieger besuchte Kern an diesem Tag

einen tibetischen Lama, einen hohen Mönch aus dem Gelugpa-Orden. Der Lama mit dem kahlrasierten Schädel sprach in einem Nebenraum des Kongreßhauses vor etwa 20 Zuhörern über die Besonderheiten der tibetischen Medizin, einem der ältesten Heilsysteme der Erde. Kerns Englisch reichte aus, um die einfachen Sätze des rotgekleideten Mönchs zu verstehen.

Im Laufe seiner Erläuterungen kam der Lama auch auf die legendäre Puls-Diagnose zu sprechen, bei der er angeblich nur durch das Abtasten des Pulses mit den drei mittleren Fingern seiner rechten Hand fast 800 Krankheiten feststellen konnte.

Unter den anwesenden Zuhörern befand sich eine Frau, die an dieser Aussage offensichtlich Zweifel hatte. Sie fragte, ob er, der Lama, diese Puls-Diagnose an ihr selbst einmal demonstrieren wolle. Der Lama ging auf sie zu und fühlte mit drei Fingern - wie ein Guitarrengriff am Handgelenk der Frau - den Puls.

Dann sagte er etwas, was die Frau und alle anderen im Raum sprachlos machte: „Ihnen fehlt die rechte Niere."

Das stimmte tatsächlich. Die Frau versicherte den staunenden Leuten im Raum, daß sie dies aus früheren ärztlichen Untersuchungen bereits wußte.

Auch Kern war von diesem alten Lama mit dem zerfurchten Gesicht beeindruckt. Seine ruhigen Bewegungen, wenn er einige Beispiele tibetischer Heilkunst mit sparsamer Gestik von Händen, Armen, Kopfdrehungen, Rumpfbeugen und seinen Beinen unterstützte - das wirkte sicher und souverän. Von diesem Kahlkopf ging Weisheit aus, Würde und Kraft.

Im Laufe seiner Demonstrationen und Erklärungen erwähnte Sonam, so hieß der Mönch, auch mehrfach das Tibet Medical Centre, das seinen Sitz in der nordindischen Stadt Dharamsala hatte, nahe der heutigen Residenz des 13. Dalai Lama, des weltlichen und geistigen Oberhauptes der Tibeter. 1959 haben sich der Gottkönig und seine Exilregierung in Dharamsala niedergelassen, nachdem sie vor der chinesischen Invasion aus Tibet flüchten mußten. 100.000 Tibeter waren dem Dalai Lama damals ins Exil nach Indien gefolgt - und dort versuchen sie seitdem unter großen Entbehrungen, ihre Kultur und ihre religiösen Bräuche außerhalb ihrer Heimat am Leben zu erhalten. Denn in Tibet selbst sind Religion - der tibetische Buddhismus - und religiöse Stätten von den Chinesen mit Stumpf und Stil ausgerottet worden. Zu den Bemühungen, die Traditionen des tibetischen Buddhismus und die Kultur des Volkes am Leben zu erhalten, um sie nach der ersehnten Rückkehr in der alten Heimat wieder „einpflanzen'' zu können, gehört auch die tibetische Medizin, eine Art Naturheilkunde, die von erstklassig ausgebildeten Ärzten praktiziert wird. Die aus Wurzeln, Kräutern und Pflanzen in den Himalaya-Bergen gewonnenen Medikamente entstehen unter inbrünstigen Gebeten von Mönchen - sie verleihen angeblich der kraftvollen Naturmedizin noch zusätzliche Energien.

„Wir sind im Augenblick dabei'', erklärte der Lama Sonam, „auch ein Medikament gegen Krebs zu erproben. Es gibt bereits sehr gute Ergebnisse. Da arbeiten wir mit einer amerikanischen Universität zusammen. Die Klinik teilte uns mit, daß sie bisher mit keinem anderen Mittel so gute Erfolge bei Krebs erzielt hat.''

Klaus Kern saß bei diesem letzten Satz des Lamas auf seinem Stuhl und hatte das Gefühl, er habe soeben einen Kinnhaken bekommen. Erst die Inderin aus Delhi, dann dieser braunhäutige Mönch in seinem dunkelroten Umhang - zu diesen beiden hatte Kern sofort Vertrauen. Er wollte beide fragen, ob er zu ihnen in Behandlung kommen durfte.

Ein zweiter Besuch galt an diesem Tag einer philippinischen Heilerin, die in einem anderen Raum vor einer Gruppe interessierter Leute über ihre Heilmethoden sprach. Die Frau war jung und hübsch, so wie sich Kern schon immer eine dieser anschmiegsamen Fernost-Mädchen vorgestellt hatte, auf die die Europäer so abfahren. Aber diese Philippina war aus anderem Holz als jene im Vergnügungsviertel von Manila: eine sensible, ernste, fast zu ernste Frau, bei der man glaubte, daß allein schon Lebensfreude eine Sünde ist. Jedenfalls würde Kern in ihrer Gegenwart nie gewagt haben zu lachen.

Die Philippina heilte ihre Patienten angeblich durch blankes Handauflegen, eine Art Magnetismus: Heilkraft aus den Händen.

Kern hatte eher die sensationellen Heilungen jener philippinischen Wundermänner in Erinnerung, wie man sie in letzter Zeit in den Illustrierten und Magazinen beschrieben hatte: blutige Eingriffe in den Körper von Kranken, aber ohne Skalpell, ohne Narkose. Mit den blanken Fingern sollten diese Geistheiler angeblich ins Fleisch eindringen. Und hinterher war, so die Berichte, nichts mehr zu sehen - kein Schnitt, keine Narbe, nichts.

Die Frischoperierten erhoben sich angeblich von ihrer Pritsche, auf die sie sich ein paar Minuten zuvor hingelegt hatten und gingen heim.

Leider war so ein Geistheiler nicht in Alpbach - zu gerne hätte Kern ihn einmal beobachtet, notfalls auch, um sich selber von ihm behandeln zu lassen. Die Meinungen über solche Sensationsdarsteller waren zwar immer geteilt, aber Kern hatte des öfteren von spektakulären Heilungen gelesen.

So war der Kurzbesuch bei der Philippina in Alpbach eher eine Enttäuschung - bis auf einen Dialog, den während des Workshops zwei Männer rechts neben Kern geführt hatten. Da ging es um die Frage, ob man denn mit seinem Leiden sofort zu einem Wunderheiler, einem anderen exotischen Medizinmann oder gar zu einem Schamanen gehen sollte.

Der eine Mann meinte: „Erstmal mit dem Leiden zum praktischen Arzt gehen, zum Hausarzt also. Wenn er dir nicht helfen kann, dann zum Facharzt. Wenn auch das nichts nützt, laß dich an eine Klinik überweisen, wo Spezialisten tätig sind - und erst wenn du von denen auch keine Hilfe bekommst, dann erst weg von der Schulmedizin. Geh danach zu einem Heilpraktiker - und erst ganz zum Schluß solltest du einen Wunderheiler aufsuchen, egal ob er auf den Philippinen lebt oder am Amazonas, in einem Tiroler Hochtal oder bei den nordamerikanischen Indianern.''

Der das sagte, war selbst Arzt - das jedenfalls entnahm Kern einigen seiner Bemerkungen.

Kern und Rieger schauten an diesem Tag noch bei

einem uralten Schamanen vorbei, der mit einem Übersetzer nach Alpbach gereist war - in der farbenprächtigen Tracht seines Stammes, Indianern im mexikanischen Hochland. Der Alte war völlig vertrocknet: ein dürres, faltiges Kerlchen, das in bunten Indio-Gewändern steckte, Ketten und Schmuck um den Hals. In seiner Nähe hatte Kern am stärksten das Gefühl, daß er sich im Grenzbereich zu Hokuspokus fidibus befand.

Ähnlich erging es ihm auch, als er bei einem südafrikanischen Zulu-Medizinmann hineinschaute, der inmitten der jungen Europäer seine Zaubereien vollführte. Auch er, der Neger, war in ritueller Stammestracht erschienen. Am Gürtel trug er einen Ledersack voller Tier- und Menschenknochen. Die warf er mit leichter Hand auf eine am Boden ausgebreitete Decke. Und dann deutete der schwarze Meister Zukunft und Gesundheit, Gefahren und Krankheiten aus den Knochenformationen heraus - exotische Horoskope jeweils für den, der ihn um den Knochenwurf gebeten hatte.

Hier vor allem spürte Kern die große innere Distanz zwischen seinen eigenen Vorstellungen von medizinischer Behandlung und den magischen Beschwörungen des Urwald-Zauberers. Nein, an so etwas mochte Klaus Kern nicht glauben - selbst wenn ihm hundert Geheilte erklären würden, sie seien nach diesem Knochen-Ritual gesund geworden!

Kern und Rieger informierten sich noch bei einem brasilianischen Ehepaar, das gemeinsam auftrat. Er war Ingenieur und sie eine medial veranlagte Frau, die ihre heilenden Hinweise angeblich über Kontakte mit der

Geisterwelt auf unserer Erde herunterholte. Auch diese Methode war zu weit weg von Klaus Kern. Das roch für ihn nach Spiritismus, nach Tischerücken und Teufelsaustreibungen. Er mißtraute dem Vorgang, den er nicht verstand.

Auch zu einem weiteren indianischen Medizinmann, der im vollen Kopfschmuck im Zimmer 12 agierte, faßte Kern kein Vertrauen. Aber vielleicht lag das daran, daß er Männer dieser Art aufgrund der Wildwest-Literatur eher mit Krieg, Skalp und Marterpfahl in Verbindung brachte als mit dem Heilen von körperlichen und seelischen Leiden.

Der Indianer Black Eagle lud die Kongreßteilnehmer für den folgenden Vormittag sogar zu einem gemeinsamen „Reinigungsritual'' ein, das im kalten, klaren Wasser des Alpbaches stattfinden sollte.

Kern wollte sich dieses Schauspiel nicht entgehen lassen, obwohl er nicht die Absicht hatte, selbst daran teilzunehmen.

Der Tag war für Kern außerordentlich interessant gewesen - und wichtig. Denn Peter Rieger hatte abends drei Adressen bei sich, die für Kern wie Rettungsanker wirkten.

Im Laufe der Veranstaltungen war Rieger nämlich an die indische Heilerin, an die Geistheilerin Nida von den Philippinen und an den tibetischen Lama herangetreten und hatte Kerns Anliegen vorgebracht. Alle drei gaben ihm bereitwillig ihre Adressen, so daß einer Behandlung Kerns nichts mehr im Wege stand. Allerdings mußte Kern in die jeweiligen Länder kommen, denn die drei Heiler wollten sofort nach Ende des Kongresses wieder in ihre Heimat zurückreisen. Bei der dunkelhaarigen Philippina hatte sich noch ein Problem ergeben: Da sie in den kommenden Monaten in der ganzen Welt viel unterwegs sein mußte, konnte sie nicht versprechen, ob sie auf den Philippinen anwesend war, wenn Kern dorthin kommen würde. Für alle Fälle aber hatte sie Peter Rieger eine weitere Adresse aus Baguio City zugesteckt, einer Provinzhauptstadt auf der Insel Luzon, etwa 200 Kilometer nördlich von Manila. Dort war einer der berühmtesten philippinischen Wunderheiler tätig, ein Freund Nidas. Er, so versicherte die Frau, werde Kern gerne behandeln, falls sie selbst nicht in Manila weilen sollte.

Kern freute sich über Riegers Erfolg. Er war inzwischen fest entschlossen, die Reise nach Fernost anzutreten. So konnte er seine bisher unerfüllte Sehnsucht nach fremden Ländern ideal verbinden mit der Möglichkeit, dort vielleicht geheilt zu werden. Allerdings wollte er in den nächsten Tagen noch einmal alles überdenken - eine Absicht, die ihn ja überhaupt nach Tirol geführt hatte. Bisher war er dazu nicht gekommen, weil ihn die Ereignisse in Alpbach regelrecht überrollt hatten. Aber vielleicht war genau dies seine Kurskorrektur.

Kern hatte in den letzten Tagen viel gesehen und viel erlebt.

Er war mit Phänomenen in Berührung gekommen, die er sich nicht erklären konnte - ja, von denen er bislang noch nicht einmal etwas gehört hatte. Sein rationales Leben, sein Geschäft und seine gesamte Erziehung hatten ihn nie mit solchen Themen konfrontiert. Kern vermochte noch nicht zu beurteilen, was ihn in den letzten Tagen mehr fasziniert hatte: ob es die exotischen Rituale waren, das Fremdartige, dem seine Neugier erlegen war, ob er vielleicht innerlich spürte, daß er in diesen Stunden dazu ausersehen war, an etwas Wesentlichem teilnehmen zu dürfen, an Ereignissen im Grenzgebiet des Lebens, wo unerklärbare Phänomene eine Neubewertung forderten - oder ob es letztlich nur die Suche nach dem berühmten Strohhalm war, den er außerhalb der ihm vertrauten medizinischen Kunst zu finden hoffte, einer Medizin allerdings, die ihm, den Todgeweihten, nicht mehr zu bieten hatte als die Diagnose des nahen Endes.

Kern hatte viele neue Informationen erhalten und sie wie ein Schwamm in sich gesogen. Trotzdem: Um zu verstehen, was in Alpbach vor sich ging, reichten zwei, drei Tage nicht aus. Schon gar nicht für einen, der sich vorher noch nie mit solchen Fragen auseinandergesetzt hatte.

So war Kerns rationales Weltbild zwar erheblich angeschlagen durch die Informationen, die ihm der Kongreß geboten hatte. Aber im entscheidenden Punkt hatte er den Sinn der Tagung noch nicht verstanden. Für Kern waren halt die exotischen Heiler Menschen, die eine Krankheit ähnlich behandelten wie die Ärzte im Westen auch - nur daß die einen mit Skalpell und hochwirksamen chemischen Medikamenten zu Werke gingen, während die Exoten dies mit scheinbar übernatürlichen Kräften taten.

Der eigentliche Unterschied zwischen den beiden Methoden war Kern noch nicht klar geworden. Denn für die Heiler und Schamanen war eine Krankheit die Folge eines inneren Ungleichgewichts, wenn die Harmonie zwischen Körper und Geist aus der Balance geraten war. Dieser Zustand manifestierte sich nach ihrer Meinung einige Zeit später in Form einer Krankheit, die im gesamten Körper entstand oder an bestimmten Körperstellen ausbrach.

Folgerichtig mußte nach dieser Theorie nicht die Krankheit geheilt werden, sondern der ganze Mensch mußte wieder in seine innere Balance zurückversetzt werden. Erst dies war die Voraussetzung, daß die Krankheit verschwand. Das Leiden oder der Schmerz hatte dann seine Aufgabe, ein wahrnehmbares Signal nach außen abzugeben, erfüllt.

So war auch verständlich, daß sich die exotischen Heiler weniger um den Krankheitsherd sorgten, ihn kaum analysierten oder behandelten, sondern sie wandten sich an den Menschen selber. Um ihn kümmerten sie sich, um seinen Gemütszustand, fragten nach Sorgen, erkundigten sich nach der Ernährung, nach Träumen, nach Zukunftsplänen. Daraus entwickelten sie ihre Diagnose und ihre Behandlungsmethoden. Die mochten durchaus auch die Wunde selbst betreffen, aber die wesentliche Behandlung fand nicht am erkrankten Körperteil statt. Eher versuchten diese Heiler, mit ihren Methoden den Patienten als Einheit, als Ganzes zu behandeln, um die inneren Kräfte dieses Menschen zu wecken, eine Art Selbstheilung in Gang zu setzen, die ihnen zur Überwindung der Krankheit aussichtsreicher erschien als lediglich die äußere Behandlung eines Eiterherdes, einer Wunde, eines verletzten Körperteils.

Insofern mußte der Patient am Ende nicht nur als

gesünder, sondern zugleich als neuer Mensch aus der Krankheit hervorgehen. Das war ganzheitliche Behandlung, wie sie von den Indianern oder tibetischen Lamas, von dem brasilianischen Ehepaar oder der indischen Heilerin praktiziert wurde.

Die Krankheit bekam dadurch sogar einen Sinn. Sie war das äußere Signal dafür, daß ein Mensch aufgrund seelischer Einflüsse aus dem Gleichgewicht geraten war und innerlich wiederhergestellt werden mußte. Krankheit war somit weder ein Unglück noch eine Strafe, sondern ein - oft massiver und schmerzhafter - Hinweis auf eine verkehrte Lebensführung oder auf die Abkehr von Wegen, die dem Menschen körperliche und seelische Harmonie gewährten.

Eine solche Diagnose war natürlich nicht zu erreichen, indem man dem Patienten Blut abzapfte und im Labor untersuchte, indem man dem Krankheitsherd eine Gewebeprobe entnahm und analysierte, indem man Kontrastmittel ins Blut spritzte und am Bildschirm die Verteilung der Flüssigkeit im Körper verfolgte. Allerdings: Daß mit diesen Methoden bei akuten Erkrankungen große Erfolge erzielt wurden, steht außer Zweifel. Bei chronischen Leiden aber, wo mehrere Faktoren die Gesundheit und die Wiederstandskraft eines Menschen in einem oft jahrelangen Prozeß zermürbten, da waren diese technischen Methoden meist überfordert.

Möglicherweise war genau dies der Punkt, wo die ganzheitlichen Behandlungsmethoden der Exoten größere Heilchancen boten.

Kern war von den Eindrücken des Tages randvoll

angefüllt. Gemeinsam mit Peter Rieger aß er in der Pension noch einen Happen Käse mit Brot, trank ein kleines Bier und legte sich schwer, aber zufrieden ins Bett.

Am nächsten Morgen sah er sich - bei strahlendem Wetter und warmer Sonne - jenes „Reinigungsritual'' an, das der indianische Medizinmann tags zuvor angekündigt hatte.

Etwa 100 Kongreßteilnehmer waren dazu an den knietiefen Bach gekommen, dessen grünes Wasser über Steine und Baumstämme nach unten schoß - weiße Gischt spritzend, kleine Steininseln umspülend. Der Gebirgsbach, der sich in den Felsen hineingesägt hatte, war eiskalt. Trotzdem ließen es sich die 100 Leute nicht nehmen, mit hochgekrempelten Hosenbeinen dem Indianer durch das Wasser zu folgen, bis der Medizinmann mitten im Bach ein winziges „Inselchen'' ausfindig machte, wo die warmen Strahlen der Sonne ungehindert und ohne Schatten zwischen den hohen Uferbäumen hereinfielen.

Dort legte er unter immerwährenden Verbeugungen zu „Vater Sonne'' kleine Kieselsteine in einer unergründlichen Formation auf die Erde, zündete mitgebrachtes Rauchwerk an, verbeugte sich - und forderte die heranwatenden Kongreßteilnehmer auf, ein Gleiches zu tun.

Es war ein eher komisches Bild, wie die jungen Mitteleuropäer im Gänsemarsch durch den eiskalten Bach stakten, einzeln das rauchende Inselchen betraten und dort ihre Verbeugungen vor einem ihnen unbekannten Manitu machten - wahrscheinlich auch ohne zu wissen, was das alles zu bedeuten hatte.

Nur der Indianer war offenbar im Bilde. Mit ernster, fast feierlicher Miene stand er in seinem Lendenschurz da und bugsierte die europäischen Sonnenanbeter durch das Reinigungsritual, das an diesem Morgen Seife und Dusche ersetzte.

Kern war froh, daß er nicht an diesem Vorgang teilgenommen hatte, sondern alles aus gesicherter Entfernung beobachten konnte. Man merkte vielen Teilnehmern an, daß sie doch recht enttäuscht waren - sie machten lange Bleichgesichter.

Schade, dachte Kern bei sich, daß ausgerechnet dieses komische Ritual sein letzter Eindruck von einer ganzen Reihe ungewöhnlicher Erlebnisse war.

Während die meisten Alpbacher Kongreßteilnehmer und Kerns vier Freunde aus der Pension an diesem Sonntag abreisten, entschloß sich Klaus Kern, noch ein paar Tage in Tirol zu bleiben. Er wollte in Ruhe noch einmal alles überdenken: sein eigenes Leben, den von ihm vor vier Monaten beschlossenen Plan für das „Finale" - und natürlich mußte er die Ereignisse der letzten Tage verkraften und in einen Bezug zu seinem weiteren Leben bringen, falls dies überhaupt gelang.

Kern spürte intuitiv, daß diese letzten Tage für sein Leben, wie lange es auch noch dauern mochte, eine neue Bedeutung hatten. Welche Schlußfolgerungen sollte er daraus ziehen? Er war im Augenblick zu verwirrt, als daß er mit seinem Verstand alles hätte ordnen können. Deshalb wollte er noch bleiben.

Kern verabschiedete sich von der Schweizer Organistin

und von den beiden Münchner Medizinstudenten wie von alten Freunden, obwohl er sie erst ein paar Stunden kannte.

Als Peter Rieger ging, umarmten sich die beiden. „Danke für alles'', sagte Kern und drückte den Psychologen an sich, „du hast mir sehr geholfen.''

Rieger und Kern versprachen sich, in Kontakt zu bleiben. Zwischen ihnen war eine Freundschaft entstanden.

Von der Terrasse der Pension aus konnte Kern die drei Autos noch lange verfolgen, wie sie den schmalen Weg hinunterkurvten ins Tal. Er winkte ihnen nach.

Dann nahm Kern in den weichen Polstern des Korbsessels Platz, der auf dem Balkon stand, und schaute in die herrliche Landschaft, die in der Sonne vor ihm ausgebreitet lag. Er genoß die Aussicht, die Ruhe und Kraft, die in dieser Erde steckte und eine so vertraute Atmosphäre erzeugte.

Er, der Todgeweihte - wie oft würde er so einen Anblick noch genießen dürfen? Oder erlag er, indem er sich der Schönheit dieser Lebenssekunde hingab, schon wieder jenen Verlockungen, die die Sinne vorspiegeln?

War das, was der Mensch mit Sinnen wahrnimmt, mit Augen und Ohren sieht und hört, was er erfühlt und riecht, was er gerne mit Händen streichelt - war all dies Schöne und Erhabene letztendlich nur eine Vernebelung, die von wichtigen Markierungen auf dem Lebenspfad ablenkt? Waren diese Schönheiten, die die Sinne schenken, die eigentliche Prüfung des Lebens? Prüfung für einen beschwerlichen Weg, einen Klettersteig voller Hindernisse und Gefahren, an dessen Ende der Mensch etwas vollkommener ankommt als am Anfang?

Andererseits mochte Kern einfach nicht glauben, daß diese Welt mit ihren Wundern an Formen und Farben für Menschen wie eine Falle wirkte, in die sie die Sinne hineinzogen.

Mit solchen Gedanken im Kopf war Kern sehr nahe bei den Vorstellungen von Religionen und weisen Lehrern, die zu allen Zeiten - oft genug warnend! - auf jene Trugbilder hingewiesen haben, die angeblich von den Sinnen erschaffen werden.

War die herrliche Welt draußen etwa ein Fernsehbild, das nur innerhalb des eigenen Kopfes entsteht, sobald die Antennen - die fünf Sinne - eingeschaltet sind? Konnte es sein, daß diese unsichtbaren Wellen von den Sinnesorganen empfangen und ans Gehirn weitergeleitet werden und daß dann das bunte Bild auf einem inneren Fernsehschirm eingeschaltet wird: Gerüche, Berührungen, Geschmack, Geräusche und Formen!

Existieren außerhalb des Körpers diese Dinge gar nicht: keine Form, keine Farbe, kein Geruch? Eventuell nichts, nur Energiewellen...? Kein Haus, kein Gebirgsbach, keine schöne Frau - das alles nur entstanden durch die Umwandlung von Energie im Gehirn? Die ganze herrliche Welt also nur ein Kunstbild innerhalb des Kopfes und draußen existiert bloß eine farblose, formlose, durchlässige Geisterwelt?

Und weil unsere Antennen, die Sinnesorgane, nur einen engen Ausschnitt aller vorhandenen Energiewellen empfangen und verarbeiten können: Ist dann selbst diese auf unserer menschlichen Frequenz wahrnehmbare, herrliche, bunte und dramatische Welt nur ein winziger Ausschnitt aus einem kosmischen Leben, das auf anderen Frequenzen offenbar noch ganz andere Programme zu bieten hat?

Schon die Fledermaus orientiert ihre Flugbewegungen an Wellenlängen, die das menschliche Ohr nicht mehr hören kann. Fliegen nehmen mit ihren Facettenaugen auf anderen Frequenzen andere Farben wahr. Was mag außerhalb unserer Wahrnehmungsgrenzen zu sehen und zu hören sein? Was gibt es da noch zu schmecken, zu riechen und zu fühlen?

Immer neue, faszinierende Mini-Welten voller Leben werden von der Wissenschaft entdeckt: Bakterien, Viren und Moleküle, die in winzigen Teilen unseres Körpers kreisen und ein eigenständiges, geordnetes Leben führen. Dabei spielt sich all das noch auf Frequenzen ab, die mit ziemlich einfachen technischen Hilfsmitteln empfangen werden können.

Menschliches Bewußtsein hat lächerlich enge Grenzen. Durch die Einnahme von Drogen versuchen manche Menschen, diese Grenzen zu überschreiten und für Sekunden, Minuten oder Stunden Gast in einer Welt zu sein, die sonst verborgen bleibt.

Mit diesen Gedanken saß Kern auf der Terrasse und genoß den Ausblick.

Eigenartig war das schon.

Die herrliche Welt um ihn herum bestand vielleicht nur in seinem Kopf, formte sich nur hinter den Augen zu einem Bild. Und weil jeder Mensch sich in seinen Sinneswahrnehmungen vom anderen unterschied, mußte sich folgerichtig für jeden diese äußere Welt geringfügig anders darstellen als beim Nachbarn. Zwar waren die draußen vor sich hinstrahlenden Energiewellen für jeden gleich, doch die Menschen wandelten sie wie in einem Schöpfungsakt individuell um. Die Welt zeigte sich in sehr persönlichen Bildern - je nach der Fähigkeit seiner Sinne. Deshalb würde jeder das Bild mit anderen Farben malen, obwohl alle das gleiche Motiv sehen. Der eine empfindet die Farben des Wassers intensiver blau als ein anderer, der wiederum ist fasziniert von den stechend dunklen Augen des Bettlers, die sein Nachbar für ganz normal hält.

Was aber ist dann wichtig in dieser Welt, wenn all das, was fest und materiell und unveränderlich erscheint, in dieser Form gar nicht existiert?

Kern, der immer noch auf dem Balkon saß, war sich bewußt, daß er mitten drin war, ein neues Kapitel seines Lebens aufzuschlagen.

Und wie sich jetzt alles unterschied gegenüber vorher!

Da hatten Sinnlichkeit und Leiblichkeit dominiert. Und sein eigenes Leben hatte sich widergespiegelt in den Inkarnationen dieser Begriffe: Frauen und Geselligkeit, Schlemmen und Geld, Urlaubsstrände und Sport! Allmählich dämmerte es ihm, daß er sich von seinen Sinnen hatte einseitig auf eine sich schnell drehende Scheibe abdrängen lassen, wo es schwierig war, nicht herausgeschleudert zu werden.

10

Kerns neue Pläne

Es fiel ihm in diesen Stunden wie Schuppen von den Augen.

Natürlich war er noch weit davon entfernt, sich von der Verklammerung mit den äußeren Reizen lösen zu können, aber in ihm war eine neue Sehnsucht entstanden. Zum ersten Mal fühlte er in sich eine Kraft, die stark genug sein konnte, ihn zu bisher unbekannten Dingen hinzuziehen. Er spürte sie wie einen fernen Magneten. Zugleich war ihm jedoch klar, daß diese Kraft nicht wirken würde, wenn er untätig blieb. Er mußte selber wollen, damit er die Anziehungskraft nutzen konnte auf dem Weg zu seinem Ziel.

Geistige Ausrichtung des Lebens - ja, darin lag jetzt für Kern so etwas wie Sinn. Deshalb mußte er ja nicht gleich in einer Überreaktion alles Äußere und Materielle über Bord kippen. Entscheidend war für ihn, daß er die neuen Erfahrungen bei sich ordnete.

Klaus Kern ging in den folgenden Tagen viel spazieren in den üppigen Laub- und Nadelwäldern, wanderte auf schmalen Bergpfaden hinauf, wo nackte Felsen aus dem grünen Wald herauswuchsen, freute sich an den herrlichen

Rundblicken, wenn er auf Gipfeln stand und spürte immer mehr die Kraft und die Verbundenheit, die ihm die Natur schenkten.

Natürlich dachte er auf diesen einsamen Wanderungen viel nach. Und ertappte sich dabei, daß sein jetziges Denken sich fast überhaupt nicht mehr um jene Inhalte drehte, die noch vor Monaten seinen Kopf gefüllt hatten.

In diesen Stunden des Nachdenkens, wenn er auf einer Bank im Wald saß oder im Gras an einem Hang, der ihm den Ausblick ins Tal freigab, wenn er sich niederließ an einem der schmalen, schnell dahinspringenden Bäche, wenn er Käfer und Ameisen beobachtete und dem flattrigen Spiel von Vögeln zusah - immer tiefer konnte Kern jetzt in die Natur eintauchen, sich einfühlen. Mit Bäumen und Tieren, mit dem Wasser und den Felsen verspürte er plötzlich eine vertraute Einheit. Sie alle gehörten zusammen - mit ihm, der Teil dieser Natur war, sie genoß und gleichzeitig in ihr aufging.

Früher hatte er die Natur konsumiert wie all die anderen Gegenstände, die ihm gefielen. Immer war eine unsichtbare Wand zwischen ihm und den Dingen. Er befand sich auf der einen Seite - und drüben war der erfreuliche, erstrebenswerte, Wohltun verschaffende Gegenstand. Erst indem er diesen Gegenstand zu sich herholte, war er in der Lage, ihn zu genießen - egal, ob das ein Baum war oder ein Auto, ein Badestrand oder eine Frau, ein Film oder eine Wolke.

Jetzt gab es für Kern die Trennwand nicht mehr.

Er erkannte neue Zusammenhänge. Kern jedenfalls spürte auf einmal dieses umschlingende Band zwischen dem Baum und ihm, dem Felsen und dem Vogel, dem Gras und dem Bach.

An seine Krankheit dachte Kern überhaupt nicht. Erst als er überlegte, wie er die kommenden Monate gestalten wollte, kam ihm sein Leiden wieder in den Sinn. Ein Leiden, das er bisher nur als ärztliche Aussage kannte. Er würde es schon noch früh genug zu spüren bekommen, dachte er bei sich.

Kern stellte jetzt keine konkreten Zukunftspläne mehr zusammen - so wie er es vor vier Monaten nach der Todesbotschaft getan hatte. Er beschloß aber, sobald wie möglich eine große Reise anzutreten. Nicht mit einer Reisegesellschaft oder auf russischen Kreuzfahrtschiffen, sondern allein und ohne Planung. Lediglich drei Ziele nahm er sich vor - und die ergaben sich aus den Adressen, die ihm Rieger beim Alpbacher Seminar besorgt hatte: die Philippinen, dann in Indien Neu-Delhi und schließlich etwa 400 Kilometer nördlich davon Dharamsala in der Provinz Himachal Pradesh, wo der tibetische Lama mit einigen tausend seiner geflüchteten Landsleute im Exil lebte.

Alles andere wollte Kern dem Zufall überlassen. Er plante bewußt nicht die einzelnen Reisetage und -ziele, ließ alles offen. Nur seine Absicht, unterwegs drei Heiler aufzusuchen, waren Fixpunkte der Reise.

Mit diesen Gedanken löste er sich allmählich von Tirol, unternahm hie und da noch eine kleine Wanderung, setzte sich im Wald nieder, genoß die herrlichen Aussichten von den Bergen weit übers Tal, hörte dem Singen der Vögel zu und ließ die stillen Erlebnisse in sich verklingen.

Dann packte er seine wenigen Sachen zusammen, zahlte, verabschiedete sich von seinen freundlichen Wirtsleuten und reiste ab.

Als Klaus Kern daheim die Tür seiner Wohnung aufsperrte, war ihm schlagartig bewußt, wie sehr sich sein Leben in diesen Tagen verändert hatte.

Damals, als er überstürzt aus der Frankfurter Halbwelt abgereist und nach Hause gekommen war, da hatte er das Chaos, die totale Unordnung hinter sich gelassen und war in die äußere Aufgeräumtheit seiner Wohnung zurückgekehrt. Er wußte damals zwar nicht, wohin ihn sein Weg führen würde, er war ohne konkrete Pläne, nur voller Überzeugung, daß er alles anders machen müsse in seiner letzten Lebensphase - ohne allerdings zu wissen, was dieses „anders'' bedeutete.

Jetzt kam er aus einer inneren, tieferen Ordnung zurück in die Ordentlichkeit seiner kleinen Wohnung.

Welch ein Unterschied!

Kern war sich jetzt sicher, daß er auf seine Lebensspur gestoßen war - fast zufällig durch die Begegnungen in Alpbach, ohne konkretes Suchen. Oder war in ihm das Verlangen längst vorhanden, nur hatte er bis dahin noch keinen Kristallisierungspunkt finden können? Was in ihm war, wurde durch die Erfahrungen in Tirol plötzlich Wirklichkeit. Trug jeder Mensch diese vom Alltag zugeschaufelte Fähigkeit zur Wandlung in sich? Als Anlage des Guten, des Schöpferischen, das im Menschen eingepflanzt ist?

Kern fühlte sich gut.

Zum ersten Mal im seinem Leben war es ihm gelungen,

in seine eigene Tiefe vorzustoßen, ein kleines Stück nur, aber er ahnte, daß sein Weg darin bestand, noch weiter in sich einzudringen. Er hoffte, daß ihm dies alles noch gelang, bevor ihn seine Krankheit aus dieser Welt herausriß.

In den folgenden Tagen beschäftigte sich Kern vor allem mit seiner Reise nach Fernost. Er konnte ja nicht sofort wegfliegen. Für die Philippinen wie auch für Indien waren Visa notwendig, und die mußte er sich erst besorgen. Erfahrungsgemäß, so sagten ihm die Leute vom Reisebüro, bei denen er auch seine Flüge buchte, würden diese Formalitäten zwei, drei Wochen dauern.

Kern wollte die Zeit nutzen.

Da war zunächst einiges zu erledigen. Seine Abwesenheit von daheim, die er auf zwei Monate schätzte, machte Vorkehrungen bei der Bank, Gespräche mit Freunden und seinem Vater, mit der Putzfrau und mit der Post notwendig. Außerdem mußte sich Kern gegen Typhus, Cholera und Gelbsucht impfen lassen - weniger wegen der möglichen Spätschäden, vor denen sich Kern nach dem Stand der Dinge am wenigsten zu fürchten hatte, sondern einfach wegen drohender akuter Erkrankungen im fremden Land. Das konnte er sich schon aus Zeitgründen nicht mehr leisten, wenngleich er ja dorthin reiste, um vielleicht, vielleicht sogar Heilung von seinem eigentlich unheilbaren Leiden zu erlangen. So waren diese Impfungen Vorgänge zwischen Hoffen und Zweifeln an den Behandlungen im Fernen Osten. Ob es notwendig war, die Spritze gegen Gelbsucht noch zu bekommen oder die Malariatabletten zu schlucken, würde sich dann schon herausstellen. Kern nahm das Zeug jedenfalls, und er verband die Arztbesuche immer gleich mit einigen Fragen über seine weiteren Maßnahmen gegen den Krebs. Die Gespräche, die er darüber mit Dr. Fermann führte, waren ohnehin nicht ermutigend. Fermann packte ihm - außer den Krebstabletten - ein ganzes Säckchen voller Medikamente ein, die in den kommenden zwei Monaten aus ärztlicher Sicht in den Tropen notwendig waren.

In der Zwischenzeit beschäftigte sich Kern ausführlich mit den Philippinen, mit Indien und natürlich mit den dortigen Heilmethoden, soweit er in deutschen Buchhandlungen darüber etwas fand. Er war dann aber doch erstaunt, wie umfangreich die Literatur zu diesen Außenseiter-Themen war - ein Indiz dafür, daß sich offensichtlich mehr Menschen mit diesen alternativen Heilmethoden beschäftigten als er vermutet hatte.

In der Wartezeit vor dem Abflug saß Klaus Kern meist daheim und las. Auch abends ging er kaum weg, obwohl er gerne mit jemanden über seine jüngsten Erlebnisse und Erfahrungen geprochen hätte. Aber in seinem alten Bekannten- und Freundeskreis war keiner, mit dem er sich darüber unterhalten konnte. Doch das Thema hatte ihn inzwischen so gefesselt, daß er lieber allein zu Hause blieb, als sich wie früher in eine Kneipe oder in die Disco zu setzen.

Kern war in den Tagen vor seiner Abreise von einem unbändigen Wissensdrang zu den Themen, von denen er in Tirol erstmals gehört hatte, getrieben. Außer den einschlägigen Büchern und Zeitschriften nahm er kaum anderen Lesestoff in die Hand - höchstens seine Lokalzeitung, aus der er sich rasch darüber informierte, was draußen in der Welt und drinnen in seiner Stadt geschah. An den letzten Seiten des Lokalblattes blieb er allerdings zunehmend länger kleben: Kern las die Todesanzeigen. Obwohl er sich selber mit seinem Tod viel seltener beschäftigte als früher, ließ er kein noch so kleines Inserat aus, das vom Tod eines Menschen Nachricht gab. Die meisten Leute kannte Kern nicht, nur ab und zu einmal ein Name, der ihm geläufig war. Ihn interessierten allerdings weniger die Namen oder das Wann und Wo, sondern vor allem die Begleittexte, die in allen Inseraten in nur leicht abgewandelter Form auftauchten. Offenbar handelte es sich dabei um Standardformulierungen, die bei den Anzeigenabteilungen der Zeitung als Muster vorlagen - und der jeweilige Verwandte, der das Inserat aufgab, konnte unter den vorhandenen Texten auswählen, was nach seiner Auffassung am ehesten zu dem Verstorbenen paßte.

Da maßte sich ein Lebender an - und ließ es über das Inserat der Öffentlichkeit wissen -, daß der soeben Verstorbene „nach einem erfüllten Leben abberufen'' worden sei. Woher wußte er das? Wer hatte sein Leben erfüllt oder unerfüllt abgeschlossen? Stand es Lebenden zu, darüber zu richten? Nach welchen Kriterien beurteilte er das Leben des Toten? Nach Maßstäben, nach denen die meisten Menschen zu leben pflegten - mit ihren Versicherungspolicen und Automobilen, mit dem Beruf und dem Urlaub am Meer, mit ein paar Vereinsmitgliedschaften und zwei Kindern? Hatte jemand, der nach diesen Prinzipien sein Dasein gestaltete, am Ende wirklich ein „erfülltes Leben'' hinter sich? Oder hätte er zu Lebzeiten lieber etwas ganz anderes gemacht: spannender, aufregender, spontaner, humaner, freundlicher - und ohne die ständigen Verbeugungen vor Behörden und Verwandten, Lehrern und Vorgesetzten?

In einem anderen Inserat hieß es, daß einer „viel zu früh in den ewigen Frieden'' abgerufen wurde. Zu früh - gemessen woran? Am Lebensalter? Es gab Menschen, die wurden steinalt und hatten immer verkehrt gelebt: falsche Erziehung, äußere Zwänge. So einer konnte auch mit 90 nicht für sich beanspruchen, daß er nach einem „langen und erfüllten Leben'' gegangen war. Und der junge Mann, der mit 35 Erkenntnisse und Erfahrungen hatte wie kaum ein anderer, der in einem mühevollen, aber konsequenten Prozeß auf der Suche nach sich selbst oder nach Gott war, der seinem - wenn auch an Jahren kurzen - Leben einen Sinn gegeben hatte: War der wirklich zu früh abberufen worden?

Klaus Kern hatte sich noch vor einigen Wochen gewünscht, daß er einen möglichst pathetischen Nachruf in seinem eigenen Todesinserat bekam. Jetzt, da er dabei war, seine Oberflächlichkeiten abzulegen, wollte er überhaupt keine Anzeige mehr. Ihm war klar geworden: Diese gutgemeinten Todesanzeigen zeigten vor allem, daß die Gesellschaft selbst kein Verhältnis zum Tode, zur Vergänglichkeit gefunden hatte.

Das Leben war doch ein einziger großer Genuß - und den konnte man kaufen. Da taten sich Alte, Kranke und Schwache schwer; und der Tod war schon überhaupt kein Thema! Er war unheimlich, trat aus der Nacht heraus und schlug zu. Er war das Gegenteil von Leben, der absolute

Schlußpunkt.

Mit der Entwicklung der Medizin, mit ihren Vorstößen in immer neue Bereiche des Körpers bis hin zur Einführung winziger Katheder ins Herz versuchte man, dem Tod immer häufiger und immer raffinierter seine Opfer zu entreißen: ein Spiel mit der Vision, ihn eines Tages ganz zu besiegen.

In den USA, so hatte Kern kürzlich gelesen, wurden die Toten sogar im Sarg noch geschminkt, damit sie möglichst lebendig aussahen und sich die Beerdigungsteilnehmer nicht gruseln mußten angesichts der weißen, eingefallenen Haut, der Starre im Gesicht, der Leblosigkeit, die das unwiderrufliche Ende ausdrückten.

Früher war es Brauch, daß der Leichenzug noch durch die Kleinstadt, durch das Dorf führte - zur Mahnung an die Lebenden, daß die Zeit auf Erden begrenzt war, daß der Tod einen zwingt, in dieser begrenzten Lebenszeit etwas Sinnvolles zu tun.

Kern hatte diese Wahrheit schmerzlich erfahren müssen. Um so wichtiger erschien es ihm jetzt, daß ein Mensch tatsächlich ständig todesbereit leben sollte - nicht indem er ununterbrochen an sein Ende dachte und sich damit die Freude im Leben vergällte, sondern daß nichts auf die lange Bank geschoben wurde in der Hoffnung, man werde schon noch eines Tages Zeit haben und dann alles erledigen.

Kern erkannte bei diesen Überlegungen, daß sein eigenes früheres Leben wohl deshalb so verkehrt war, weil er den Tod nicht verstanden hatte. Keiner hatte mit ihm je darüber gesprochen. Der Tod war für ihn kein Thema.

Weit weg, irgendwann mit 70, 80 wollte er sich schon damit auseinandersetzen, dachte er immer. Daß er zwei Stunden später in ein Auto laufen konnte wie der Dackel vor der Frankfurter Nachtbar, an solche Vorstellungen hatte Kern nie ernsthaft gedacht. Warum sich so belasten und die Freude am Leben nehmen! Erst die Nachricht von seiner Krebskrankheit hatte ihn veranlaßt, über den Tod nachzudenken.

Das anonyme Leiden und Sterben, wie es täglich aus dem Fernsehen und den Zeitungen an jedermann herangetragen wurde, rüttelte ihn nicht wach. Der anonyme Tod anderer war nie Bestandteil von Kerns eigenem Leben, um so härter war dann seine persönliche Erfahrung, als ihn das Schicksal traf.

Das Hineinstürzen in die totale Sinnenlust nach seiner Todesbotschaft mußte zwangsläufig zum Gegenteil dessen führen, was er sich von seinem eigenen Finale erhoffte. Statt der allmählichen Loslösung von irdischen Gebundenheiten verklammerte und verstrickte sich Kern mit seinen wilden, leidenschaftlichen Körpererlebnissen immer mehr mit der irdischen Welt. Jede neue Frau, jedes weitere Liebeserlebnis, jede durchzechte Nacht, das Luxusauto, die feinen Klamotten - all dies verstärkte noch seine Bindung an das Erdenleben, mit allen Sinnen verankerte er sich täglich neu in Körpern und Gegenständen dieser vergänglichen Welt. Sein Ziel, erleichtert abtreten zu können, nachdem er alles durchlebt und ausprobiert hatte, war auf diese Weise nicht zu erreichen. Ein Glück, daß er es im letzten Augenblick noch erkannt hatte und daß er durch seine Erfahrungen in Tirol Hinweise erhalten hatte, in welche neue Richtung er gehen mußte.

Kern war sich seiner Sache jetzt sicher. Ja, diesen Weg mußte er einschlagen - egal wie weit er ihn in der verbleibenden Zeit noch zurücklegen konnte.

Nun tat er sich leicht, seinen Entschluß in die Tat umzusetzen. Es war paradox : Erst das Krebsleiden und der damit verbundene Entschluß, seine gesamte restliche Lebenszeit ausschließlich sich selbst zur Verfügung zu stellen, ermöglichte es, daß er sich mit den wesentlichen Dingen beschäftigte.

An einem Nachmittag saß Kern in seinem Stammcafé. Am Nebentisch spielten zwei alte Bekannte eine Partie Schach. Mit einem Auge war Kern immer drüben und verfolgte die Züge. Dazwischen blätterte er in Illustrierten, ohne jedoch konzentriert darin zu lesen.

Da öffnete sich die Tür - und herein kam Dr. Fermann. Kern schätzte seinen Arzt, aber seit der Krebsdiagnose betrachtete er den Mediziner doch eher mit gemischten Gefühlen.

Dr. Fermann betrat das Café und blickte sich suchend nach einem freien Platz um. Er grüßte Klaus Kern - und der lud ihn mit einer freundlichen Handbewegung ein, an seinem Tisch Platz zu nehmen. Es war eher eine Höflichkeitsgeste, obwohl Kern natürlich auch allergrößtes Interesse daran hatte, mit dem Arzt über sein Krebsleiden zu sprechen.

Dr. Fermann kam an Kerns Tisch, begrüßte ihn mit einem Handschlag und setzte sich zu ihm.

„Ich freue mich, Sie zu sehen'', begann Dr. Fermann.

Er bestellte einen Cappuccino.

„Wann geht denn die Weltreise los?"

„Ich hoffe, in einigen Tagen. Ich warte noch aufs Visum."

Die beiden Männer unterhielten sich über Kerns Reisepläne. Natürlich kamen sie auch auf die Krankheit zu sprechen, obwohl das Café mit seinen hundert Ohren ringsum nicht gerade der richtige Ort dafür war.

„Ich habe hier in einer dieser Illustrierten" - Kern deutete mit dem Kopf auf den braunen Lesezirkeleinband, der auf dem Tisch lag - „gerade gelesen, daß man versucht, dem Krebs auch mit Gen-Technologie beizukommen", sagte er.

Dr. Fermann nickte. „Vielleicht ist das eines Tages tatsächlich einmal die Lösung", meinte er, „doch da fließt noch viel Wasser den Rhein hinunter."

„Aber es wäre doch eine Sensation, wenn man tatsächlich die Erbanlagen der Menschen so behandeln könnte, daß diese Geschwulst gar nicht mehr wachsen kann oder daß sie überhaupt nicht entsteht...", meinte Kern.

„Ja, das wäre ein Fortschritt."

„Sie klingen aber nicht sehr begeistert. Haben Sie da etwa Zweifel?", fragte Kern.

„Stimmt. Ich habe zu Gen-Manipulationen ein gespaltenes Verhältnis. Technisch werden wir natürlich viel erreichen können - die Frage ist, ob wir es dürfen. Oder sollen."

„Aber wenn man damit eine Krankheit wie Krebs ausrotten kann, was soll denn daran schlecht sein?", fragte Kern.

„Daran ist sicher nichts Schlimmes. Aber so einfach

liegen die Dinge halt nicht immer. Wenn wir damit anfangen, die Gene beim Menschen zu beeinflussen, dann stoßen wir die Tür zu einem Raum auf, von dem wir überhaupt nicht wissen, was uns darin erwartet. Das ist eben nicht nur ein technisches Problem. Und leider ist wieder einmal die Technik schneller als die Ethik, befürchte ich. Im Reagenzglas jedenfalls ist schon eine Menge gelöst - die Ethik hinkt hinterher, auch die Gesetze natürlich'', sagte Dr. Fermann.

Kern schnippte mit den Fingern.

„Noch zwei Cappuccino, bitte.''

Dr. Fermann nahm das Gespräch wieder auf.

„Wissen Sie, Herr Kern, für Sie mit Ihrer Krankheit ist es wahrscheinlich unverständlich, wenn ein Mediziner bei dem Gedanken zögert, daß man eines Tages Krebs durch Manipulation der Erbanlagen ausrottet - da liegt der Nutzen sehr klar auf der Hand.

Es ist sicher auch kein moralisches Problem, Manipulationen an Pflanzen zuzustimmen. Schließlich ist die Entwicklung schnell wachsender Getreidesorten, die resistent sind gegen Schädlinge, die ohne Wasser in Trockenzonen gedeihen und sich selbst aus der Luft ernähren können, ein riesiger Fortschritt.

Vielleicht kann man dadurch den Hunger aus der Welt schaffen.

Problematischer wird es allerdings schon bei Tieren, wenn man sie zum Nutzen der Menschen genetisch ‚anzapft', damit wir mehr Nahrung, billigere, vielleicht auch wirksamere Medikamente oder einfach noch putzigere Katzen oder exotischere Hunde heranzüchten.

Ganz vertrackt wird es aber beim Menschen.''

„Warum soll es denn da Probleme geben?'', wollte Kern wissen.

„Es ist immer eine Frage, wie weit man gehen darf. Beim Krebsmedikament ist das ziemlich einfach. Aber mit der gleichen Methode können wir halt auch Sportler heranzüchten, die ohne Doping und fast ohne Training unschlagbar werden: Kraulschwimmer mit Schwimmhäuten zwischen Zehen und Fingern, Speerwerfer mit einem unglaublichen Wurfarm, Boxer und Ruderer mit Körpern, die nur auf ihre Sportdisziplin hinentwickelt wurden - Monster, Herr Kern, für die die olympischen Siege im Labor vorbereitet werden. Der Kopf bleibt nur noch drauf, damit man die Goldmedaille um den Hals hängen kann.

Wo ist die Grenze - und wer entscheidet darüber?''

Kern saß nachdenklich vor seinem Kaffee.

Dr. Fermann fuhr fort: „Aber das gleiche gilt auch für das ganz normale Leben jedes einzelnen. Sicher wird es technisch eines Tages möglich sein, Wunschkinder zu bestellen: hochintelligente Söhne, blauäugig und schön, voller Elan und auf Karriere programmiert. Töchter, die dem Idealbild der Frau nahekommen - vielleicht eine künftige Pianistin mit extrem spreizbaren Fingern...? - Verstehen Sie meine Bedenken, Herr Kern?''

„Aber die Entwicklung ist doch gar nicht aufzuhalten. Das Zeug wird doch längst in den Labors erzeugt.''

„Es liegt an uns, ob wir damit zurechtkommen. Wir haben solche Spiele in den letzten Jahrhunderten leider schon ein paarmal verloren'', erklärte der Arzt.

„Meinen Sie denn, wir müssen die Eingriffe in die Erbmasse von Menschen verbieten?''

„Ich weiß es nicht, wahrscheinlich wäre das keine gute Lösung. Wenn wir die Gentechnologie beim Menschen, aber auch bei Tieren und Pflanzen in den Griff kriegen wollen, brauchen wir Leute mit hoher Moral, die uns komptente Empfehlungen geben können. Irgendwann muß der Umgang mit diesen Eingriffen in die Erbanlagen auch in Gesetzen verankert werden - und Gnade uns Gott, wenn wir da nicht aufpassen.

Oder wer sonst soll darüber entscheiden?

Für die Kinder allein die Eltern? Für den Schwimmer etwa der städtische Sportbeirat? Für die Pianistin der Kultusminister?''

Dr. Fermann schaute auf seine Uhr. „Herrjeh, ich bin überfällig. Ich muß in die Praxis zurück - coffee time is over'', sagte Dr. Fermann.

Er erhob sich vom Stuhl. „Gute Reise. Und passen Sie auf sich auf.''

„Es war wie immer interessant, mit Ihnen zu sprechen'', erwiderte Kern doppeldeutig, „ich paß' schon auf.''

Sie schüttelten sich die Hände. Dr. Fermann ging hinaus, und Kern war mit seinen Gedanken halb bei dem soeben beendeten Gespräch und halb wieder drüben am Schachbrett, wo Schwarz kurz vor dem Matt stand.

Kern stocherte in dem Zuckerrest der Espresso-Tasse: die Technik und die Medizin - er hätte nichts gegen ein Genmedikament für sein Krebsleiden gehabt. Andererseits, wenn er an eine Intensivstation in der Klinik dachte, die ihm eines Tages wohl bevorstand - nein, zwischen Drähten, Oszillographen und Piepstönen aus Apparaten wollte er nicht sterben.

11

Die große Reise beginnt

Endlich meldete sich das Reisebüro, wo er seinen Paß wegen der beiden Visa für die Philippinen und für Indien abgegeben hatte. Die Formalitäten waren erledigt, man bat ihn am Telefon, er möge doch selbst vorbeikommen, damit man wegen der Flugtickets, der Reise- und Krankenversicherungen und all der Vorkehrungen, die für so weite Reisen angebracht waren, sprechen konnte.

Ruckzuck war Kern im Reisebüro.

Er saß ja schon die ganze Zeit wie auf Kohlen, wenn er auch die Wartezeit dieses Mal sinnvoll genutzt hatte mit guten Büchern und guten Gedanken. Aber für ihn war halt wichtig, daß sich die Reise nicht allzusehr verzögerte. Zeit war für ihn ein Faktor geworden, der alles andere in die zweite, dritte Reihe rückte.

Die Dame im Reisebüro hatte alles bestens vorbereitet. Die Formulare mußten nur noch unterzeichnet werden. Für den Flug lag jetzt ein guter Vorschlag auf dem Tisch. Es gab eine Direktmaschine nach Manila, mit kurzen Stopps in Bahrein und in Karatchi, zum Auftanken.

Auf den Philippinen wollte Kern drei Wochen bleiben und dann von Manila wieder westwärts nach Delhi, der indischen Hauptstadt, fliegen. Von dort aus würde er auf eigene Faust in den Norden des Landes reisen, bis zu den Ausläufern des Himalaya-Gebirges nach Dharamsala, jener Stadt, wo die Exil-Tibeter mit ihrem Gottkönig, dem 13. Dalai Lama, seit 1960 lebten. Fünf Wochen hatte sich Kern für den Indien-Aufenthalt reserviert, wobei ihm die Angestellte im Reisebüro erklärte, daß er jederzeit den Rückflug umbuchen könne, je nach seinen persönlichen Plänen.

Kern hatte sich von Anfang an vorgenommen, zwei Monate unterwegs zu sein. Dann wäre etwa der Zeitpunkt gekommen, da er laut Dr. Fermann täglich mit dem Einsetzen seiner Schmerzen rechnen mußte. Und sterben wollte er daheim, nicht irgendwo im fremden Land unter fremden Leuten - wer weiß auch, wie unhygienisch dort die Krankenhäuser oder Spitäler waren. Auf den Philippinen, glaubte Kern, würde ihm nach dieser zeitlichen Einschätzung wohl noch nichts passieren, aber in Indien war es nicht ausgeschlossen, daß sein Krebsleiden erstmals mit Schmerzen ausbrach. So jedenfalls hatte ihm Dr. Fermann seinerzeit den Krankheitsverlauf geschildert. Und Kern hatte keine Zweifel, daß es auch so kommen würde.

Dennoch hoffte er, daß er heil von seiner zweimonatigen Reise nach Deutschland zurückkehren würde und hier seine letzten Wochen verbringen konnte. Ihm war zwar noch nicht klar, wo und wie er diese Schlußphase gestalten würde, aber er wollte auf jeden Fall daheim sein.

Kern nahm seinen Paß und die Reiseunterlagen in

Empfang, stellte einen Scheck aus und verabschiedete sich.

In drei Tagen sollte es losgehen. Das war zwar sehr kurzfristig, aber Kern hatte alles gut vorbereitet. Außerdem reiste er mit nur wenig Gepäck - den Aufwand, wie er ihn früher bei seinen Urlaubsreisen betrieben hatte, brauchte er dieses Mal nicht. Er packte lediglich leichte Kleidung ein: Jeans, ein paar kurzärmelige Hemden, Sandalen, einige Bücher. Ein einziger Koffer reichte aus, um die Dinge zu verstauen. Waschzeug und ein paar Kleinigkeiten, die man schnell zur Hand haben sollte, packte Kern ins Handgepäck, einer Tasche aus festem, blauem Fallschirmstoff. Dahinein steckte er auch den kleinen Beutel mit Medikamenten, die ihm Dr. Fermann verschrieben hatte - nicht nur gegen Krebs, sondern auch diese und jene Mittelchen für Reisen in tropische Länder: gegen Erkältung und Husten, gegen Augenentzündungen und Infektionen, gegen Magenverstimmungen und Durchfall. Verbandszeug, Pflaster, Schere - und einen Schlaftrunk, falls sein Hotel einmal direkt an einer belebten Hauptstraße stehen sollte und man nachts vor lauter Straßenlärm nicht zur Ruhe kam.

Diese Gesundheitsvorsorge erweiterte Kern am folgenden Tag um noch zwei Präparate, die er höchstpersönlich in der Apotheke kaufte: eine Packung Präservative, weil er gehört hatte, daß Kondome in Fernost nichts taugen und man in dieser Hinsicht vorsichtig sein sollte - und eine Packung sehr starker Schlaftabletten, mit denen er sich notfalls ganz aus der Welt bringen wollte, falls wider Erwarten die Schmerzen doch schon auf der Reise einsetzten und sich in einem Maße steigerten, daß es für ihn unerträglich wurde.

In den verbleibenden zwei Tagen erledigte er noch einige Kleinigkeiten bei der Bank, bei seiner Putzfrau, er verabschiedete sich bei Bekannten, führte zahlreiche Telefongespräche, unterhielt sich am Telefon noch lange mit Peter Rieger in München - und besuchte am letzten Nachmittag vor seiner Abreise seinen Vater im Altersheim.

Niemandem erzählte Klaus Kern etwas von seiner Krankheit. Alle ließ er in dem Glauben, daß er sich eine seit seiner Jugend erträumte Fernreise verwirklichte - und alle hatten Verständnis dafür, ja, sie beneideten ihn geradezu. Und bewunderten zugleich seinen Mut, so etwas ohne Gruppe und ohne Reiseleitung zu unternehmen. Immerhin begab er sich in fremde Länder, wo es nicht ungefährlich war, allein zu reisen.

12

Der Wunderheiler auf den Philippinen

An einem kalten Samstag vormittag - es war in Deutschland immerhin schon beginnender Winter - stieg Klaus Kern auf dem Frankfurter Airport in einen Jumbo-Jet der Philippine Airlines. Das Flugzeug war voll bis auf den letzten Platz. Wie alle anderen Passagiere quälte auch er sich 18 Stunden lang in seinem Sitz - schlafend, dösend, lesend, essend, sich räkelnd... Der Flug schien eine Ewigkeit zu dauern, und selbst bei den beiden Kurzaufenthalten in Bahrein und Karatschi, wo das Flugzeug aufgetankt wurde, durften die Gäste nicht aussteigen und sich draußen im Flughafen die Füße vertreten. Alle mußten in ihren Sesseln bleiben, bis endlich, endlich die Maschine in Manila landete.

Kern war eben noch todmüde, aber von einem Moment auf den anderen war von dieser Müdigkeit nichts mehr zu spüren. Als er aus dem Flugzeug trat, hatte er das Gefühl, als ob man ihm ein feuchtes, warmes Handtuch ins Gesicht geworfen hätte. Er kam aus dem mitteleuropäischen Winter - und jetzt Manila: 30 Grad plus, 90 Prozent Luftfeuchtigkeit.

Aber Kern war glücklich.

Kein Gedanke an seine Krankheit, kein Gedanke an daheim - nur Gegenwart, Manila. Das größte Abenteuer seines Lebens begann in dieser Sekunde. Und es begann zugleich der Countdown für die letzte Phase seines Lebens, die er noch ohne Beschwerden, höchst mobil und aktiv verbringen durfte. Was hinterher kam, waren offenbar nur noch Leiden, Schmerz, Sterben.

Kern hatte seine kleine Reisetasche lässig um die Schulter gehängt, wartete im Flughafen am Transportband auf seinen Koffer, passierte den Zoll und war im Flughafen sofort von ärmlich gekleideten Menschen umringt, die ihm in englischer Sprache alles mögliche anboten: Koffer tragen, Geld wechseln, Haschisch, ein Hotel, Mädchen... Er hatte zu tun, um sich die Meute vom Hals zu halten, die ihn umringte und immer wieder ihre Angebote wiederholte - alles durcheinander, kaum zu verstehen. Kern kämpfte sich seinen Weg frei zum Taxi, das er durch die Glastür des Flughafengebäudes draußen stehen sah. Eine uralte Blechkiste war es, aber Hauptsache schnell einsteigen und diese unangenehmen Verfolger und Geschäftemacher loswerden!

Daheim hatte Kern verschiedene Bücher über die Philippinen gelesen - seriöse Reiseberichte, aber auch echte Globetrotter-Informationen mit Hinweisen, wo es was zu welchen Preisen gab, mit Hotelnamen, Routenbeschreibungen, „Geheimtips'', Restaurants, Shopping-Tips. So wußte er auch, in welchem Hotel er in Manila wohnen wollte.

„Hotel Silverstar'', sagte er zum Taxifahrer.

Kern drehte das Fenster des klapprigen Amischlittens

herunter, damit ihm der Fahrtwind etwas Kühlung verschaffte.

Die Fahrt vom Flughafen zur Stadtmitte dauerte nicht lange. Auf breiten Straßen, zuletzt auf einem Boulevard, der diesen Namen wirklich verdiente, rollte das Taxi zum Hotel. Unterwegs versuchte zwar auch der Taxler, ihm ein ganz anderes Hotel einzureden, das er als sehr schön, sehr preiswert und „inklusive Mädchen'' anpries, aber Kern winkte ab.

Dann hielt der Wagen. Und jetzt spürte Kern dieses heiße, feuchte, dampfige Manila zum ersten Mal am ganzen Körper. Der Schweiß lief ihm herunter. Er war, als er ausstieg und seinen Koffer aus dem Auto wuchtete, ein nasser, schwitzender, klebriger, abgespannter Mensch.

Das „Silverstar'' war ein Mittelklassehotel. Es lag mitten im Vergnügungsviertel von Manila, dort, wo die Europäer, die Amerikaner und die Japaner in Scharen auftraten und ihre Dollars gegen Bier und Sex eintauschten, zu günstigen Wechselkursen. Denn Manila war im Verhältnis zu daheim spottbillig.

Vom Hotel aus brauchte Kern nur um zwei Häuserblocks zu gehen, dann war er schon mitten im Vergnügen, das dort rund um die Uhr stattfand. Zwischen der Mabini Street und der Pildar Street war ununterbrochen das große Nonstop-Spektakel des Fernen Ostens in Gang.

Kern wollte zunächst ein paar Tage Manila genießen, das hatte er sich trotz seiner inzwischen schon erfolgten „Läuterung'' vorgenommen. Zuviel hatte er daheim von den philippinischen Mädchen schon gehört, die ästhetisch und in ihrem Wesen für Europäer der Idealvorstellung des Weibes sehr nahekommen.

Erst ein paar Tage später beabsichtigte er, Nida, die Heilerin, aufzusuchen, die er in Tirol kennengelernt hatte. Drei Wochen war das inzwischen her, aber Kern hatte das Gefühl, als läge die Begegnung Jahre zurück, soviel hatte sich für ihn in dieser kurzen Zeit ereignet.

Kern tauschte im Hotel seine US-Dollars gegen philippinische Pesos ein. Dann stürzte er sich im offenem Hemd, mit Khakihose und Sandalen bekleidet, in die erste Manila-Nacht.

In der Mabini Street herrschte seit vier Uhr nachmittags „happy hour'': da kostete alles nur halb soviel wie am Abend. Ein Lokal grenzte an das andere, auf beiden Straßenseiten. Überall offene Türen - drinnen Discomusik, Go-Go-Girls, Massagesalons, Eßrestaurants, dazwischen auch europäisch anmutende Kneipen. Die männlichen Gäste, wo immer Kern hinschaute, kamen offenbar alle aus dem Westen, meist aus Deutschland, Frankreich, der Schweiz. Sie waren die Herren in diesem Viertel, nicht nur weil sie die kleinwüchsigen Einheimischen um ein, zwei Köpfe überragten. Auch Kern kam sich hier vor wie ein Riese unter Zwergen, obwohl er mit seinen 1,76 Meter daheim gar nicht sonderlich durch seine Größe auffiel.

„Joe'', riefen ihm Kinder, Mädchen und Männer nach, wenn sie ihm wieder alle möglichen Angebote machten - hier natürlich vor allem Mädchen, Massagen, Drogen. „Joe'' war ein nicht gerade respektvolles Wort für Männer, die von den Einheimischen für Amerikaner gehalten wurden. Von denen hatten sie offenbar keine hohe Meinung, ausgenommen natürlich von ihren Dollars, die in den Hemd- und Hosentaschen der „Joes'' steckten.

Kern arbeitete sich an diesem Abend durch acht Lokale. Überall dröhnte Musik aus den Lautsprechern, überall tanzten Go-Go-Girls in ihren knappen Bikinis auf erhöhten Podesten - vor Spiegelwänden, unter gleißenden Spots, die die wippenden, sich drehenden und rhythmisch tanzenden Körper im Halbdunkel der Bar hell anleuchteten.

Jedes der Mädchen war zu haben. Kern wußte das nicht nur aus seiner Globetrotter-Lektüre, sondern er kannte das Milieu ja aus seiner wilden Zeit daheim in den Großstädten. Allerdings hatte er den Eindruck, daß es hier in Manila nicht ganz so brutal, so lieblos und pervers zuging. Die Mädchen, die sich da tanzend, lächelnd und augenzwinkernd anboten, schienen anders zu sein als die eiskalten Nutten in den Nachtbars in Deutschland: nicht so habgierig, nicht so ordinär in Gesten und Worten, nicht so voller nach außen gekehrter Perversität. Die Philippinas wirkten auf Kern eher wie Spielkatzen, kichernde, naive Vollblutweiber, nicht aufdringlich, sondern eher schüchtern, falls das nicht schon wieder eine Masche war.

Am Ende seines Bummels durch die verschiedenen Lokale landete er in „Jim's Bar''. Den Tip hatte er eine Stunde vorher von einem Heidelberger bekommen, den er im „Zuri Inn Pub'' kennengelernt hatte. In „Jim's Bar'' gab es angeblich die saubersten Mädchen von ganz Manila - schön waren sie sowieso alle. Aber, das hatte Kern jetzt schon mehrfach gehört, jede zweite war geschlechtskrank, und zwar nicht nur in einer Weise, die der Mann mit ein, zwei Spritzen Penicillin wieder beheben konnte. Nein - das schienen irgendwelche für Europäer sich grauenhaft auswirkende Langzeit- Bomben zu sein, die sich die Männer hier in Manila und auf all den herrlichen philippinischen Inseln einfingen.

In „Jim's Bar'' sollte man davor angeblich gefeit sein; denn Jim liebte Sauberkeit und Ordnung. Er war gebürtiger Österreicher und versorgte mit seinen Mädchen das philippinische hohe Militär. Da durfte gesundheitlich nichts passieren. Angeblich ließ Rudolf Stanitzl, der Ex-Zuhälter aus den späten 60er Jahren von Wien, seine Mädchen jeden Tag ärztlich untersuchen. Und wer nicht „sauber'' war, durfte abends nicht in der Bar Dienst tun. So saßen dann die Sauberfrauen hinten auf einer langen Bank versammelt und warteten auf die Freier wie Hühner auf der Stange.

Kern nahm im Schummerlicht an der Bar Platz und es dauerte nicht lange, da war er mit dem Chef schon im Gespräch. Als Rudolf - „sag doch Rudl zu mir'', hatte ihm der Wiener angeboten - herausfand, daß Kern aus Deutschland kam, stand ruckzuck ein Ständer mit schwarz-rot-goldenem Fähnchen auf dem Tresen und die philippinische Band im Hintergrund intonierte wenige Minuten später einen Wiener Walzer.

Kern blieb lange an der Bar hocken. Und er ließ am Ende auch eine dieser dunkelhaarigen, asiatischen Schönheiten nicht aus: Er zahlte erst bei Rudl, dann nahm er die Frau mit ins Hotel. Dafür wurde ihm am nächsten Morgen ganz offiziell auf der Hotelrechnung eine kleine Extra-

Gebühr fürs Doppelbett eingetragen, ein Vorgang, der für den Hotelbediensteten an der Rezeption nur eine von vielen kleinen Formalitäten war - mehr nicht.

Als Kern am nächsten Tag - inzwischen wieder allein - beim zweiten Frühstück in der Hotelhalle saß, fühlte er sich wegen seines nächtlichen Abenteuers zwar nicht direkt von Gewissensbissen geplagt, aber besonders wohl wahr ihm auch nicht zumute. Je länger er darüber nachdachte, desto mehr empfand er die gestrige Nacht als Rückfall auf einem Weg, der ihm in den letzten Wochen so viele gute Erfahrungen beschert hatte. Und jetzt, aus Neugier oder Geilheit, hatte er beide Augen vor sich selber zugedrückt.

Kern ärgerte sich.

Er ging an diesem Tag in Metro Manila, dem Geschäftszentrum, durch einige Kaufhäuser, sah sich bunte Märkte unter freiem Himmel und in riesigen Flachgebäuden an, wo es nach getrocknetem Fisch und nach Gewürzen roch, mal scharf und beißend, dann würzig und verlockend. Im Zentrum ähnelte Manila allen Großstädten der Welt: moderne Gebäude, Wolkenkratzer im amerikanischen Stil, große Reklameflächen an den Häusern mit Coca-Cola-Sprüchen und bunten Whisky-Flaschen, Schaufensterfronten voller Glitzerkram, der offenbar überall auf dieser Erde eine magische Anziehung auf die Leute hatte. Dazwischen geschäftige Menschen, meist gut gekleidet, selten zerlumpt oder barfuß, wie es schon ein paar Meter hinter diesen Beton- und Glasfassaden üblich war.

Auch dort unterschied sich Manila nicht von anderen

Millionenstädten der dritten Welt: Es wird dreckig, die asphaltierten Boulevards verwandeln sich nach wenigen Metern in schlammige, lehmige Wege, die links und rechts von erbärmlichen Holzhütten gesäumt sind. Weltstadt in Nebenstraßen - das war auch hier Schmutz, Armut, Elend. Hier wohnten die Mädchen, die abends auf den Go-Go-Bühnen tanzten und die Prinzen aus dem Abendland anlächelten.

Manila war eine häßliche Stadt.

Eigentlich hatte Kern vor, sich ein paar Tage zu amüsieren, aber schon dieser erste Tag war eine Enttäuschung. Das konnte auch die Mabini Street abends nicht mehr ausgleichen.

Kern entschloß sich, seine Zeit nicht in diesem Moloch zu vertrödeln. Er wollte am nächsten Tag bei Nida anrufen, ob er zur Behandlung kommen könne. Wie lange so eine Behandlung durch eine Wunderheilerin dauerte, wußte Kern nicht. Er würde es ja erfahren.

Am Abend war Kern todmüde. Der 18-Stunden-Flug vom Vortag und die überdrehte gestrige Nacht steckten ihm in den Knochen. Und das stundenlange Umherflanieren in Manilas Straßen und Geschäften hatte ihm den Rest gegeben. Kern jedenfalls hatte an diesem Abend keine Lust, sich ins Vergnügen zu stürzen.

Oder war diese Schlappheit schon ein erstes Anzeichen seiner Krankheit? Er wußte ja, daß Krebs in einem gewissen Stadium als Abgeschlagenheit auftrat, danach kam der Gewichtsverlust, dann die Schmerzen. Aber nein - heute hatte Kern einen sehr plausiblen Grund für seine Müdigkeit.

Er ging bald zu Bett und schlief tief und lang.

Am nächsten Morgen frühstückte er ausgiebig: Kaffee, gutes Gebäck, Früchte. Kern fühlte sich wie neugeboren. Kein Gedanke mehr an seine Krankheit. Der Schlaf hatte ihm die Müdigkeit vertrieben.

Aus seiner Brieftasche kramte er dann den Zettel hervor, auf dem Nidas Telefonnummer stand. Peter Rieger hatte ihm in Alpbach die komplette Adresse aufnotiert.

Kern setzte sich in seinem Hotelzimmer ans Telefon und wählte die Nummer. Eine Frauenstimme meldete sich, aber es war nicht Nida, wie sich nach ein paar Sätzen herausstellte. Nida war, wie sie schon in Tirol angedeutet hatte, tatsächlich nicht in Manila. Sie reiste für einige Wochen, sagte die Frau am Telefon, die offenbar ihre Sekretärin war, durch die Philippinen und suchte ein paar größere Städte auf, um dort Patienten zu behandeln. Wann genau sie wieder nach Manila zurückkehren würde, war nicht bekannt.

Kern war über diese Nachricht nicht einmal enttäuscht. Eigenartigerweise hatte er zu Nida von Anfang an nicht jenes feste Vertrauen, wie er es bei dem tibetischen Lama oder bei der indischen Heilerin gespürt hatte.

Er holte seine Brieftasche wieder hervor und suchte den anderen Zettel, auf den Nida in Alpbach eigenhändig Name, Anschrift und Telefonnummer ihres Heiler-Kollegen aus Baguio City aufgeschrieben hatte.

Baguio City lag ebenfalls auf der Hauptinsel Luzon, aber etwa 200 Kilometer nördlich von Manila. Dorthin zogen sich die reichen Philippinos im Sommer zurück, wenn es in Manila unerträglich heiß und schwül war.

Baguio City war eine Art Sommerresidenz für die Reichen, eine Provinzhauptstadt mit etwa 50.000 Einwohnern - und neben Manila eines der Zentren der Wunderheiler.

Da war der Zettel: Tony Larbo hieß der Mann.

Kern meldete das Telefonat in der Hotelzentrale an, weil er das Überlandgespräch nicht selbst wählen konnte.

Dann wartete er.

Es dauerte eine Ewigkeit, bis endlich das Klingelzeichen ertönte. Kern nahm den Hörer ab - am anderen Ende war wieder eine Frauenstimme.

In Englisch erklärte Kern, worum es ging: daß er die Nummer von Nida habe und und und ...

Die Frau war sehr freundlich. Ja, sagte sie, er solle nur kommen, einen festen Termin werde man vereinbaren, sobald er sich in Baguio City befände. Tony jedenfalls sei in den nächsten Wochen immer anwesend, und es würden sich schon Termine für die Behandlung finden lassen.

Das waren gute Nachrichten.

Kern hatte vor, sich schon bald behandeln zu lassen. Denn allmählich wurde ihm seine Heilbehandlung immer wichtiger, auch wenn er sich nicht allzuviel davon erhoffte. In Manila jedenfalls wollte er auf jeden Fall nicht mehr länger bleiben. Eher reizte es ihn, auf dem Weg nach Norden einen kleinen Abstecher ans Meer zu machen, hin zu den Stränden, die von Manila aus bequem zu erreichen waren. Dort wollte sich Kern einige Tage ausspannen, wollte faulenzen, lesen, schwimmen. Aus seinen Reisebüchern wußte er, wo er dies tun konnte: in San Fernando, einem schmalen Küstenstreifen nordwestlich von Manila, mit Sandstrand und guten Hotels.

Er packte seine Klamotten zusammen, verstaute sie im Koffer und in der Reisetasche, zahlte an der Hotelrezeption und stieg ins Taxi.

Kern ließ sich an die Peripherie von Manila fahren, zum Rabbit Terminal, einem riesigen Bus-Bahnhof.

Vier Stunden dauerte die Fahrt nach San Fernando. Und sie war teilweise mörderisch, weil ein offensichtlich wahnsinnig gewordener Busfahrer auf der engen, kurvenreichen und meist unübersichtlichen Landstraße mit dem klapprigen Bus Manöver vollführte, die Kern sonst nur aus James- Bond-Filmen kannte. Ihm war speiübel geworden, und nur dem ständigen Riechen an seinem Fläschchen mit japanischem Eukalyptusöl war es zu verdanken, daß Kerns oppulentes Frühstück nicht jählings aus seinem gebeutelten und geschüttelten Körper herausflog.

Dann hatte der Bus endlich den Strand von San Fernando erreicht.

Links an der Straße sah Kern bereits die Rückfronten der Strandhotels, an der Straße selbst machten riesige Schilder auf die einzelnen Hotels aufmerksam. Als der Bus an einer der Haltestellen stehenblieb, stieg auch der kreidebleiche Klaus Kern aus. Er hatte vorher den Namen eines Hotels am Straßenrand gelesen - genau das war in seinem Reiseführer empfohlen gewesen.

Es erwies sich tatsächlich als einigermaßen komfortabel und sauber, mit einer breiten Terrasse zum Meer.

Kern wollte einige Tage bleiben.

Um diese Zeit waren außer ihm nur wenige Gäste im Hotel. Eigentlich sah er tagsüber nur einen einzigen Europäer, in dessen Begleitung sich eine dieser zauberhaften Philippinas befand.

Erst am Abend füllte sich das Haus. Ein Charterbus mit Aircondition war angekommen und im Nu herrschte Leben in der Hotelhalle, am Swimmingpool, auf der Terrasse. Aber Klaus Kern vermochte die Reisegesellschaft nicht einzuordnen: Viele ältere Frauen waren dabei, kaum Ehepaare, ein paar jüngere Frauen, ganz unterschiedliche Typen - und zwei Frauen im Rollstuhl, die eine schon an die 60, die andere ein Mädchen von etwa 20.

Merkwürdige Reisegruppe. Kern hielt sie für amerikanische Touristen.

Am Abend an der Hotelbar kam Kern mit einem der Reiseteilnehmer ins Gespräch, einem Mann Mitte 50, kräftig gebaut. Von ihm erfuhr er, was die eigenartig zusammengesetzte Reisegruppe hier machte: Es waren alles Kranke, die aus Südafrika angereist waren, um einige der legendären Wunderheiler aufzusuchen. Sie wohnten seit einer Woche in diesem Hotel. Von hier aus fuhren sie jeden Tag mit dem Bus zu drei verschiedenen Heilern. Einer davon war, wie sich herausstellte, Tony Larbo, von dem auch Kern die Adresse in der Brieftasche hatte.

Kern war sehr erregt, er ließ sich jedoch nichts anmerken. Aber den ganzen Abend saß er mit dem fließend deutsch sprechenden Bauunternehmer aus Windhoek zusammen. Seine Eltern stammten aus Kiel, aber er selbst war in Windhoek zur Welt gekommen, war also Südafrikaner, doch aus jedem Wort klang der Stolz auf seine deutsche Abstammung. Der vitale Mann war Bauingenieur, mit einer eigenen Firma in Windhoek.

Kern mußte die Schilderungen über die Entstehung ganzer Siedlungen in Afrika und zweier kompletter Fabrikneubauten erdulden, bis der Mann im Gespäch endlich dort anlangte, wo Kerns Interesse einsetzte: beim Wunderheiler!

„Ich leide seit Monaten an einem Magengeschwür'', begann Uwe Smid, „und war schon im Krankenhaus in Windhoek. Da hat man das Geschwür in einer Röntgenaufnahme festgestellt. In vier Wochen lasse ich mich operieren.''

Warum er dann überhaupt auf die Philippinen gereist sei, wenn er schon einen Operationstermin daheim habe, wollte Kern wissen.

„Ich habe kürzlich einmal von Wunderheilern gehört. Ich glaube zwar nicht an diesen Zirkus, aber was vergeb' ich mir denn schon, habe ich mir gesagt. Schlimmstenfalls habe ich dann eben zehn herrliche Tage Urlaub auf den Philippinen gemacht - und das ist für einen älteren Herrn bei diesen schönen Mädchen sowieso sehr angenehm...'', fuhr Uwe Smid fort und zwinkerte Kern zu. „Und wenn's nichts genützt hat, lasse ich mich wie geplant in Windhoek operieren.''

Smid hatte mit seinem Magengeschwür offenbar mehr Schmerzen, als er zugab. Er nahm starke Schmerztabletten, vor allem für die Nacht.

„Ich trinke nämlich für mein Leben gerne abends zwei, drei Bier - und dann brauche ich die Tabletten, sonst kann ich nicht schlafen'', gab er zu.

Auch an diesem Abend mit Kern trank Uwe Smid drei Flaschen Bier. Dank seiner Pillen blieben die Schmerzen aus, die er sonst wohl nicht ertragen hätte. Denn bei einem Magengeschwür ist vor allem eines wichtig: bloß kein Alkohol!

Am folgenden Tag war die Reisegruppe mit dem Bus schon früh abgefahren. Ihr Ziel: Baguio City. Dort oben in den Bergen waren die Südafrikaner bei Tony Larbo angemeldet. Es sollte der erste von drei Behandlungsterminen sein. So jedenfalls hatte es die Reiseleitung, die an den organisierten Touren zu den Wunderheilern auf ihre Weise verdiente, geplant.

Am späten Nachmittag, kurz vor der früh und rasch hereinbrechenden Dämmerung, rollte der klimatisierte Bus mit den großen dunklen Fensterscheiben durch das Portal wieder ins Hotelgelände herein. Etwas umständlich und unendlich langsam entstieg die bunt zusammengewürfelte Menschengruppe dem Bus.

Kern saß auf der Terrasse und beobachtete alles mit zunehmender Erregung. Endlich tauchte Uwe Smid mit seiner massigen Figur in der Bustüre auf. Ihm allein galt Kerns Interesse. Von ihm wollte er hören, was bei Tony geschehen war, was der Philippino gemacht hatte, ob es weh getan hatte.

„Hallo, Mister Smid'', rief Kern von der Terrasse in Richtung Bus, wo Smid stand und sich mit zwei anderen Männern der Reisegruppe unterhielt.

Smid wendete den Kopf und sah Kern als einzigen Gast zwischen den weißen Terrassenmöbeln sitzen.

„Mensch Kern, das muß ich Dir erzählen'', dröhnte der

Bauunternehmer herüber - mit einer Stimme, die sonst im Baggerlärm Anweisungen an schwarze Arbeiter brüllte.

Smid setzte sich zu Kern.

Er griff in seine Brusttasche und fingerte zwischen einem Stoß Papieren und Dokumenten eine Polaroid-Aufnahme hervor.

„Da'', sagte er zu Kern und reichte ihm das Farbbild.

Auf dem Foto erkannte Kern seinen Nachbarn: er lag auf dem Rücken, das Hemd war aus der Hose herausgezogen und etwas nach oben geschoben, die Hose an den obersten beiden Knöpfen geöffnet, so daß der blanke Bauch zu sehen war. Den reckte Uwe Smid in seiner ganzen Masse der Kamera entgegen. Aber was Kern den Puls beschleunigte, war nicht Smids speckiger Bauch, sondern waren zwei Hände, die offenbar in Smids Bauch hineingriffen. Wem diese blutigen Hände gehörten, war auf dem Foto nicht zu erkennen, um so deutlicher dafür das Schlachtfeld, das sie „angerichtet'' hatten: Blut, überall auf diesem speckigen Bauch floß Blut herunter. Kern hatte den Eindruck, als ob das Foto einen Metzger zeigte, der soeben aus einem frisch geschlachteten Schwein die Eingeweide herausnehmen wollte.

„Das bin ich'', grinste Uwe Smid, „der Busfahrer hat das Foto gemacht, während mich Tony operierte.''

Uwe Smid schilderte, wie Tony ihm mit den blanken Händen in den Bauch gegriffen und mehrmals irgendwelche Blutgerinnsel herausgezogen habe. „Aber es hat überhaupt nicht weh getan, ich habe nichts, gar nichts gespürt - außer, daß ich wirklich das Gefühl hatte, er fingert mir im Bauch rum.''

Der bullige Mann schüttelte selber ungläubig seinen Kopf über das, was er Kern berichtete. So ganz sicher, daß - wie er noch am Vorabend erklärt hatte - „alles ein Zirkus'' sei, schien er sich jetzt nicht mehr zu sein...

„Wir haben nachher ein gemeinsames Barbecue'', sagte Smid, „ich lade dich ein. Da können wir uns weiter unterhalten. Ich dusche mich schnell und zieh' mich um. Bis gleich.''

Smid verschwand in der Hoteltür.

Kern saß da - immer noch mit dem Foto in der Hand. Solche Aufnahmen hatte er schon in Illustrierten gesehen, als er Reportagen über die philippinischen Heiler gelesen hatte. Geglaubt hatte er diese Berichte damals nicht, aber jetzt hielt er etwas in der Hand, was ihm wie ein Beweis, ein Dokument vorkam, obwohl das Amateurfoto wirklich alles andere war als gestochen scharfes Beweismaterial. Immer wieder beugte sich Kern über dieses Farbbild, aber je länger er es betrachtete, um so mehr bezweifelte er, ob diese blutigen Hände wirklich in den Speckbauch eingedrungen waren oder ob das nur ein geschickter Fingertrick war, wie man ja immer wieder gehört hatte. Da inzwischen auch die Dunkelheit hereingebrochen war, konnte Kern sowieso kaum noch etwas erkennen.

Als Smid frisch geduscht und im flotten Safarianzug auf der Terrasse erschien, war Kern immer noch in Gedanken vertieft.

Smid klopfte ihm auf die Schulter. „Darf ich mein Foto wiederhaben? Das brauche ich zum Vorzeigen, wenn ich wieder daheim bin. Sonst glaubt mir das keiner...''

Kern reichte ihm die Fotografie und stand auf. Gemächlich schlenderten die beiden Männer von der Terrasse am Swimmingpool vorbei hinter das Hotel, wo zwischen herrlichen Bäumen unter freiem Himmel ein Grillabend begann.

Smid führte Kern an einen der Tische, die extra für das Barbecue aufgestellt waren. Zwei saßen schon an diesem Tisch, zwei Stühle waren noch frei.

„Das Ehepaar Leston aus Johannesburg - und das ist Herr Kern aus Deutschland'', machte Smid die Gäste miteinander bekannt.

Das Ehepaar, beide um die fünfzig, aß gegrillte Spare-Rips mit diversen Saucen, dazu helles Brot.

Kaum hatten Smid und Kern Platz genommen, tauchten schon kleine Filipinos in weißen Uniformen auf und boten von großen Silbertabletts die gegrillten Fleischstücke an.

Die beiden Kellner legten kräftig vor. Es schmeckte vorzüglich. Smid ließ sich eine Flasche Bier bringen. „Jetzt bin ich gespannt, was passiert'', meinte er neugierig, aber ohne irgendwelche Erregung. Er war schon wieder ganz der grobstoffliche Bauunternehmer. Sein spiritueller Ausflug vom Nachmittag hatte sich offenbar wieder verflüchtigt.

Glucksend floß das Bier aus der Flasche ins Glas.

„Prost.'' Smid wischte sich mit der Serviette die fettigen Lippen ab und setzte das Glas an - es war ein Zug wie aus der Bier-Reklame.

„Ich nehme jetzt mal keine Tablette'', erklärte er und machte sich wieder über die knusprigen Grillrippen her.

Kern erschien die Situation fast unwirklich. Das flakkernde Licht einiger Fackeln erhellte die Gesichter seiner

Tischgenossen, ihm kam es vor wie das geheimnisvolle Essen in einem Mysterienbund, wo man über völlig irrationale Ereignisse wohl Bescheid wußte, sie erlebt hatte, aber nicht darüber sprach.

Woran wohl das Ehepaar ihm gegenüber litt? Eher verstohlen beobachtete Kern die beiden im Halbdunkel, wie sie wortlos dasaßen. Da bemerkte Kern, was ihm vorhin bei der Begrüßung gar nicht aufgefallen war: die Frau saß in einem Rollstuhl. Und er erfuhr im Gespräch nach und nach, daß sie seit Jahren in ärztlicher Behandlung stand. Ihr war schon mehrfach ein Tumor entfernt worden, der innen an ihrer Wirbelsäule wucherte und nach den Operationen immer wieder nachgewachsen war. Die letzte Operation lag acht Monate zurück. Inzwischen war die Geschwulst derart in den Wirbelsäulenbereich hineingewuchert, daß kein Chirurg mehr wagte, sie ohne ernste Gefahr für die Frau operativ zu entfernen. Man befürchtete, sagte die Dame zu Kern, daß bei der Operation Nerven zerschnitten würden und sie dann von den Brustwirbeln abwärts Lähmungen davontragen könnte.

Ihr Mann war nur zu ihrer Begleitung mit auf die Philippinen gekommen. Er betreute seine Frau, der es im Laufe der letzten Wochen immer schlechter gegangen war, bis sie gar nicht mehr aus dem Rollstuhl herauskam. Sie erhoffte sich von den Wunderheilern, was ihr die westlichen Operationsspezialisten nicht mehr geben konnten: eine Besserung des Leidens, damit sie sich wenigstens wieder alleine mit Krücken fortbewegen konnte.

Die Südafrikanerin schilderte im Laufe des Abends, wie Tony sie behandelt hatte. Ganz offenbar war es - trotz der völlig unterschiedlichen Leiden - ein ganz ähnlicher „Eingriff" wie bei Smid: Der Heiler hatte sich mit den Fingern links und rechts der Wirbelsäule durch die Haut ins Fleisch geknetet und - so jedenfalls erzählte es der Ehemann, der dabeigestanden war - immer wieder kleine Gewebeklumpen herausgezogen und fortgeworfen. Nach der Darstellung des Ehemannes floß auch hier Blut, Blut, Blut, aber die Frau spürte keinerlei Schmerzen. Und hinterher - wie bei Smid - wurde das Blut weggetupft, und nichts war mehr zu sehen: keine Narbe, keine Wunde, kein Schnitt.

Klaus Kern schlief an diesem schwülen, dampfigen Abend lange nicht ein. Er hatte sein Bett genau unter den riesigen Propeller seines Ventilators geschoben, genoß den angenehmen Lufthauch von oben und ließ in der Dunkelheit seine Gedanken wandern...

Am nächsten Morgen hörte er von seinem Zimmer aus, wie der Bus vorfuhr und die Gruppe sich laut plappernd vor dem Hotel versammelte. Dann rollte der Bus davon - wieder nach Baguio City hinauf: zweiter Behandlungstag bei Tony.

Schon am frühen Nachmittag kehrte die Reisegruppe wieder zurück. Diesmal hatte es nicht so lange gedauert: Formalitäten wie beim ersten Besuch waren nicht mehr notwendig, auch nicht mehr die Erklärung der einzelnen Leiden. Der Heiler Tony wußte ja schon vom Vortag Bescheid.

Kern und Smid setzten sich zu einem Kaffee in der Hotelhalle zusammen. Draußen war es heute zu heiß, und drinnen sorgte wenigstens die Klimaanlage für etwas Kühle.

„Mir geht es phantastisch'', fing Smid von sich aus das Gespräch an, „ich habe gestern zum ersten Mal seit Monaten keine Tabletten genommen. Und trotz meiner drei Flaschen Bier war ich schmerzfrei und habe die Nacht gut geschlafen. Es ist fast nicht zu glauben.''

„Und heute?''

„Die Behandlung bei Tony war wie gestern. Er hat wieder am Bauch rumgeknetet und ich hatte das Gefühl, er ist mit den Fingern drinnen - aber Smid ist clever'', sagte er und hob den rechten Zeigefinger in die Höhe, „ich habe mir eines der blutigen Gerinnsel, die er zwischendurch immer aus dem Bauch herauszog, eines zeigte und dann wegwarf, mitgenommen.''

„Was heißt mitgenommen?'' - Kern verstand nicht.

„Moment - ich zeig's dir.''

Smid erhob sich, ging zur Rezeption und holte seinen Zimmerschlüssel. Dann verschwand er im Flur und kehrte nach ein paar Minuten zurück - mit einem Reagenzglas in der Hand.

Er setzte sich wieder zu Kern. „Als wir mit dem Bus durch Baguio City fuhren, bat ich den Fahrer, er möge vor einer Apotheke mal kurz anhalten. Ich stieg aus und kaufte mir ein Reagenzglas, ließ es mit Formalin füllen und verschloß es. Als mir dann Tony später wieder eines dieser blutigen Gewebestücke aus dem Bauch zog, habe ich mir das Zeug geben lassen und ins Reagenzglas gelegt. Das nehme ich jetzt mit heim und lasse es in Windhoek in einem medizinischen Institut untersuchen - mal sehen, was das wirklich ist...''

Kern hob das Reagenzglas vor seine Augen: tatsächlich, da drinnen schwamm in einer hellen Flüssigkeit ein rotes Gewebestück, ein Pfropfen von der Länge eines halben Fingergliedes.

Kern mußte grinsen. Typisch Smid, dachte er bei sich, der ist halt ein unverbesserlicher Praktiker.

Die beiden Männer saßen noch längere Zeit beisammen. Smid erzählte wieder von den Erlebnissen bei Tony und Kern lauschte wie ein Kind, das einem Märchen zuhört.

Inzwischen war die größte Hitze des Tages vorüber und Smid schlug vor, daß man sich jetzt doch draußen am Swimmingpool etwas in den Schatten setzen sollte. Außerdem tat zwischendurch ein Sprung in das kühle Wasser wirklich gut. Smid und Kern gingen auf ihre Zimmer, zogen sich um und trafen sich in Badehosen am Pool wieder. Sie legten sich nebeneinander in Liegestühle und dösten vor sich hin.

Auf einmal fuhr Kern wie elektrisiert hoch: Die Frau im Rollstuhl von gestern abend bewegte sich ohne fremde Hilfe an der Längsseite des Swimmingpools entlang, langsam, beide Hände auf die Griffe des Rollstuhls gestützt, den sie vor sich herschob. Daneben ging ihr Mann, offenbar sofort bereit einzugreifen, falls seine Hilfe nötig war.

Das Ehepaar kam geradewegs auf Smid und Kern zu. Zwei Meter vor ihnen blieb die Frau stehen. „Ich lerne wieder gehen'', sagte sie und lächelte. „In einigen Wochen werde ich wieder ganz normal laufen können, hat mir Tony versichert.''

An diesem Abend nahm Klaus Kern Abschied von Uwe

Smid und der übrigen Reisegruppe, die am nächsten Morgen mit dem Bus erneut nach Baguio City fahren wollte - und nach einer dritten Behandlung bei Tony nicht mehr hierher nach San Fernando zurückkehrte, sondern in ein Hotel 50 Kilometer weiter nördlich fuhr, wo für die Gruppe schon alles reserviert war. Dort wollten sich die Leute vor ihrer Rückreise nach Südafrika noch ein paar Tage am Meer erholen.

Kern prostete Smid noch einmal mit einem Bier zu, bevor er sich auf sein Zimmer begab. Smid hatte auch an diesem Abend keine Tabletten genommen. Wie schon gestern fühlte er sich ausgezeichnet, von Schmerzen keine Spur mehr.

Die folgenden drei Tage war Klaus Kern fast der einzige Gast im Hotel. Kern hatte seine Abreise für Samstag morgen geplant; denn am späten Vormittag hatte er sich bei Tony zu einem ersten Termin angekündigt, und die Busfahrt von seinem Hotel bis hinauf nach Baguio City dauerte knapp zwei Stunden.

Kern zahlte, schulterte seine Tragetasche, nahm den Koffer und ging vom Hotel etwa hundert Meter bis zur Hauptstraße, die parallel zum Sandstrand verlief. Die Hotelanlagen befanden sich jeweils zwischen dieser Straße und dem Meer.

Im Hotel hatte man ihm gesagt, er bräuchte sich nur an den Straßenrand zu stellen und auf einen der großen roten Busse warten, die hier alle paar Minuten vorbeifuhren. Wenn einer herankam mit dem weißen Schild „Baguio City'' hinter der Frontscheibe, sollte er einfach nur winken, der Busfahrer würde dann anhalten und ihn aufnehmen. So war es auch.

Etwa 10 Minuten stand Klaus Kern in der brütenden Sonne am Straßenrand, dann näherte sich ein roter Bus mit dem Schild „Baguio City''. Er winkte, der Bus stoppte, Kern stieg ein.

Der klapprige Bus war alles andere als bequem, kein Vergleich zu dem Luxusliner der Südafrikaner. Der Bus war halbvoll, alle Seitenfenster waren zurückgeschoben, den Fahrtwind empfand Kern als sehr erfrischend. Es dauerte nicht lange, dann bog der Bus von der breiten Asphaltstraße nach rechts ab und wand sich auf immer enger werdenden Serpentinen die Berge hinauf.

Nach knapp zwei Stunden Fahrt war Baguio City erreicht, diese von den Philippinen vielbewunderte Provinzhauptstadt, wo Reiche ihren Sommersitz genossen, wenn sie aus der feuchten Hitze Manilas in das frische Höhenklima der Berge flohen. Für Kern war Baguio City eine Stadt ohne Konturen - mit eher modern-häßlichen Häusern, lieblos hingebaut an die Berghänge, eine 50.000-Einwohner-Stadt ohne Herz. Allenfalls der bunte, farbenprächtige und nach allen Gewürzen dieser Welt duftende Markt ließ vermuten, daß die von Architekten rasch hingeworfene Stadt auch noch ursprüngliches Leben besitzt.

Es war schwer vorstellbar, daß unweit dieser lieblosen Ansiedlung das achte Weltwunder die Touristen aus aller Welt anlockte. Denn nördlich von Baguio City, im bergigen Hochland nahe dem Gebiet der Kopfjägerstämme der Bontocs und Ifugos, begannen die legendären Reisterrassen, ein in zweitausend Jahren entstandenes, gigantisches

Bewässerungssystem an den Hängen der Berge.

Die Provinzhauptstadt Baguio City ist - neben Manila und Pagsanhan - eines der drei „Wunderheiler''-Zentren der Philippinen. Tony war nicht der einzige der großen philippinischen Heiler, die hier ihren Sitz hatten.

Im Zentrum der Stadt stieg Kern aus dem Bus. Inmitten einer lebhaften Menschenmenge schaute er sich um.

Da wurde er schon von mehreren Seiten in Englisch angesprochen.

„Taxi, Sir?''

Ja, genau das brauchte er jetzt, um erst ein Hotel und danach das Domizil von Tony aufzusuchen.

Er schwang sein Gepäck in den Kofferraum des kleinen Fahrzeugs und nahm vorne neben dem Fahrer Platz. Zunächst ließ sich Kern am Hyatt-Hotel absetzen und checkte rasch ein. Kurz danach trat er wieder aus dem Hotel heraus. Sein Taxi wartete noch und er stieg ein.

„Morgan-Street 10", sagte er zum Chauffeur.

Die Fahrt führte aus dem Zentrum heraus in einen Außenbezirk. Die Häuser wurden kleiner, einfacher - sie waren zuletzt nur noch aus Holz gebaut. Zehn Minuten dauerte die Fahrt vom Wohlstand ins Armenviertel.

Der Taxifahrer mußte ein paarmal um den Block rollen, ehe er das Haus „Morgan-Street 10" gefunden hatte. Tony, der Wunderdoktor, war hier offensichtlich unbekannt. Die zweite Überraschung: Tonys „Heilstätte'' war keine Klinik, sondern ein ganz normales Haus. Im ersten Stockwerk ein großer Raum mit Holzdecke und Holzwänden: die „Kirche''. Hier fanden sonntags Messen statt, hier sprach der gläubige Laienprediger Tony zu seiner Gemeinde - und hier betete er gemeinsam mit seinen Patienten, die er im Laufe der Woche behandelte.

Direkt unter der „Kirche'', im Erdgeschoß, befand sich das Wartezimmer. Als Klaus Kern den Raum betrat, war er wieder überrascht: Auf einfachen Holzstühlen und auf einer alten Couch saßen ein paar Patienten, aber nicht die Hälfte der Stühle war belegt. Von Krankenaufmärschen zu Tausenden wie in Lourdes keine Spur. Die Hälfte der Patienten, die im Wartezimmer saßen, waren Filipinos, die anderen waren „Westler''. Bei den Einheimischen bemerkte Klaus Kern nichts Auffälliges, aber die Ausländer waren von Krankheiten schwer gezeichnet. Kern hatte den Eindruck, als befände er sich unter Todeskandidaten. Er selber wirkte gegen diese verhärmten Menschen wie das blühende Leben.

Die Patienten waren meist ältere Menschen, von Leid und Schmerz gezeichnet. Müde warteten sie auf den Stühlen. Für sie war der philippinische Wunderheiler offenbar die letzte Hoffnung. Sie waren angereist aus Deutschland und Österreich, aus der Schweiz und Südafrika, aus Australien und den USA.

Am Kopfende des Wartezimmers stand ein einfacher Schreibtisch, an dem zwei Sekretärinnen saßen. Vor ihnen auf der Schreibtischplatte eine Pappschachtel voller Kärtchen, auf denen die Patienten namentlich in einer Kartei registriert waren. Kern unterhielt sich in Englisch mit einer der beiden Frauen und erzählte von seinem telefonisch vereinbarten Termin bei Tony.

Das Mädchen kramte in dem Pappkarton und fingerte einen Zettel heraus, auf dem Kerns Name stand. Sie schrieb jetzt das Datum darauf und fragte Kern, wo er denn Schmerzen habe.

„Keine Schmerzen'', sagte Kern - und das schrieb die Sekretärin auf seine Karteikarte. Ob er denn nicht angeben müsse, fragte Kern, welche Krankheit er habe?

„Nicht nötig'', meinte die Frau, „Tony weiß das schon selbst.''

Als die Sekretärin die Karteikarten durchgeblättert hatte, sah Kern, daß neben den Namen auch mehrmals hingekritzelt war, wo die Patienten Schmerzen hatten. Doch anstelle einer exakten ärztlichen Diagnose stand dort nur, wo es weh tat: „Knie'', „Magen'', „Kopfschmerzen''...

Die Formalitäten vorne am Schreibtisch bei den zwei Helferinnen dauerten nur ein paar Minuten, dann deutete die eine lächelnd mit der Hand zu einem der freien Stühle im Raum.

Kern setzte sich.

Neben ihm auf dem alten Sofa lag ein Mann, abgemagert bis auf die Knochen. Er war 32 Jahre alt und stammte aus Österreich. Woran er litt, erfuhr Kern von seiner Frau: Leberkrebs. Die Ehefrau hatte ihren Mann, nachdem er von den Ärzten daheim aufgegeben war, in den Rollstuhl gepackt und war mit dem nächsten Flugzeug auf die Philippinen geflogen - in der Hoffnung, daß Tony dem Todgeweihten helfen konnte.

„14 Tage haben sie ihm in der Klinik daheim noch gegeben'', sagte die Frau leise zu Kern im Wartezimmer, „seit einer Woche sind wir hier und er wird jeden Tag zweimal von Tony behandelt.''

Kern beobachtete die Patienten, die im Wartezimmer saßen und im Abstand von fünf bis zehn Minuten aufgerufen wurden. Dann verschwanden sie jeweils in einer offenen Tür, die mit grauem Stoff verhängt war, so daß man nicht sehen konnte, was sich dahinter verbarg. Durch diesen Vorhang betraten die Kranken auch nach der Behandlung wieder das Wartezimmer, bevor sie weggingen.

Kern rätselte bei jedem einzelnen, welches Leiden ihn wohl zu dem Geistheiler geführt haben mochte. Die „Westler'' sahen elend aus, aber die anwesenden Philippinos hätten in jeder Arztpraxis der Welt sitzen können. Ihren Mienen und ihrer dunklen Haut war nicht anzumerken, woran sie litten. Von Zahnschmerzen bis Bänderzerrung, vom Magengeschwür bis zur Eiterbeule - alles war denkbar.

Einige der Einheimischen wurden, wenn sie zu Tony ins Behandlungszimmer gerufen wurden, von einem Begleiter geführt. Bei den Europäern, das fiel Kern sofort auf, war das fast immer der Fall. Die Männer und Frauen wurden gestützt und gingen mit kurzen, matten Schritten am Arm des Begleiters.

Der dunkelhaarige Österreicher auf der Couch, der nach Kerns Schätzung nur noch knappe 40 Kilo wog, wurde von seiner Frau vorsichtig an den Kniekehlen und am Rücken hochgehoben. Wie ein Kind trug sie diesen Rest Mensch auf ihren Armen durch den Vorhang in den Behandlungsraum hinein.

Angesichts solchen Elends fühlte sich Kern ausgesprochen gesund und rüstig. Ihm fehlte ja auch äußerlich nichts: Er hatte keine Schmerzen, normales Gewicht, kein

Gebrechen war ihm anzusehen. Und er schritt aufrecht und ohne fremde Hilfe durch den Vorhang, nachdem er von der Sekretärin namentlich aufgerufen worden war.

Hinter dem Vorhang bemerkte Kern im Halbdunkel eine Türe, die einen Spalt offenstand. Er klopfte leise an, öffnete die Tür vorsichteig und stand schon im Raum. Es war Tonys Behandlungszimmer: drei mal vier Meter groß, zwei einfache Liegen waren aufgestellt - sonst nichts. Das große Fenster in der Wand gegenüber der Tür war weit geöffnet. Kein Geruch nach Medikamenten, nach Desinfektionsmitteln - Kern hatte den Eindruck, daß es hier überhaupt keine besonderen hygienischen Vorsorgemaßnahmen gab.

Das war also das Reich des legendären Tony Larbo, dem Kern jetzt auf zwei Meter gegenüberstand. Tony war ein dunkelhäutiger Mann von kleinem Wuchs, ein Filipino wie Millionen andere auch. Aber Kern spürte sofort etwas von dieser schweigenden Kraft, die der Mann ausstrahlte und die ihn offenbar in die Lage versetzte, Kranke zu heilen. Tony, neben dem ein älterer Filipino, offenbar ein Helfer, ein paar Fläschchen und Tücher auf einem Regalbrett hinten an der Wand zurechtrückte, streckte Kern die Hand entgegen.

Mit ruhiger Stimme fragte Tony den Deutschen, was ihm fehlte. Tony sprach Englisch - einfache Worte und Sätze, bei denen Kern, dessen Englisch eher dürftig war, überhaupt kein Problem hatte, alles zu verstehen.

Kern antwortete dem Filipino, daß er an Krebs leide, diagnostiziert von einer deutschen Klinik. Und dabei hob er die Arme ein wenig und deutete unter die Achseln.

„Lymphknotenkrebs'', sagte er und wies zur Untermauerung auch auf seine Leisten. Das englische Wort dafür hatte er sich schon in Deutschland aus einem medizinischen Wörterbuch geholt.

Tony stellte keine Fragen.

Er bat Kern, das Hemd auszuziehen und die lange Hose abzulegen. Dann machte er eine Handbewegung in Richtung Liege: Kern streckte sich dort aus, mit dem Rücken nach unten. Tony stellte sich neben das Kopfende und legte seine Hand auf Kerns Haupt.

Der verfolgte mit offenen Augen und voller Spannung, was um ihn herum geschah.

Dann begann Tony zu beten. Etwa eine Minute lang murmelte er in seiner Landessprache Tagalot Gebete. Auch sein Helfer betete, schweigend, mit gefalteten Händen.

Nach den Gebeten unterhielt sich Tony kurz mit seinem Helfer - und dann ging alles blitzschnell. Aus einem Wattebausch träufelte der Helfer eine wässrige Flüssigkeit auf Kerns entblößte linke Leiste. Tony, im kurzärmeligen T-Shirt, begann mit den Fingern seiner beiden Hände an Kerns Leiste zu kneten. Nach wenigen Sekunden floß plötzlich Blut oder eine blutartige Flüssigkeit unter Tonys Händen hervor - und im selben Augenblick drangen seine Finger etwa fünf Zentimeter tief in die Leiste ein.

Kern spürte keinen Schmerz, aber er hatte tatsächlich das Gefühl, daß der Filipino mit seinen Fingern tief in den Weichteilen war. Dann zog Tony zwischen Daumen, Zeige- und Mittelfinger einen schleimigen, eitrigen Pfropfen heraus. Er zeigte das Geschwür Kern und warf es dann in einen kleinen Plastikeimer, den ihm sein Assistent entgegenhielt.

Die ganze „Operation'' hatte eine halbe Minute gedauert. Dann zog Tony seine Finger aus der offenen Wunde heraus, der Helfer wischte das Blut mit einem Wattebausch von der Bauchdecke weg - und nichts mehr war zu sehen. Keine Spur von einer Operation, keine Narbe, nicht ein Stich oder der kleinste Schnitt auf der Haut. Nur auf Kerns Unterhose waren ein paar rote Flecken zurückgeblieben, die offenbar vom heruntergelaufenen Blut stammten.

Nach diesem Eingriff an der linken Leiste wiederholte Tony in gleicher Weise die Behandlung an der rechten Leiste, später - Kern mußte dazu seine Arme hinter den Kopf heben - an beiden Achseln. Es waren „Operationen'' an jenen Stellen, wo die befallenen Lymphknoten wucherten.

Nach sechs, sieben Minuten war alles vorbei. Kern erhob sich von der Liege, kleidete sich an, schaute dabei immer wieder verdutzt auf seine unverletzten Leisten und unter beide Achseln, wo soeben noch das Blut heruntergelaufen war.

Kern fühlte sich innerlich leicht und entkrampft. Er war ruhig und in Hochstimmung. Mit einem Händedruck bedankte er sich bei Tony und fragte ihn, was er schuldig sei.

Der Filipino zuckte mit den Achseln.

„Was es Ihnen wert ist'', sagte er, „die meisten geben eine Spende zwischen 10 und 20 Dollar. Wir verwenden das Geld für eine Missionsstation droben in den Bergen.''

Als Kern den Raum verließ, sagte Tony ihm noch, er möge in zwei Tagen wiederkommen. „Ich glaube, daß ich Sie viermal behandeln muß.''

Kern verabschiedete sich, ging ins Wartezimmer zu den beiden Sekretärinnen und legte 20 Dollar auf den Schreibtisch.

Dann betrat er das Freie. Er fühlte sich wie neu geboren, obwohl es ihm vorher nicht schlecht gegangen war.

Draußen atmete Klaus Kern ein paarmal tief durch. Für ihn war dies vielleicht das wichtigste, zumindest das aufregendste Ereignis in seinem Leben gewesen. Zum ersten Mal war er einem Menschen gegenübergetreten, der offenbar direkt mit Gotteskraft in Verbindung stand, einem Mann mit Fähigkeiten, die das bisherige Weltbild Kerns auf den Kopf stellten.

Kein Mensch daheim würde ihm glauben, was an ihm heute geschehen war. Natürlich wußte Kern, daß dies alles im Grunde nicht möglich war: Niemand konnte mit den blanken Händen in den Körper eines anderen Menschen eindringen.

Aber genau das hatte Tony getan.

Dabei sah dieser Mann in seiner Glitzer-Rocker-Jacke mit den riesigen amerikanischen Aufschriften auf Brust und Rücken sehr locker, westlich, menschlich und normal aus. Aber schon seine Art zu sprechen ließ ahnen, welche Kraft hinter diesem kleinwüchsigen Mann stand.

Mit diesen Gedanken im Kopf kramte Kern einen Zettel aus seiner Brusttasche heraus, auf dem die Adresse einer Arena notiert war, wo Hahnenkämpfe stattfanden. Ein Schweizer, den er unterwegs getroffen hatte, hatte sie ihm zugesteckt. „Cockfights'', hatte er zu Kern gesagt, „sind auf den Philippinen ein Nationalsport. Mußt du unbedingt einmal ansehen.''

Das wollte Kern jetzt tun. Er ging um den Häuserblock herum und winkte nach einem Taxi.

Die Arena lag außerhalb von Baguio City in den Bergen: ein viereckiger Holzbau, nach allen Seiten offen, das Dach ruhte auf dicken Pfählen. Um die Kampfstätte, die fünf mal fünf Meter maß und mit mannshohen Plexiglaswänden gesichert war, reihten sich nach vier Seiten die Stehränge, auf denen sich etwa 600, 700 Männer drängten. Die meisten von ihnen wetteten vor den Kämpfen, welcher Hahn wohl gewinnen würde - es war ein für Laien undurchschaubares Verständigungs-System, mit hochgehaltenen Fingern, Geldscheinen, Zurufen kreuz und quer, Rückbestätigungen vom Ring hinauf in die Zuschauer. In diesem Chaos funktionierten Fingersignale und Zahlengeschrei offensichtlich ohne jedes Mißverständnis, denn es gab hinterher nie Proteste.

Direkt am Kampfring waren die besten Plätze, zwei Sitzreihen wie bei Boxveranstaltungen.

Zwei Hähne kämpften immer gegeneinander. Sie wurden im Arm ihres Besitzers hereingetragen und in den neutralen Ecken „aufgewärmt'' für den Kampf, indem man sie unterm eingeklemmten Arm des Besitzers dem feindlichen Hahn hinhielt, mit der Hinterseite allerdings, damit der andere Hahn sofort mit seinem Schnabel auf den wehrlosen Gegner einhieb, ihm Federn herausriß, hackte und zupfte. Dann wechselten die Seiten und der soeben traktierte Hahn konnte sich bei seinem Peiniger sofort revanchieren. Was bei diesem „Scharfmachen'' noch nicht eingesetzt wurde, war unter einer Lederhülle verborgen: ein sichelartiges Messer am Sporn, scharf wie eine Rasierklinge, eine fünf Zentimeter lange tödliche Waffe - und vor ihr gab es kein Ausweichen. Erst wenn einer der Hähne tödlich verletzt war, galt der Kampf als beendet.

Wie ein Ritual entfernte der Besitzer Sekunden vor dem Kampfbeginn jeweils die Lederhüllc und setzte den Hahn vorsichtig auf den Sandboden in seiner Ecke ab. Sofort flatterten die beiden Tiere mit vorgereckten Hälsen aufeinander zu - es dauerte meist nur Sekunden, bis einer der beiden von dem eisernen Sporn des anderen abgeschlachtet war.

Die Cockfights nach dem Besuch beim Heiler - das war für Kern der Weg von Friedfertigkeit und Liebe in einen grausamen Krieg. Dort Demut, Schmerzen, Leiden und die Hoffnung auf Leben, auf Heilung durch einen Gottesmann - hier Aggression und Brutalität in der erbarmungslosesten Weise, nur zum eigenen Vergnügen, inszeniert von Menschen, die bei diesen Todeskämpfen johlten und mit Geldscheinen winkten. Für die Hähne waren Leben und Tod ein Kampf von Minuten, nicht selten von Sekunden. Ihre Aggression löste sich erst auf im Sterben. Oft traf sie der tödliche Stoß so plötzlich und zielsicher, daß sie von einer Sekunde auf die andere unbeweglich im Sand lagen, mit offenem Schnabel.

Kern blieb nicht lange bei diesem grausamen Schauspiel. Mit einem Taxi fuhr er in die Stadt zurück.

Schon am folgenden Tag kehrte Kern in die Morgan-Street 10 zurück. Diesmal aber nicht zur Behandlung seines Leidens, sondern um an einer Messe teilzunehmen, die in Tonys kleiner Kirche stattfand.

Kern hatte bei seinem ersten Besuch im Wartezimmer von der Österreicherin erfahren, daß jeden Samstag um 9 Uhr in der Holzkirche oben in Tonys Haus sich Patienten und Nachbarn trafen, um gemeinsam mit dem Heiler zu beten und zu singen.

Als Kern die einfach ausgestattete Kirche betrat, hatte er den Eindruck, als stünde er in einem Wartezimmer von gestern. Nur schien jetzt der Raum um das Vier- oder Fünffache vergrößert zu sein. Die Hälfte der etwa 100 Menschen, die sich hier schweigend versammelt hatten, waren wieder Filipinos, die anderen waren die kranken „Westler" und deren Begleiter. Sie hatten auf den ersten Reihen vor dem Altar Platz genommen, die Philippinos saßen weiter hinten. Neben dem schmucklosen Holzaltar, einem Tisch mit ein paar Blumensträußen drauf, stand ein Holzkruzifix. Daneben lag eine aufgeschlagene Bibel.

Vorne am Altar traten in der ersten Viertelstunde nacheinander drei Philippinos auf. Sie sprachen in Tagalot wie Laienprediger zu den Menschen.

Dann kam Tony, auch heute wieder angezogen wie einer, der zum Billardspielen in einen amerikanischen Saloon geht: Jeans, darüber ein weißes T-Shirt und ein glitzerndes, hellblaues, mit Goldbuchstaben besticktes Bomberblouson. In diesen Klamotten hätte man jeden vermuten können, bloß keinen tiefgläubigen Geistheiler, zu dem Menschen aus aller Welt anreisten, um Linderung von ihren Schmerzen zu bekommen.

Während vorhin die drei Männer in Tagalot predigten,

sich also an ihre Landsleute wendeten, stellte sich Tony neben den Holzaltar und begann mit leiser, eindringlicher Stimme in seinem einfachen Englisch zu sprechen. Am Ende seiner Predigt, die angefüllt war mit Hinweisen auf die Heilkraft, die Gott jedem Menschen eingeboren hat, und mit tiefen Gedanken über den Sinn von menschlichem Leid - am Ende dieser berührenden Mahnung, die zugleich Trost war, trat Tony an jeden einzelnen der schwerkranken Europäer heran, legte ihm die Hand aufs Haupt, betete stumm, ging dann zum nächsten, wiederholte Handauflegen und Gebet und schloß auf diese Weise jeden seiner Patienten im wahrsten Sinne des Wortes in sein Gebet ein, auch Klaus Kern, der diese Zeremonie mit geschlossenen Augen über sich ergehen ließ.

Nach der Feier traf Kern draußen die Österreicherin und ihren todkranken Mann, der im Rollstuhl saß.

„Wie geht es?", fragte Kern und ertappte sich beim letzten Wort schon selber dabei, wie unpassend seine Frage eigentlich war.

„Sie wissen ja - Erich ist sehr schwach. Aber er kann seit gestern wieder Nahrung zu sich nehmen und nachts durchschlafen. Außerdem haben wir vor zwei Tagen die starken Medikamente abgesetzt, die er noch in Österreich erhalten hat...", antwortete die Frau und klopfte dabei dem hohlwangigen Mann vorsichtig auf die Schulter.

In der folgenden Woche ließ sich Kern noch dreimal von Tony behandeln, wobei sich die Behandlungen glichen wie ein Ei dem anderen: erst das Gebet mit der Handauflegung, dann die Eingriffe mit viel Blut an beiden Leisten und den Achseln - und hinterher wieder keine

Spur von Operation, keine Schmerzen, sondern ein seelisches Hochgefühl.

Bei der letzten Behandlung, als sich Kern wieder angezogen hatte und das Zimmer verlassen wollte, kam er noch für ein paar Minuten ins Gespräch mit dem sonst so schweigsamen Tony. Dabei erfuhr Kern, daß Tony - wie die meisten seiner „Kollegen'' - keinerlei medizinische Kenntnisse besaß. Er trage in sich eine göttliche Energie, die ihm die Heilungen ermögliche, sagte er selber. Er sei nur ein Instrument göttlicher Kraft.

Und wie sei es möglich, daß er mit seinen Fingern in einen Körper eindringen könne wie in weiche Butter, fragte Kern.

Bei den Operationen, antwortete Tony, seien seine Hände „entmaterialisiert'': seine Finger sammeln dann im Bauch des Patienten wie ein Magnet alle negativen Gewebeteile an - und die zieht er dann als Pfropfen heraus und wirft sie weg.

Diese Erklärung machte für Kern jetzt einigermaßen verständlich, warum bei solchen „Operationen'' immer wieder sehr ähnliche Gewebeklumpen entnommen wurden. Offensichtlich holte der Heiler nicht ein bestimmtes Geschwür heraus, sondern er entnahm dem Körper in konzentrierter Form krankes, negatives Gewebe, das sich um seinen Finger wie um einen Magneten gesammelt hatte. Aus diesem Grunde, so dachte Kern, sind diese Heiler auch gar nicht - wie westliche Mediziner - auf ganz bestimmte Körperteile spezialisiert, sondern befreien den Körper insgesamt von Schadstoffen.

Ob man an Gott glauben müsse, um wieder gesund zu

werden, fragte Kern.

Tony lächelte. „Nein - das hilft zwar enorm, aber der Patient muß nicht unbedingt gläubig sein.''

Wie hoch die Erfolgsquote war, wollte Kern noch wissen. Tony breitete die Arme aus. „Ich weiß es nicht. Darüber führen wir keine Statistik.''

Was aber, wenn seine Kräfte versagten und der Patient starb?

„Ich bin nur das Instrument der göttlichen Kraft und tue, was in meinen Kräften steht. Wenn ich jemanden nicht heilen kann, dann ist dies Gottes Wille...''

So einfach also war das. Kein Wunder, daß Zweifler gerade an diesem Punkt einhakten, wo der Mißerfolg zum Schicksal aufgewertet wurde. Immerhin wurde diese Weisheit ja sogar in den Wiener Heurigen-Beiseln gesungen: „Wann der Hergott net will, nutzt es gar nix...''

Es war Freitag abend. Kern hatte sich entschlossen, übers Wochenende noch in Baguio City zu bleiben. Nicht weil es ihm hier besonders gefiel, sondern um seine Erlebnisse der letzten Wochen in Gedanken aufzuarbeiten und am Samstag früh noch ein zweites Mal an der Kirchenfeier bei Tony teilnehmen zu können.

Beim Abendessen im Hotel, einem jener riesenhaften amerikanischen Fünfsterne-Tempel, die hier im abgelegenen Hochland von den oft wochenlangen Aufenthalten westlicher Patienten bei den Wunderheilern existierten, lernte Kern einen Schweizer Physiker kennen, der das Phänomen der Geistheilungen aus wissenschaftlichem Interesse untersuchte. Für Kern war dies im richtigen Moment der richtige Gesprächspartner.

Dr. Robert Keller stammte aus Basel. Er war durch die Diskussion mit Freunden vor Jahren schon mit den Geistheilungen auf den Philippinen konfrontiert worden und hatte anfangs alle Berichte als Hirngespinste abgetan. Nach und nach jedoch befaßte er, der Naturwissenschaftler, sich häufiger, gezielter und auch ernsthafter mit diesem Phänomen. Jetzt war er selber gekommen, um sich an Ort und Stelle darüber zu informieren.

„Und wie beurteilt ein rationaler Physiker nach seinen eigenen Beobachtungen solche Geistheilungen?'', fragte ihn Kern. Er saß Dr. Keller beim Abendessen im Diningroom des Hotels gegenüber.

„Ich habe mir in den letzten drei Wochen bei verschiedenen Geistheilern etwa 200 dieser blutigen Eingriffe angesehen. Und ich bin überzeugt, daß ich dabei nicht nur faulen Zauber erlebt habe. Allerdings glaube ich, daß es auf diesem Gebiet natürlich auch Scharlatane gibt, die mit Tricks und Fingerfertigkeit einfach aufs Geldverdienen aus sind. Aber Geschäftemacher verbreiten immer eine ganz besondere Atmosphäre - und die spürt man, wenn man kritisch herangeht'', sagte Dr. Keller.

Jeder der Heiler, die er aufgesucht hatte, sagte der Schweizer, arbeite nach einer eigenen Methode, oft unglaublich skurrile und scheinbar primitive Verfahren. Keiner sei aber nur auf bestimmte Leiden spezialisiert gewesen. „Eines ist allen gemeinsam, jedenfalls denen, die ich kennengelernt habe: sie sind tiefgläubig, leben einfach und bescheiden und unterstützen mit dem Geld, das sie von ihren westlichen Patienten erhalten, immer irgendwelche Menschen. Sie tun also das Gegenteil von einem

Geschäftemacher, der sich persönlich bereichert und anderen mit seinem Zauber das Geld aus der Tasche zieht.''

Seine Beobachtungen, fuhr Dr. Keller fort, stimmten auch überein mit den Schilderungen anderer Leute, die sich oft in jahrelangen Studien mit den Wunderheilern beschäftigt hatten. ,,Diese Heiler, also nicht die Scharlatane, die es mit Sicherheit auch gibt, leben enthaltsam und asketisch'', sagte Dr. Keller. ,,Sex, Drogen und Alkohol sind für sie absolut tabu. Nur Rauchen ist erlaubt. Viele Heiler sind reine Vegetarier. Bei manchen gehört Fleisch nur deshalb zum Speiseplan, weil bestimmte Nahrungsstoffe, die der Körper unbedingt braucht, auf den Philippinen auf andere Weise nicht ohne Schwierigkeiten erhältlich sind.''

,,Mir hat man gesagt'', warf Kern ein, ,,daß die Heiler angeblich ihre Kraft verlieren, wenn sie ein ausschweifendes Leben führen oder für ihre Behandlungen Geld verlangen.''

,,Richtig, auch ich habe das gehört. Und es gibt angeblich eine Reihe von Beispielen, wo es tatsächlich so gewesen sein soll. Deshalb sollte man nur zu einem Heiler gehen, der auch die Armen, die Einheimischen behandelt - und zwar kostenlos. Ansonsten hat es sich eingespielt, daß Ausländer halt kleine Spenden gben, die meist zur Erhaltung von Kirchen und kleinen Missionsstationen verwendet werden. Aber notfalls darf der Heiler nicht einmal von einem Ausländer Geld verlangen'', erklärte Dr. Keller.

,,Sie haben sich mit Geistheilung offenbar auch in der Theorie sehr intensiv auseinandergesetzt'', spann Kern den Faden fort, „warum gibt es denn diese Wunderheiler ausgerechnet auf den Philippinen?''

„Nicht nur da'', antwortete Dr. Keller. „In Brasilien, in Afrika, in Indien - überall auf der Welt hört man von ähnlichen Menschen und Heilungen. Auch daheim in der Schweiz kenne ich Leute, die einen großen Ruf als Naturheiler und Helfer haben. Daß diese Wunderheiler ausgerechnet auf den Philippinen so gehäuft auftreten, dafür gibt es eigentlich keine richtige Erklärung. Man vermutet, daß die Philippinen mit ihren Tausenden von Inseln einst ein Teil von Lemuria waren, jenem legendären, hochentwickelten Kontinent, der im Meer versank - das fernöstliche Gegenstück zu Atlantis. Demzufolge wären die Filipinos Nachfahren der Lemurianer, die angeblich mit besonderen psychischen Kräften ausgestattet waren. Doch egal, ob diese These stimmt: Die Filipinos sind von Grund auf sehr spirituell veranlagte Menschen. Geister und übersinnliche Erscheinungen sind für sie gar nichts Besonderes - das gehört eigentlich zum ganz normalen Leben. Außerdem ist es ein freundlicher Menschenschlag, völlig entkrampft und ohne Rucksack voll Neurosen und Psychosen und Komplexe, wie wir es daheim in unserer modernen Welt so häufig finden. Die Filipinos sind religiös und leben sehr natürlich. Deshalb haben sie nach Meinung der Fachleute eine bessere innere Ausstrahlung und können höhere Bewußtseinsebenen eher und leichter erreichen als andere Menschen. Außerdem: Es gibt auf den Philippinen religiöse Gruppen, von denen die Menschen mit offenkundigen 'Wunderkräften' regelrecht ausgebildet werden, sobald man diese Fähigkeit einmal bei ihnen entdeckt hat.''

Die beiden Männer kauten einige Minuten lang wortlos, tranken von dem vorzüglichen Fruchtsaft-Mix und ordneten ihre Gedanken.

Dann nahm Klaus Kern das Gespräch mit einer Frage wieder auf. „Wie erklären Sie sich eigentlich diese Wunderheilungen? Sie sind Physiker - da bricht doch Ihr Weltbild zusammen, oder?!''

„Ja und nein. Wenn ich an meine Gesetze und Formeln denke, wie ich sie an der Uni gelernt habe, dann ist all das, was ich hier mit eigenen Augen gesehen habe, natürlich völlig ausgeschlossen'', antwortete der Schweizer Wissenschaftler. „Aber diese Operationen gleichen den Operationen, wie wir sie verstehen, eigentlich nur äußerlich. Die Eingriffe, die die Filipinos machen, sind nach unseren Naturgesetzen nicht zu erklären. Da sind wir Zeugen eines Ereignisses, das wir zwar mit unseren Augen wahrnehmen, aber es spielt sich in Wirklichkeit auf einer höheren Ebene ab. Es ist wahrscheinlich eine 'mediale' Operation. Dabei werden, glaube ich, die Hände des Heilers wie auch das Gewebe seines Patienten entmaterialisiert durch Energien, die wir heute noch nicht kennen'', erläuterte Dr. Keller.

Ob es denn nicht eine Theorie gäbe, die das unbekannte Phänomen erklären kann, bohrte Kern weiter.

„Es gibt Wissenschaftler, die nehmen an, daß es neben den uns vertrauten Zuständen fest-flüssig-gasförmig noch eine ganz andere Zustandsart gibt. Vielleicht eine Energie, die in der Lage ist, organische Materie aufzulösen und später wieder in ihren alten Zustand zurückzuversetzen.''

„Und Sie glauben, daß ein Wunderheiler diese neue Zustandsform erzeugt, so daß er mit den blanken Händen in einen Körper eindringen kann?'', fragte Kern.

Dr. Keller lehnte sich im Sessel zurück und nickte. „Ich halte das für denkbar. Damit gewinnen uralte Vorstellungen von einem feinstofflichen Körper, der in einer ganz anders strukturierten Form innerhalb unseres Körpers existiert, wieder an Wahrscheinlichkeit. Wir kennen solche Vorstellungen vor allem in östlichen Religionen.''

„Nicht nur aus östlichen Religionen'', unterbrach Kern den Schweizer, „in der Bibel gibt es ja genügend Beispiele von Heilungen, die doch wohl auch nur so zu erklären sind. Nicht allein von Jesus selbst wird berichtet, daß er Menschen auf übernatürliche Weise geheilt hat, sondern von Propheten und später von christlichen Heilungen aus allen Jahrhunderten.''

„Richtig - wir haben Wunderheilungen auch in unserer eigenen Vergangenheit immer wieder erlebt. Deshalb sagte ich ja vorhin, daß es auf der ganzen Welt - auch heute! - Menschen gibt, die diese Fähigkeiten besitzen, egal ob es ein Priester ist oder ein indianischer Medizinmann, ein Yoga-Meister oder daheim ein Bauer auf dem Lande.''

Klaus Kern genoß dieses Gespräch mit dem Baseler Physiker.

Jetzt, da es Zeit war zu gehen, bedankte er sich bei Dr. Keller für die lehrreiche Unterhaltung. „Darf ich Sie wenigstens zu diesem Essen einladen?'', fragte er Dr. Keller. „Es ist mein kleiner Beitrag zum Abend.''

Dr. Keller lachte. „Okay, ich nehme Ihren

grobstofflichen Vorschlag an.''

Kerns dreiwöchiger Philippinen-Aufenthalt ging zu Ende. Noch zwei Tage waren es bis zum Abflug nach Delhi. Kern war inzwischen wieder in Manila eingetroffen. In seinem Hotelzimmer zog er Bilanz.

Es war für ihn eine aufregende Zeit gewesen. Nie zuvor in seinem Leben hatte er so wundersame, mit dem Verstand nicht erklärbare Phänomene selbst erlebt. Natürlich würde ihm das daheim keiner glauben: mit blanken Händen, ohne Messer und ohne Hygiene, in den Körper hineinzugreifen, und am Ende dieser Operation keine Spur mehr zu sehen - keinen Schnitt, keine Wunde, nicht einmal eine Narbe! Nein, man würde ihn für verrückt erklären, wenn er das erzählte.

Kerns altes Weltbild war tot.

Alles, was er auf der höheren Schule in Mathematik und Physik, in Biologie und Chemie gelernt hatte, was er im späteren Leben an Informationen über Medizin und Technik erfuhr - dies alles war seit seinen Erlebnissen bei Tony auf den Kopf gestellt.

Es gab offensichtlich doch noch ein feinmaschigeres Netz.

Außerdem ging es Kern körperlich und geistig ausgezeichnet. Hatte das unerklärliche Phänomen etwa den erhofften Erfolg bei ihm? Schließlich war er ja nicht auf die Philippinen gereist, um die Wunderheiler bei ihrer Arbeit zu bewerten, sondern um selbst geheilt zu werden!

Kern konnte schwer beurteilen, ob Tonys Behandlung für ihn erfolgreich war. Er hatte bisher ja noch keine Beschwerden gehabt, keine Schmerzen, keine Symptome, wie sie sonst typisch waren bei Krebs. Die Krankheit war in ihm zwar vorhanden, aber sie hatte sich noch nicht in dem Maße durch den Körper gefressen, daß sie offen ausgebrochen war. Kern horchte und lauschte in sich hinein, er hatte das während der vergangenen zwei Wochen schon sehr bewußt getan, aber er konnte bei sich keinerlei Veränderungen spüren.

So blieb ihm nur die Hoffnung, daß die rational nicht zu erklärenden Eingriffe Tonys, die für Kern ohne jeden Zweifel tatsächlich an ihm durchgeführt wurden, auch - vielleicht ebenso unerklärliche - Folgen zum Guten haben würden. Warum eigentlich nicht?! Was mit ihm geschehen war, lag außerhalb jeder europäischen Medizinkunst. Warum sollte dann auch sein Todesurteil durch solche irrationalen Vorgänge nicht aufgehoben werden können...

Kern hatte sich ursprünglich vorgenommen, seine beiden Nächte in Manila zwar nicht ausschweifend, aber doch etwas gelockert zu verbringen. Konkret meinte er damit: ausgehen in die Bars und die schönen Mädchen anschauen, ein paar Bier trinken, mit Globetrottern reden, die er in den Lokalen antraf, aber er wollte keine Frau mit ins Hotel nehmen. So ganz mochte Kern das Nachtleben von Manila aber doch nicht auslassen, bevor er abreiste und so etwas nie wieder erleben durfte. Die Versuchung in ihm rührte sich wieder einmal - und Kern gab augenzwinkernd nach.

Also zog er los.

Erst suchte er im Zentrum Manilas ein koreanisches Restaurant auf. Er aß vorzüglich: rohen Fisch als Vorspeise, dann Reis in Weinblättern, sehr scharf und zuletzt aus einer Stahlpfanne gebratene Kutteln. Dazu zwei Bier - ein Auftakt nach Maß für den Abend.

Kern genoß auch die folgenden Stunden.

Frei von Gedanken, die Mädchen mit ins Hotel zu nehmen, flirtete er sich von einer Bar durch die andere, lachte und erzählte, freute sich an den knackigen Bikini-Mädchen und ging gegen zwei Uhr morgens allein in sein Hotel.

Der folgende Abend verlief ähnlich. Dann war Abreise.

Kern fuhr mit seinen Gepäckstücken zum Flughafen hinaus. Pünktlich um 11 Uhr 20 Ortszeit hob der Jumbo der Indian Airlines ab und nach acht Stunden setzte die Maschine mit einem sanften Rucker in New-Delhi auf.

13

Die alte Inderin mit den heilenden Händen

Die Ankunft am Flughafen in New-Delhi verlief ähnlich wie vor drei Wochen in Manila. Sofort war Kern umringt von einer Schar kleingewachsener, dunkelhäutiger Inder, die ihm ihre Dienste anboten. Noch aufdringlicher, fast schon aggressiv, zerrten sie an Kern und seinen beiden Gepäckstücken herum. Im Gegensatz zu Manila wurde Kern hier sogar massiv angebettelt, von Männern in Lumpen, von Frauen und Kindern. Sie hielten die Hände auf und baten, nein, forderten Geld von dem reichen Europäer. Daß ihm so etwas an einem Ort passieren würde, der eigentlich zu den „reichen'' Stätten, zu den Symbolen von Internationalität und Prestige gehörte, dem Flughafen nämlich, erstaunte Kern. Und es weckte in ihm eine Aversion gegen die kleingewachsenen Inder, eine Abneigung, die er seit seiner Jugend hatte, ohne zu wissen, warum dies so war. Er mochte die Inder nicht - und was ihm hier bei der Ankunft im Flughafengebäude der Weltstadt widerfuhr, bestätigte sein altes Vorurteil, zumindest machte es seine Abneigung wieder lebendig.

Fast mit Gewalt riß sich Kern von den Bettlern und Kulis los und strebte dem Ausgang zu - hinter sich die Traube Menschen herziehend, bis er endlich vor einem Taxi stand und rasch einstieg.

„Hotel Ashok Yatri'', sagte Kern zum Taxifahrer, dem ersten Mister Singh mit schwarzem Rauschebart und Turban, dem er hier begegnete. Später gewöhnte er sich daran, daß die Sikhs, obwohl nur jeder fünfzigste Inder einer ist, das Geschäftsleben bestimmten. Ob Taxler oder Straßenhändler, ob feingekleidet im Nobelhotel oder in Offiziersuniform - wo es um Geld, Geschäft und Einfluß ging, waren die Sikhs mit ihren Turbanen dominierend.

Das Hotel „Ashok Yatri'' hatte ihm derselbe Franzose empfohlen, der ihm in Manila schon den Tip für das koreanische Restaurant gegeben hatte.

Allerdings bemerkte Kern bei seiner Ankunft in der geräumigen Hotelhalle gleich einen Unterschied zu den Philippinen: die Hotelangestellten erledigten ihre Arbeit unendlich langsam, fast hatte Kern das Gefühl, sie taten ihre Arbeit Ausländern gegenüber extra in Zeitlupe - eine Geduldsprobe, um zu zeigen, wer Herr im Lande ist.

Sie konnten es sich - wenigstens im Hotelgewerbe - erlauben; denn das Hotel war ständig ausgebucht. In New-Delhi ohne Reservierung ein Hotelzimmer zu ergattern, war nur mit Schmiergeld möglich. Das merkte auch Kern, als man ihm nach einer langen Wartezeit in der Schlange an der Rezeption erklärte, daß leider erst in vier Tagen wieder ein Zimmer frei sei.

Kern war zunächst ratlos. Dann beobachtete er aber, wie das mit den halbverdeckten Trinkgeldern lief, und er machte einen zweiten Anlauf in der Warteschlange. Jetzt schob er unter der Hand einen Fünf-Dollar-Schein über den Tisch, der Angestellte im etwas schmuddeligen braunen Hotel-Livree, der zwei Nummern zu groß war, bemächtigte sich des Geldscheines ebenso unauffällig wie ein Falschspieler am Kartentisch: Er zog das Papier vom Tisch ab - und schon lag vor Kern ein Anmeldeformular.

Kern buchte zunächst für zehn Tage. Solange wollte er in New-Delhi bleiben, um sich von der Heilerin behandeln zu lassen.

Falls es notwendig werden sollte, mußte er seinen Aufenthalt eben um ein paar Tage verlängern. Nachdem er jetzt wußte, wie man das im Hotel erreichen konnte, machte er sich um die Verlängerung keine Sorgen.

Kern verstaute sein Gepäck im siebenten Stock in einem Zimmer, das seinen Vorstellungen von einem Mittelklasse-Hotel in Indien entsprach: einfach eingerichtet, westlich-moderne Ablagenschränke, ein Schreibtisch, ein Doppelbett aus Rattangeflecht. Das Zimmer war einigermaßen sauber, obwohl in den Ecken die Putzkolonnen schon sehr großzügig über den Schmutz hinweggesehen hatten. Die Toilette mit der Dusche war in Ordnung und Wasser lief bei einem Test aus beiden Systemen. Kern würde vor allem die Dusche brauchen, denn die heißen Tage in Delhi erforderten es, daß er zwei- bis dreimal täglich unter die Brause ging, sich den Staub wegspülte und das lauwarme Wasser wie eine Erfrischung genoß.

Natürlich war Kern in erster Linie nach Delhi gekommen, um sich von der grauhaarigen Inderin behandeln zu lassen, die er schon in Tirol bewundert hatte.

Aber nicht nur deshalb wollte er ein paar Tage in dieser Metropole bleiben. Er erfüllte sich hier auch seine alten Reisewünsche. Ohne feste Pläne wollte er sich in das indische Leben hineintreiben lassen - egal, was ihn dabei erwartete. Im Gegensatz zu seinen früheren Urlaubsreisen, bei denen jede Stunde ausgeplant und organisiert war, wollte Kern jetzt einfach eintauchen in das Land, in die fremden Gewohnheiten, wollte sich aufsaugen lassen von den Menschen, die sich in Straßen und Gassen drängten, mal geschäftig vorwärts eilten, dann wieder in Gruppen beieinander standen und gestenreich diskutierten, sich die angebotenen Waren betrachteten und mit den Verkäufern feilschten. Jawohl, dahinein wollte Kern.

So hatte er sich einen Aufenthalt in einem fernen Land immer erträumt.

Nachdem Kern sein spärliches Gepäck - Hemden, Hosen, Schuhe, Sandalen und den Kleinkram - in den Schränken und Fächern seines Hotelzimmers verstaut hatte, machte er sich fertig für einen ersten Delhi-Bummel. Genauer: New-Delhi wollte er sich erst einmal vornehmen, den alten Teil der Stadt hatte er für später vorgesehen.

Bevor er das Hotel verließ, stieß Kern auf eine Gruppe von Hotelangestellten, die sich direkt vor dem breiten Hoteleingang versammelt hatte. Mit Lautsprechern, Spruchbändern und im Chor geschrienen Forderungen forderten sie eine Arbeitszeitverkürzung. Drohend und mit erhobenen Fäusten brüllten sie ihre Parolen gegen das Hotel. Bevor die zweite Hälfte aller Inder überhaupt

Arbeit hatte, demonstrierte die andere Hälfte bereits in westlicher Manier und streikte.

Kern schüttelte seinen Kopf, als er das sah.

Dann schlenderte er auf dem breiten Janpath, einer prächtigen Straße, in Richtung Connaught-Place. New-Delhi sah hier aus wie eine moderne europäische Großstadt. Die Engländer hatten es großräumig angelegt - mit breiten Boulevards, die sternförmig auf dem berühmten Connaught-Place zusammenliefen, einem riesigen, kreisrunden Park, wo sich Inder und Europäer auf Bänken und im Gras in der Sonne räkelten.

Kern kam das alles sehr unindisch vor.

Erst als auch er auf einer der Bänke Platz genommen hatte, wurde es im Park lebendig: da eilten barfüßige Inder zu ihm und boten an, ihm den Nacken, die Rückenmuskulatur, die Arme und Beine zu massieren - und langten zur Probe gleich kräftig zu. Ein Ohrenausputzer tauchte mit einem Säckchen voller Metallinstrumente auf, löffelartige Geräte in verschiedenen Größen, mit denen er in die Gehörgänge der europäischen Touristen eindrang, gegen ein kleines Salär versteht sich. Kern mißtraute diesen abgewetzten Figuren, die da aus allen Büschen auf ihn zu kamen und ihre Dienste feilboten - mal Erdnüsse, mal einen Fruchtsaft aus einem grauenvoll schmutzigen Bauchladen, dann die Masseure und Ohrenputzer. Manche von ihnen zückten sogar einen Referenzblock aus ihrer Hemdtasche und reichten ihm Kern: Da standen dann seitenweise in verschiedenen Sprachen handgeschriebene Beurteilungen von Menschen, die sich dieser Behandlung irgendwann einmal unterzogen hatten. „Du kannst ihm vertrauen'', war da in deutscher Handschrift zu lesen, „er arbeitet sich sehr gefühlvoll in dein Ohr hinein und hinterher hörst du deutlich besser als vorher. Ich war jedenfalls ganz überrascht, was so eine gründliche Reinigung für angenehme Folgen hat...''

Trotzdem - Kern blieb mißtrauisch. Er ließ sich weder die Ohren ausputzen noch die Waden massieren, obwohl er vom vielen Umhergehen auf dem Asphalt wirklich müde Beine hatte.

Kern schlenderte lange durch die Einkaufsstraßen von New-Delhi, immer verfolgt und angesprochen von Indern, die ihm ihre Waren verkaufen wollten.

Zwischendurch suchte er ein indisches Restaurant auf, bestellte dort aus der schmuddeligen Speisekarte etwas, von dem er nicht wußte, was es war. Es schmeckte ungeheuer scharf, aber nicht schlecht: eine Mischung aus Hühnerfleisch, verschiedenen Gemüsesorten und Quark. Dazu trank er ein Bier - es bekam ihm gut und stärkte ihn für die nächsten ein, zwei Stunden beim Bummel durch die Straßen.

Als Kern gegen Abend ins Hotel zurückkehrte, war er müde und voller neuer Eindrücke. Aber eigentlich hatte er sich mehr erwartet. New-Delhi kam ihm zu europäisch vor. Die Gebäude, die Straßen, die Geschäfte, die Waren - da war wenig von der Exotik zu spüren, nach der er sich gesehnt hatte. Abgesehen von einem Hindu-Tempel und einem Tempel der Sikhs war er bisher wenig beeindruckt. Aber vielleicht hatte er zuviel erwartet. Oder waren sich die Großstädte in aller Welt zu ähnlich, egal ob man in Mexiko Station machte oder in Indien, auf den Philippinen oder in Ostafrika?

In den folgenden Tagen tat Kern das, was alle Touristen tun. Er sah sich die Stadt genau an: Grabmäler und islamische Bauwerke, die buddhistischen und Hindu-Tempel, Märkte, Parks, das Red Fort und die Regierungsgebäude. Ein Riesenprogramm, mal interessant und aufregend, dann wieder langweilig und ermüdend.

Kern unternahm seine Erkundungen immer mit einer jener dreirädrigen Rikschas, die meist von einem bärtigen Sikh gesteuert wurden - kleine, knatternde Fahrzeuge, die aber für Stadtrundfahrten recht geeignet waren, weil von allen Seiten der Fahrtwind kühlte und man von der bequemen Rückbank aus überall hin freie Sicht hatte. Stundenlang fuhr Kern mit solchen Gefährten durch Delhi. Meist erwies sich der Fahrer sogar noch als gewandter und origineller Fremdenführer, besser jedenfalls als jene monotonen Profis, die in den klimatisierten Omnibussen ihre Informationen herunterbeteten.

Kern lud seine Rikscha-Fahrer oft mit zum Essen oder zum Tee in ein Restaurant ein. Das förderte bei beiden die Stimmung und erhöhte das Engagement des Fahrers. Auf diese Weise schloß Kern regelrechte Kurzdauer-Freundschaften und erfuhr mehr von Land und Leuten als aus den offiziellen Büchern und Broschüren. Außerdem waren diese Rikschas billig. Man mußte halt vorher mit dem Turban-Sikh verhandeln, damit es hinterher keine bösen Überraschungen gab.

So lernte Kern Delhi in wenigen Tagen kennen. Zuletzt ließ er sich noch eine leichte Hose und ein paar Hemden schneidern und kaufte zwei Seidenschals. Diese luftigen Kleidungsstücke empfand Kern in der sengenden Hitze Delhis als besonders angenehm. Daß sie später an den Ausläufern des Himalaya fast unbrauchbar waren, weil es dort erheblich kühler war, wußte Kern noch nicht.

Mit einem Besuch von Old-Delhi, dem alten Teil der Stadt, wollte Kern seine touristischen Ausflüge beenden. Danach stand „Heilen'' auf dem Programm, wobei sich Kern über seine eigene Gelassenheit fast wunderte. Früher hätte er zuerst alles daran gesetzt, um seine Gesundheit wiederherzustellen, falls überhaupt eine Chance bestand. Jetzt hatte er sich in aller Ruhe und mit großem Vergnügen Stadt und Leute angesehen, war herumgebummelt und durch die Straßen geschlendert, war stundenlang in den grünen Parks gesessen und hatte in Zeitungen und Büchern geblättert - und dabei trug er diese tödlichen Geschwüre in sich, die, so hoffte er, jene sagenumwobene Frau in dieser Stadt auflösen würde. Daß er nicht sofort voller Aufregung zu ihr gegangen war, machte ihn selbst einigermaßen erstaunt.

Kern hatte sich in den vergangenen Wochen, seit dem Kongreß in Tirol, ziemlich verändert.

Am späten Nachmittag handelte er vor seinem Hotel wieder mit einem Rikscha-Fahrer den Preis für einen mehrstündigen Besuch jenes alten Teils von Delhi aus, den er sich - wie das beste Stück beim Essen - für den Schluß aufgehoben hatte. Er wurde mit dem Sikh bald handelseinig und dann ging es los.

Nach einer knappen halben Stunde bog das dreirädrige Gefährt knatternd von der letzten asphaltierten Hauptstraße ab - und hinein in das Gewühl von Alt-Delhi.

Es war schlagartig ein Übergang von betulicher Stille in ein brodelndes, buntes, nach allen Gerüchen dieser Welt duftendes Märchen aus tausendundeiner Nacht. Die engen Gassen waren gedrängt voll mit Buden und Verkaufsständen, die Menschen zwängten sich aneinander vorbei, dazwischen bahnte sich eine Rikscha oder ein Eselskarren den Weg, es stank nach Benzin und Diesel, roch nach Weihrauch und Fisch, duftete nach Gewürzen und Zuckergebäck. Die Menschen, die sich hier durch die Gassen drückten, sahen anders aus als in der übrigen Stadt: ärmlicher, indischer, freundlicher. Die kleingewachsenen, dunkelhaarigen Männer in ihren hellen, aber schmutzigen Gewändern und Dreiviertelhosen sahen aus, als wären sie alle Brüder. Frauen mit Körben und Krügen auf dem Kopf schlängelten sich für Fremde auf wundersame Weise, ohne ihre Last zu verlieren, behende, fast graziös durch die Menge.

Kern fühlte sich zurückversetzt in einen mittelalterlichen Markt im Orient.

Um dieses bunte, geschäftige Treiben noch intensiver genießen zu können, bat Kern seinen Fahrer, die Rikscha zu parken und mit ihm zu Fuß weiterzugehen. Gegen ein Trinkgeld war der Sikh dazu gerne bereit.

So machten sich die beiden zu Fuß auf den Weg durch das Gewühl von Menschen, vorbei an offenen Feuerstellen, an denen in riesigen Fettpfannen undefinierbare Speisen gebruzzelt wurden, vorbei an den Stoffhändlern, die farbenprächtige Seiden über ihre braunen Hände gleiten ließen, vorbei an Ständen, die so mit

Schmuck und Silber vollbehangen waren, daß man den Verkäufer zwischen all diesen Ketten und Kostbarkeiten nur noch sah, wenn er plötzlich seinen Kopf durchschob, vorbei an Kupfer- und Silberwaren, die nur nach Gewicht verkauft wurden, weil Menschenarbeit in dieser Stadt offenbar immer noch nichts wert war. Glitzernder Tand, Parfumes und Schmucksteine, Alteisen, frisches Gemüse in allen Farben - und dazwischen die schiebenden, vorwärts- und rückwärtsdrängenden und drückenden Massen, Inderinnen in bunten Saris, Moslem-Frauen in Schwarz mit schwarzem Schleier vor dem Gesicht, Kulis mit schweren Lasten auf den gebeugten Rücken, ständig klingelnde Radfahrer, die sich im Zickzack den Weg bahnten. Eine für Europäer unfaßbare Hektik, eine summende, brummende Unordnung, scheinbar chaotisch alles - und doch wirkte es auf Kern wie ein einziges ruhiges Ganzes, in dem er sich geborgen fühlte.

Kern feilschte mit Hilfe seines Sikhs ein paarmal um süße Granatäpfel, um Zuckergebäck, um eine alte Halskette, die er sich selbst umhängte.

Als die beiden wieder zur Rikscha zurückkehrten, war es längst dunkel geworden. Und in der Dunkelheit sah Old-Delhi in dem flackernden Licht von Feuerstellen und Lampen, Fackeln und bunten Glühbirnen noch exotischer aus. Es war wie in einem mittelalterlichen Märchen.

Daheim im Hotel konnte Kern an diesem Abend lange nicht einschlafen, so hatte ihn das Treiben in der alten Stadt aufgewühlt.

Nach diesem Abschluß seiner Rundfahrten und Besichtigungen wendete sich Kern am nächsten Tag seinem eigentlichen Problem zu. Er holte aus seinen Unterlagen die Anschrift der Inderin heraus, die er in Tirol kennengelernt hatte.

Kern wählte die Telefonnummer - und Sree, so nannten sie sie alle in Tirol, meldete sich gleich selbst. Sie war sehr freundlich, konnte sich sofort an Kern erinnern und bot ihm an, noch am selben Tag einen Besuch bei ihr zu machen. Danach werde sie ihm sagen können, wie oft er noch zu ihr zur Behandlung kommen müsse.

Als Termin wurde 16 Uhr vereinbart. Sree sagte noch, daß man mit einer Rikscha etwa eine halbe Stunde bis zu ihrem Haus brauchen würde.

Um halbvier setzte sich Kern in die Rikscha.

Die Fahrt ging flott voran, vieles unterwegs kannte Kern aus seinen mehrtägigen Besichtigungen bereits.

Sree wohnte im Süden von New-Delhi. Die Gegend wurde immer vornehmer. Dann bog die Rikscha in die angegebene Straße ein: alles saubere Villen, meist - erkennbar an den Schildern am Haus - von Ärzten bewohnt. Hier befand sich Kern offensichtlich im vornehmsten Viertel der Stadt. Die Inderin gehörte wohl zu einer der besten Familien; denn allein von den Behandlungshonoraren konnte sie sich dieses luxuriöse Domizil sicher nicht leisten: Sree verlangte nämlich für ihre Arbeit kein Geld.

Warum sie ihre Behandlungen kostenlos machte, hatte sie schon in Tirol begründet. „Viele Jahre war ich selbst sehr krank'', hatte sie damals gesagt, „und ich war dankbar für jede Hilfe. Jetzt kann ich anderen Menschen helfen - und das werde ich tun, so gut und so lange ich kann.''

Kern bezahlte seinen Rikscha-Fahrer und klingelte unten am Gartentor. Es summte, die Eisentür sprang auf und Kern betrat den Innenhof. Mit fünf, sechs Schritten war er am Hauseingang, die Tür war nur angelehnt. Kern ging ins Haus.

Da stand Sree vor ihm: Sie sah wirklich aus wie eine Heilige!

Das graue, lange Haar trug sie offen bis weit über die Schultern hinab, ein farbenprächtiger Sari war um den zierlichen Körper geschlungen, die dunkelbraune Haut - und über den strahlenden Augen auf der Stirn jener rote Punkt, der in Indien das Zeichen der verheirateten Frau ist.

Kein Wunder, daß dieser offene Mensch, der soviel Wärme und Güte ausstrahlte, überall in der Welt rasch das Vertrauen der Kranken gewann.

War es jene Ruhe, Gelassenheit und Güte, die von Heiligen ausgeht? In Indien jedenfalls genoß sie diesen Ruf.

Sree streckte Kern beide Hände entgegen, eine europäische Begrüßungsgeste, die in Indien nicht üblich ist. Aber Sree war viel unterwegs in der Welt, wenn sie gerufen wurde, um Menschen zu heilen. So kannte sie die westlichen Umgangsformen, und sie machte sich wohl einen Spaß daraus, diese Gesten auch daheim anzuwenden, wenn ein „Westler'' kam.

Sree geleitete Kern in einen Raum, wo sie ihre Patienten behandelte: ein sauberes, mittelgroßes Zimmer, kaum Gegenstände darin, in der Mitte eine breite Liege für die Kranken. Da hinauf mußten sich die Patienten zur Behandlung legen.

Kern war um diese Zeit der einzige Patient. Jedenfalls nahm der Deutsche keinerlei Anzeichen wahr, daß sich außer ihm noch jemand zur Behandlung im Haus befand.

Sree, die etwa 60 Jahre alt war, nahm der Begegnung durch ihre spontane Offenheit jede Beklemmung. Kern fühlte sich in ihrer Gegenwart von der ersten Sekunde an frei und völlig unverkrampft.

Die beiden sprachen zunächst von Alpbach, von dem Kongreß, von einzelnen Referenten - Sree war im nachhinein von der Atmosphäre in dem Bergdorf noch richtig begeistert. Man spürte es aus ihren Worten.

Allmählich wendete sich dann das Gesprächsthema Kerns Leiden zu.

Kern schilderte der Inderin in allen Einzelheiten seine Krankheit, wie sie entdeckt wurde und was Kern bisher dagegen unternommen hatte. Aus der fröhlichen, strahlenden und lachenden Sree wurde ein ernster Mensch. Ihrem Gesichtsausdruck war anzusehen, daß sie mit dem Patienten fühlte und litt.

„Ihr Europäer'', sagte sie zu Kern, „verseucht euere Körper mit Chemie - und daran werdet ihr krank.''

Sie wiederholte, was sie schon bei ihren Auftritten und Unterweisungen in Tirol erklärt hatte: Man müsse alle inneren Organe gut mit Wasser durchspülen, damit sie frisch und funktionsfähig bleiben. Das sei das beste Mittel gegen Zivilisationskrankheiten. „Trinkt jeden Tag zwei Liter Leitungswasser und euch passiert nichts'', sagte sie zu Kern. Wer allerdings statt Wasser nur Kaffee, Tee, aromatisierte Fruchtsäfte oder Alkohol trinkt, muß nach ihrer Meinung über kurz oder lang damit rechnen, daß sich die Organe verhärten. Als Folge entstehen Krankheiten, die vor allem von den Nieren ausgehen.

Wenn Kern nichts von den Qualitäten der indischen Heilerin gewußt hätte, auch daß sie in Zusammenarbeit mit westlichen Universitätskliniken spektakuläre Heilerfolge gehabt hatte - wahrscheinlich hätte er für Empfehlungen wie die mit dem Zwei-Liter-Wasser-Trinken nur ein Lächeln übrig gehabt. Aber ihre Theorie mit dem Wassertrinken war eher eine Vorbeugung. Was Kern mit nach Delhi gebracht hatte, war ein handfestes Krebsleiden, das nach Ansicht der westlichen Mediziner keine Chance auf Heilung hatte. Mit Wassertrinken, das war Kern klar, konnte ihm nicht geholfen werden.

Das war auch nicht die Absicht von Sree.

Sie bat Kern, er möge sich auf die Liege in der Zimmermitte legen. Auf den Bauch, bitteschön.

Dann tat sie das, was Kern zwar nicht selbst sehen konnte, was er aber von Tirol her kannte - und was die vielen westlichen Ärzte, die mit Sree zusammengearbeitet hatten, immer aufs Neue verblüffte.

Im Abstand von wenigen Zentimetern schob sie ihre flache Hand über den Körper des Patienten. Plötzlich begann diese Hand zu zittern, zu vibrieren, immer stärker, die Hand wurde regelrecht geschüttelt von einer unsichtbaren Kraft, die silbernen Armreifen an Srees Handgelenk klirrten. Dann packte die Heilerin mit dieser Hand plötzlich zu, drückte und massierte die Stelle an Kerns Körper, über der sie vorher etwas gespürt hatte - und sagte dem Kranken auf den Kopf zu, was ihm fehlte: „Sie sind voller Geschwulst, böse Zellen im ganzen Körper.''

Kern war von dieser Diagnose nicht überrascht.

Er wußte es ja - und ein paar Minuten vorher hatte er es der Inderin selbst geschildert.

Kern drehte seinen Kopf etwas und blickte auf die Hand der Frau. Er sah daran keine Besonderheiten - eine schöne Frauenhand mit vielen Ringen: die begnadete Heilerin mit einer Schwäche für Schmuck.

Diese Hand war für die Inderin Diagnose und Behandlungsinstrument zugleich.

Sree hatte offenbar die Gabe, jene Energie wie eine Antenne aufzunehmen, die von Krankheitsherden im menschlichen Körper abgestrahlt wurde. Sie empfing die Botschaften und versuchte aufgrund ihrer unerklärbaren Kräfte, in umgekehrter Richtung Heilenergie in den Körper zu schicken. Wie dies möglich war, warum das alles ohne Meßinstrumente, ohne Tabletten und ohne Geräte funktionierte, wußte Sree selber nicht.

Um solche Fragen kümmerte sie sich nicht.

Sie war tief gläubig. Aus diesem Glauben bezog sie nach ihrer eigenen Meinung jene Kraft, die in der Lage war, aus kranken Menschen Gesunde zu machen.

Sie schien Kerns Gedanken in diesem Augenblick zu erraten. „Meine Diagnose- und Heilmethode ist eine Gottesgabe. Nach dem Tod meines Vaters war sie plötzlich da.''

Das war vor 30 Jahren.

Seither hat sie Tausenden von Menschen durch Handauflegen geholfen. Sie berührte die Kranken nur - und was dann geschah, war auch für Sree selbst immer wieder ein Wunder. „Es ist Seine Arbeit'', sagte sie zu Kern, „ich bin nur ein Werkzeug für Gott.''

Die Energie, die von der Inderin ausging, wirkte bisher tatsächlich Wunder in einer Weise, wie sie in der Bibel beschrieben wurde: Schmerzen verschwanden oft von einem Moment zum anderen, in lahme Glieder kehrten Leben und Gefühl zurück, Krämpfe und Koliken waren wie weggeblasen, Wunden heilten über Nacht... dabei mußte der Patient nicht einmal an Gott glauben. Er sollte, wie Sree immer sagte, einfach „offen und empfangsbereit'' sein.

Sree beugte sich über Klaus Kern und strich mit ihrer rechten Hand an seinem Rücken hinauf und hinab, mal kreisend, mal in geraden Strichen, an der linken Seite und rechts - immer wieder, immer wieder.

Dann bat sie ihn, sich auf den Rücken zu legen und die Prozedur begann erneut. Kern spürte überhaupt nichts, weder Schmerzen noch Druck. Es war, als geschähe nichts.

Nach etwa einer Viertelstunde war die Behandlung zu Ende. Kern, der nicht einmal sein Hemd ausziehen mußte, hatte nur ganz am Anfang einmal Schmerzen verspürt, als Sree ihm ziemlich hart an die Nieren gegriffen hatte - das hatte ihm wehgetan.

Aber von der Behandlung selbst hatte er nichts mitbekommen.

Jetzt stand er von der Liege auf.

Sree sah ihn an, ihre Augen strahlten wieder. „Kommen Sie eine Woche lang täglich zu mir'', sagte sie. „Wenn es geht, belassen wir die Zeit immer bei vier Uhr am Nachmittag.''

Kern bedankte sich und verließ das Haus.

Er war bester Laune. Und er hatte großes Zutrauen zu der Inderin, obwohl er andererseits Zweifel hatte, ob so eine Behandlung ohne Medikamente und Spritzen, ohne Bestrahlung und Tabletten, von Nutzen sein konnte. Aber er machte sich darüber keine weiteren Gedanken, sondern hielt Ausschau nach einer Rikscha. Er winkte sie heran, stieg ein und fuhr ins Hotel zurück.

Die folgende Woche ging für Kern rasch vorbei. Tagsüber gab er sich dem geruhsamen Treiben der Menschen hin, die in Parks und Grünanlagen den Tag genossen, indem sie nichts taten oder in Zeitungen blätterten. Auch Kern empfand dieses nicht zielgerichtete In-den-Tag-Hineinleben als wohltuend.

Zwischendurch besuchte er diesen oder jenen Markt, nicht um dort etwas zu kaufen, sondern einfach um zwischen dem farbenprächtigen Treiben durchzuschlendern, sich da und dort mit Händlern zu unterhalten, als ob er Interesse an irgendwelchen Tüchern und Messern hätte.

Die Stunden vergingen wie im Flug.

Ein paarmal fuhr Kern auch zu kleineren Sehenswürdigkeiten, die er bei seiner ersten Sightseeing Tour noch nicht „mitgenommen" hatte. Die Stadt und das nahe Umland waren voll von solchen Bauwerken, die allesamt ihre faszinierende Geschichte hatten. Überhaupt schien es hier nichts zu geben, was nicht in irgendeiner Weise nach Märchen, verlorenen Schlachten, Wundern und religiösen Mahnungen erinnerte.

Und pünktlich um 16 Uhr stand Klaus Kern jeden Tag vor dem Haus von Sree und ließ sich von der Inderin, die immer gut aufgelegt war und eine ansteckende Lebensfreude verbreitete, behandeln.

Es war immer die gleiche Behandlung wie am ersten Tag: massieren, kneten an den Leisten und in der Achselhöhle - oft schmerzhaft durch den überaus kräftigen Griff der zierlichen Inderin - und dann immer wieder dieses Berühren des Rückens, des Bauches, der Leisten und Achseln mit der flachen rechten Hand, das Streichen mit ihrer Handfläche über seinen gesamten Körper.

Sree wirkte bei der Behandlung selbst immer sehr ernst. Sie sprach selten, sondern konzentrierte sich nur auf den Heilvorgang.

Erst danach, es war immer eine viertel oder halbe Stunde vergangen, wurde die Inderin gesprächig, scherzte mit Kern und lachte, daß ihre festen, weißen Zähne blitzten. Mit diesem Lachen verbreitete Sree eine wohltuende, heimelige Atmosphäre. Sie fragte Kern nie, ob es ihm besser ging, ob er das Gefühl habe, daß die Behandlungen schon erste Erfolge zeigten. Über die Krankheit verlor die Heilerin kein Wort.

Kern selber konnte ohnehin nicht beurteilen, ob die Behandlung erfolgreich war. Denn wie schon auf den Philippinen, so war er auch zu Sree ohne Schmerzen gekommen - nur in der sicheren Erkenntnis, daß er durch und durch verkrebst war und nicht mehr lange zu leben hatte. Er fühlte sich nie müde, jedenfalls nicht in einer Weise, für die er keine natürliche Erklärung hatte.

Natürlich schlief Kern viel in diesen Tagen. Er hatte ja kein Programm und lebte ohne Uhr, wenn man von dem täglichen Termin bei Sree absah. So konnte Kern tatsächlich nicht wissen, ob die Behandlung bei der Inderin nützte oder nicht. Ihm war dieser ungewisse Zustand auch lieber, als wenn er bereits mit Schmerzen zu ihr gekommen wäre und dann ziemlich klar hätte beurteilen können, ob Srees Heilmethode das Leiden linderte.

Nach genau sieben Behandlungen fragte Kern, ob es nötig sei, daß er weiterhin zu ihr käme.

Sie schüttelte ihren Kopf. Nein, zunächst war das nicht notwendig, sagte sie. Aber wenn er nach einigen Wochen von seinem Aufenthalt bei den Exil-Tibetern zurückkäme, würde sie sich freuen, wenn er sie noch einmal aufsuchte. Dann solle er ihr über seine Erfahrungen berichten. Falls nötig, wollte sie ihn dann auch noch ein paarmal in Delhi behandeln.

Kern fragte, was er zu zahlen habe, aber Sree winkte ab. „Hauptsache, Sie werden wieder gesund'', sagte sie zu ihm.

Kern überlegte, wie er sich bei dieser wunderbaren Frau für ihre Mühen und ihre Geduld revanchieren konnte. Er beschloß, ihr etwas zu schenken. Das Geschenk wollte er ihr am nächsten Tag noch persönlich vorbeibringen, bevor er dann tags darauf nach Norden abreiste.

Kern bedankte sich und kündigte sich noch einmal für den folgenden Tag an. Sree lachte, strahlte und drückte Kern die Hand.

Auf der Heimfahrt ließ sich der Deutsche an einem Markt für Silberwaren absetzen. Dort war ihm in den vergangenen Tagen ein Händler mit wunderbar ziselierten Silberschalen aufgefallen. So eine wollte er kaufen und Sree schenken.

Er fand auch tatsächlich eines dieser Prachtstücke. Nach langem Feilschen wurde er mit dem braunhäutigen Verkäufer handelseinig und ließ sich das herrliche Stück einpacken. Am nächsten Tag brachte er es bei Sree vorbei, die sich herzlich bedankte und freute: Kern hatte offenbar ihren Geschmack getroffen. Dann verabschiedete er sich von ihr und kehrte ins Hotel zurück.

Kern hatte sich in den vergangenen Tagen in Delhi erkundigt, wie er am besten nach Dharamsala in den Norden Indiens reisen sollte.

Es gab drei Möglichkeiten: mit einem 40sitzigen Propellerflugzeug nach Sandigarh - und von dort per Bus oder Taxi drei Stunden auf teils asphaltierten, teils sehr holprigen Straßen nach Dharamsala. Das war natürlich die bequemste Art, dorthin zu kommen, es war die typische Route für Touristen mit Geld.

Möglichkeit Nummer zwei war eine Zugfahrt, die etwa 48 Stunden dauerte und bei der man davon ausgehen mußte, daß sie - trotz Buchung in der ersten Klasse - eine Tortur in heißen, überfüllten Waggons bedeutete. Aber diese Möglichkeit hatte ohnehin wenig Chancen, weil die Züge in Indien in der Regel zwei Monate im voraus ausgebucht sind. Ohne Reservierung war, so hatte man ihm im Reisebüro in Delhi gesagt, kaum etwas zu machen. „Kaum etwas'' - da hörte Kern schon wieder heraus, daß mit einem entsprechenden Trinkgeld wahrscheinlich doch ein Platz zu ergattern war. Aber er wollte jetzt seine Zeit in Delhi nicht mehr vertrödeln, indem er an verschiedenen Stellen mit Trinkgeldern ansetzte, um sich allmählich an die Fahrkarte heranzuarbeiten.

So entschied er sich für den dritten Weg: eine Fahrt im „Luxusbus'', der abends um neun in New Delhi abfuhr und am folgenden Morgen gegen neun Uhr in Pathankot, einer größeren Stadt mit einem zentralen Bus-Terminal, ankam. Dort konnte Kern umsteigen und kurze Zeit später - die Busse starteten angeblich jede halbe Stunde - direkt nach Dharamsala fahren. Vier Stunden sollte dieses letzte Wegstück bis zum Ziel dauern.

14

Von Delhi zum Himalaya

Abends stand Kern schon eine halbe Stunde vor der Abfahrt an der Bus-Station, die nur etwa 200 Meter von seinem Hotel entfernt war.

Der Luxusbus war für indische Verhältnisse tatsächlich fortschrittlich, sogar Vorhänge hatten die Fenster. Doch für europäische Verhältnisse wirkte das Gefährt reichlich antiquiert und hätte den TÜV wahrscheinlich nicht mehr überstanden.

Kern löste sein Ticket. Es kostete mehr als eine Fahrt mit den Normalbussen, die überall anhielten. Trotzdem war es nicht teuer - und unterwegs auf der etwa 400 Kilometer langen Strecke hielt der Luxus-Liner nur wenige Male an. Kerns Koffer wurde im Gepäckraum verstaut, die Reisetasche mit den wichtigsten Dokumenten und Dingen, die man schnell zur Hand haben mußte, nahm er mit in den Bus und stellte sie unter seinen Sitz.

Für die Nacht lag im Gepäcknetz für jeden Passagier eine warme Wolldecke bereit.

Kern sollte sie noch brauchen.

Die übrigen Fahrgäste, die ebenfalls einstiegen, waren - mit einer einzigen Ausnahme - Sikhs. Klar, dachte Kern, der sich ja am Tag die Reiseroute auf einer Indien-Landkarte angeschaut hatte, die Fahrt ging ja nach Norden durch den Punjab, jener Provinz, wo die Sikhs ihre Heimat haben. Dort leben die hochgewachsenen Mitglieder einer Rasse, wie sie für Fernost ziemlich atypisch ist. Sie überragen die Hindus um einen, zwei Köpfe, haben feingeschnittene Gesichter mit schmalen Nasen - Typen wie aus dem Karl-May-Buch. Die weißen, roten und grünen Turbane, die sie über ihr dunkles Haar binden, das nie geschnitten wird, macht sie noch größer. Wie Riesen unter Zwergen bewegt sich dieses Herrenvolk, das ständig im Streit mit der indischen Zentralregierung lebt; denn die Sikhs sind fleißig und betreiben in der fruchtbaren Ebene des Punjab eine florierende Landwirtschaft mit Feldern wie in Mitteleuropa und mit einem ausgeklügelten Bewässerungssystem, das immer für Leben und Wachsen sorgt, auch wenn monatelang nur die Sonne am blauen Himmel über den Feldern und Äckern steht. Aus dem Wunsch der Sikhs, ihre Provinz zu einem unabhängigen Staat auszurufen, entstand der Dauerstreit mit der Regierung in Delhi.

Jetzt also hatte Kern Gelegenheit, mitten durch dieses Land zu fahren, mit eigenen Augen zu beobachten, ob Informationen vom Wohlstand der Sikhs inmitten der indischen Armut tatsächlich stimmten. Aber bis dahin mußte Kern erst lange Stunden mit dem Bus durch eine kohlrabenschwarze Nacht fahren - und da stand ihm einiges bevor.

Die nächtliche Fahrt von Delhi nach Pathankot war für den Deutschen ein einziges Martyrium. Nicht nur, weil es in dem Bus aus allen Ritzen zog und weil Kern seine Beine zwischen den engen Sitzreihen nie richtig ausstrecken konnte - das allein hätte schon genügt, um eine zwölfstündige Busfahrt zur Qual zu machen. Aber schlimmer noch war die Art und Weise, wie der Busfahrer sein schweres Gefährt durch die stockfinstere Nacht jagte.

Die meisten Überlandstraßen in Indien sind ein Asphaltband, auf dem zwar ein Lastwagen bequem Platz hat, aber bei Gegenverkehr wird es problematisch. Da müssen beide Fahrzeuge nach links ausweichen - Indien hat ja Linksverkehr. Mit den linken Rädern rumpeln die schweren Lkw und Busse vom Asphalt herunter auf einen tieferliegenden, mit Erde und Schotter festgestampften Seitenstreifen, und danach lenken die Fahrer den Wagen wieder auf die geteerte Straße zurück. Diese Ausweichmanöver erfolgen, ohne daß die Geschwindigkeit auch nur um einen einzigen Stundenkilometer reduziert wird. Mit Karacho fahren die schweren Fahrzeuge aufeinander zu - scheinbar begegnen sich nur die Scheinwerferpaare in der Nacht. Dann wird infernalisch gehupt und im letzten Moment ziehen beide Fahrer den Wagen ruckartig nach links, donnern aneinander vorbei, daß man meint, es paßt keine Handbreit mehr dazwischen - und fahren nach der Begegnung sofort zurück auf das Asphaltband.

Kern hatte bis zu jener Nacht noch nie ein ähnliches Spektakel mitgemacht. Er saß schreckensteif in seinem Sitz in der ersten Reihe, rechts hinter dem Fahrer, weil er geglaubt hatte, daß in dieser vordersten Sitzreihe seine Beine am ehesten in der Strecklage ausruhen konnten.

Aber jetzt bedauerte er seine Entscheidung zutiefst, denn er mußte nun jedes Überholmanöver - und die gesamte Fahrt war eine einzige Aneinanderreihung dieser Waghalsigkeiten - miterleben. Kein Gedanke daran, daß er angesichts dieser Höllenfahrt ein Auge zutat oder gar vor sich hindämmernd seinen Gedanken nachgehen konnte.

Die Nacht war infernalisch.

Kern wurde verständlich, daß er daheim manchmal in der Zeitung von Omnibusunfällen in Indien gelesen hatte, bei denen 15, 20, 40 Menschen ums Leben gekommen waren - für Europäer ein schier unerklärbares Unglück, aber jetzt wußte er, wie so etwas zustande kommen konnte.

Ganz brutal gingen die Bus- und Lkw-Fahrer gegen jene dunklen Gestalten vor, die sich auf oder neben der Straße schemenhaft zeigten: Eselsgespanne, zweirädrige Karren, dazwischen auch mal eine der dreirädrigen Fahrrad-Rikschas, ein nächtlicher Radfahrer oder eine Gruppe Menschen. Nach dem Gesetz der Wildnis hatte hier der Schwache dem Starken zu weichen. Ein drei- oder vierfacher Hupton war das einzige Warnsignal, dann mußte der andere runter von der Straße, und zwar sofort und weit genug, sonst war er im nächsten Augenblick unter den riesigen Rädern zermalmt.

Was für Kern zunächst ein Schreckenserlebnis war, stellte sich nach zwei, drei Stunden Fahrt - und das beruhigte den Deutschen wenigstens einigermaßen - als ein von allen Verkehrsteilnehmern befolgtes und beherrschtes Ritual heraus, so daß überraschenderweise nichts passierte.

Nur wenn ab und zu eine nächtliche Militärkontrolle den Bus anhielt und Kern im Flackerschein einer Feuerstelle die auf der Gegenseite stehenden Lastwagen oder Busse und deren Fahrer sah, die aus dem heruntergedrehten Fenster schauten, dann glaubte er sich in eine Guerilla- oder Revolutionsszene versetzt: dunkle Gesichter mit stechenden schwarzen Augen, meist eine Wollmütze auf dem Kopf oder ein Stirnband - und wenn sie den Mund zu einem Grinsen auseinanderzogen, dann sah man, daß häufig die Schneidezähne fehlten. In Decken gehüllt, saßen die Fahrer hinter ihrem Lenkrad und ließen die Kontrolle über sich ergehen.

Im Punjab gab es um diese Zeit politische Unruhen wegen der ständigen Auseinandersetzungen der Sikhs mit der indischen Zentralregierung. Die Militärs suchten bei diesen nächtlichen Kontrollen offenbar nach Waffen und Rädelsführern.

Nach etwa vier Stunden mörderischer Busfahrt durch die Nacht wurde in einem kleinen Dorf angehalten und Rast gemacht. Direkt an der Straße waren ein paar Hütten aufgebaut, teils aus Holz, teils aus Lehm, davor hockten an Feuerstellen, in dicke Decken gehüllt, Männer, die an der Glut Tee und Fladenbrot wärmten.

Auch hier hatte Kern eher den Eindruck, in ein Revolutionslager gelangt zu sein als in eine Versorgungsstation für Touristen-Omnibusse.

Wie die anderen Fahrgäste stieg auch Kern aus. Er kaufte sich ein Glas heißen Tee, den er mit großem Wohlbehagen in dieser naßkalten Nacht schlürfte. Dazu aß er zwei der angebotenen Fladenbrote, die mit gewürztem Quark gefüllt waren. Der Tee, das warme Fladenbrot, die gespenstisch flackernde Szene an den Feuerstellen - wieder fielen Kern die Karl-May-Romane ein. So mußte es im wilden Kurdistan zugegangen sein - nur daß eben statt eines klapprigen Omnibusses damals Pferde und Kamele an der Raststätte gestanden waren.

Nach kurzer Pause ging die Fahrt weiter durch die Nacht.

Eine Ewigkeit schien vergangen zu sein, dann endlich wurde es heller und heller, und Kern konnte jetzt wenigstens sehen, was links und rechts der Straße lebendig war: Menschen, Kühe und Ziegen waren so früh schon unterwegs, trotteten am Straßenrand dahin und stapften durch die angrenzenden Äcker und Felder, die alle wunderbar kultiviert aussahen. Dazwischen immer wieder kleine Ansiedlungen direkt an der Straße, in denen schon reges Treiben herrschte.

Gegen zehn Uhr am Vormittag, nach einer dreizehnstündigen Fahrt, rollte der Bus in den Terminal von Pathankot ein: ein riesiger Platz aus gestampfter Erde, von unzähligen Schlaglöchern übersät, in denen dreckiges Wasser stand, das aufspritzte, wenn ein Bus vorbeifuhr.

Mitten auf dem Platz stand ein großes Gebäude, der Terminal, wo Leben in seiner buntesten, vielfältigsten Form stattfand.

Menschen drängten sich zwischen den Ticket-Schaltern hin und her, ganze Pulks warteten an den einzelnen Abfahrtstellen auf ihren Bus, Unmengen von primitiven Gepäckstücken, zerfledderte Koffer, Kisten und Leinensäcke, Pappkartons mit gackernden Hühnern - alles stand kreuz und quer irgend jemandem im Wege. Bunt gekleidete Menschen, meist wieder Sikhs mit ihren majestätischen Turbanen, alte Leute, schreiende Kinder, dazwischen Kulis, die die Gepäckstücke für eine kleine Münze behende auf das Dach der Busse verfrachteten, Erdnußverkäufer, Orangen- und Bonbonhändler - alles lief und schrie und suchte und fand.

Kern wurde von der Menge, so man ihn in diesem Gewühl überhaupt wahrnahm, begafft und bestaunt. Weiße waren in dieser abgelegenen Gegend selten zu sehen, vor allem an der Neugierde der Kinder merkte es Kern. Aber auch die Erwachsenen musterten ihn lange und ungeniert aus kurzer Entfernung von oben bis unten.

Kern hängte sich seine Reisetasche um, nahm den Koffer zur Hand und fragte sich nach dem Bus nach Dharamsala durch. Der stand nur ein paar Meter weiter an dem Bussteig.

Er beauftragte einen der krummbeinigen Kulis, seinen Koffer aufs Busdach hinaufzutragen - und zwar sollte der Mann das Gepäckstück ganz nach vorne legen. Kern hatte nämlich gehört, daß man auf sein Dachgepäck besonders gut aufpassen mußte, weil unterwegs an den vielen Haltestellen in Dörfern und Städten ganze Banden darauf aus waren, europäisch anmutende Gepäckstücke einfach vom Bus herunterzuwerfen, sobald sich dazu eine Gelegenheit bot. Unten warteten dann die Helfershelfer - und weg war der Koffer. Deshalb wollte Kern es so einrichten, daß er von seinem Sitz aus den Überblick nach vorne hatte, falls die Gepäckstücke an Haltestellen vom Dach an unten wartende Komplizen herabgereicht wurden. Er würde, falls man sich an seinem Koffer vergreifen sollte, sofort einschreiten und um Hilfe rufen.

Im Gegensatz zu dem ohnehin sehr klapprigen Luxus-Liner war dieser Normalbus ein Museumsstück. Nein, es war offensichtlich ein Abfallkorb auf Rädern. In dem Bus, den Kern jetzt für das letzte Stück seiner Reise bestieg, waren der Boden und die Plastiksitzbänke übersät mit Erdnußschalen, Servietten, leeren Cocadosen, Orangenschalen, Papiertüten und Bonbonpapier. Die Leute warfen einfach zum Boden, auf den Sitz oder aus dem Fenster, was sie nicht mehr brauchten.

Kern nahm hinten rechts Platz, drei Reihen vor den beiden rückwärtigen Türen, die sich in den nächsten vier Stunden immer wieder an den Haltestellen öffneten und - oft nur unter Mühen, weil im letzten Moment noch aufgesprungene Fahrgäste eingeklemmt waren - schlossen. Dieser Bus, der etwa 40 Personen faßte, aber mit der doppelten Menge Menschen unterwegs war, wäre ein Fressen für einen deutschen Ordnungshüter gewesen. Der Bus war total überfüllt, verdreckt, Fenster und Türen waren nicht gesichert. Alles an diesem Gefährt schien lebensgefährlich zu sein.

Aber gemütlich und interessant war es drinnen.

Größte Bewunderung hatte Kern für den Schaffner, der in diesem mit Menschen vollgepfropften Bus dafür zu sorgen hatte, daß auch wirklich jeder zahlte - und zwar jeweils bis zu der Station, an der er dann auch tatsächlich ausstieg.

In Deutschland wären dazu sicherlich vier, fünf Kassierer und Kontrolleure im Einsatz gewesen. Hier schaffte das einer allein.

Mit einer um den Hals gehängten Geld- und Tickettasche hangelte sich der wendige Schaffner in Zivil wie ein Kunstturner durch und zwischen und über und unter den Fahrgästen durch, tauchte mal da und mal dort auf, streckte seinen Kopf und die dunkelhäutige Hand unvermutet aus dem Menschenknäuel heraus, kassierte das Fahrgeld und überreichte das Ticket. Allein diesen Mann zu beobachten, wie er sich akrobatisch durch den übervollen Bus arbeitete, von hinten nach vorne, von vorne erneut zurück, dann wieder nach einem Stopp als letzter aufs Trittbrett aufspringend, dabei immer Passagiere und Gepäckstücke im Auge, für die ja extra bezahlt werden mußte - Kern genoß dieses Schauspiel, für das er in europäischen Breiten hätte Eintritt zahlen müssen.

Daß Kern allerdings an den Haltestellen auf seinen Koffer droben auf dem Dach aufpassen sollte, stellte sich schnell als unmöglich heraus. Schon nach der dritten, vierten Station gab er diese Kontrolle auf. Er hätte sowieso nichts dagegen unternehmen können, in diesem überfüllten Bus...

Die Strecke nach Dharamsala war zwar nur 150 Kilometer lang, aber der Bus kam sehr langsam voran. Das lag an den vielen Halts unterwegs, aber auch an der immer schlechter werdenden Straße.

Kern schaute sich draußen die Landschaft an. Sie wurde nach dem Verlassen der fruchtbaren Tiefebene des Punjab karger und öder. Und plötzlich tauchten ganz hinten am Horizont die Bergketten des Himalaya auf: erst nur in Umrissen erkennbar und sich mit Himmel und Wolken vermischend, aber dann immer deutlicher und majestätischer. Gewaltige Bergriesen waren das, schneebedeckte Gipfel, 5000 bis 6000 Meter hoch.

Die Straße führte allmählich bergan, hinein ins indisch-chinesische Grenzgebiet. Kern erkannte das vor allem an den häufiger werdenden militärischen Anlagen, Kasernen, Wagenparks, Munitionsdepots und an den Militärfahrzeugen auf der Straße.

Immer höher ging es hinauf, zuletzt in engen Serpentinen. Dann endlich war Dharamsala erreicht.

Kern hatte sich von dieser Stadt mehr erwartet. Immerhin sollte sie etwa 100.000 Einwohner haben. Aber eher schien dies eines jener übervölkerten Dörfer zu sein, wie er sie in der Umgebung von Delhi schon öfters gesehen hatte.

Am Bus-Terminal war wieder die übliche Hektik. Kern engagierte einen Kuli, der ihm seinen Koffer vom Busdach herunterholte.

Von Tibetern war nichts zu sehen.

Dieses Dharamsala war eine typische indische Ansiedlung mit einigen gemauerten Häusern, in denen sich Geschäfte und Wohnungen befanden. Dann eine lange Reihe von Bretterbuden mit allen möglichen Läden, Hunderte von Indern, die durch die Straßen eilten in ihren schmuddeligen Leinengewändern, spielende und lärmende Kinder überall, überall auch Hunde, Hunde, Hunde - und Bettler, die einen hartnäckig mit ihren Blechschüsselchen verfolgten, bis man ihnen wirklich etwas hineinlegte. Aber das machte die Lage für den Spender noch schlimmer, weil jetzt alle anderen Bettler auch kamen, um etwas zu ergattern: hinkend und auf Krücken, die offenen Hände mit stummeligen Leprafingern aufhaltend.

Dharamsala war eine schmutzige, unansehnliche Stadt.

Die Tibeter, so erfuhr Kern in dem kleinen Reisebüro neben dem Bus-Terminal, lebten weiter oben in McLeod Gunj.

Dort, ganz oben auf dem Berg, lag auch die Residenz des 13. Dalai Lama. Die indische Regierung hatte ihm einen ehemals englischen Landsitz zur Verfügung gestellt, nachdem der Dalai Lama und Tausende Tibeter mit ihm 1959 vor den Chinesen geflohen waren. Die Welt hatte damals weggeschaut - und so war die Gewährung des Exils durch die indische Regierung eine Segenstat für die Tibeter.

Dharamsala liegt an den Berghängen über der Hochebene von Kangra. Ganz oben am Berg haben sich die Tibeter niedergelassen. Sie leben in unmittelbarer Nähe ihres Gottkönigs, der - hier sogar auch landschaftlich - über allem thront.

Im Reisebüro bekam Klaus Kern den Rat, er solle sich im Tibet-Hotel einmieten, das zu den guten Häusern in der Gegend gehörte. Kern nahm sich ein Taxi und ließ sich die etwa fünf Kilometer auf engen Serpentinen hinauffahren zur Tibeter-Siedlung. Mittendrin befand sich das Hotel.

Der Deutsche wurde freundlich empfangen und erledigte die Anmeldeformalitäten. Alles ging rasch und sehr korrekt, hier brauchte Kern weder Trinkgelder noch sonstige Tricks, um seine Wünsche erfüllt zu bekommen. Das Zimmer war einfach ausgestattet, sauber, Bad und Toilette funktionierten. Was wollte Kern mehr?

Der letzte Teil seines exotischen Abenteuers konnte beginnen.

Kern war von der langen und strapaziösen Busfahrt sehr müde. Er aß im Hotel zu Abend: eine schmackhafte Küche, die ihn sehr ans Chinesische erinnerte. Dann ging er zu Bett.

Die Nacht war kühl, immerhin lag McLeod Gunj fast 2000 Meter über dem Meer. Kern wachte nachts auf, weil er fror. Er mußte sich aus dem Schrank zwei weitere Decken holen und überwerfen. Erst dann schlief er wieder ein.

Am nächsten Morgen wurde Kern von den Sonnenstrahlen geweckt, die ihm durchs Fenster genau ins Gesicht schienen. Einen angenehmeren Wecker hätte er sich nicht wünschen können.

Er erhob sich, räkelte und dehnte sich, ging unter die warme Brause, zog sich an und trat aus dem Zimmer auf die Dachterrasse, die zugleich als Mini-Restaurant diente. Hier setzte er sich in einen der bereitstehenden Ratansessel an den niedrigen Tischen.

Ein junges, tibetisches Mädchen tauchte auf, bei der Kern sein Frühstück bestellte: Tee mit Toast und Marmelade, dazu zwei weichgekochte Eier.

Während das Frühstück vorbereitet wurde, sah sich Kern um.

Er stand auf, ging bis an die Ballustraden der Dachterrasse und schaute sich die Gegend nach allen Seiten an.

Es war ein herrlicher Tag. Die Sonne stand hoch am wolkenlosen Himmel, die Luft war frisch in dieser Höhe - und hinten, ziemlich nahe sogar, ragten die weißen

Himalaya-Gipfel in den blauen Himmel. Wieder eines dieser Postkarten-Motive wie damals in Tirol - und wieder war es Wirklichkeit.

Auf der anderen Seite streifte sein Blick über flache Häuschen und Hütten, die an den sanft geneigten Hang hingebaut waren. Überall waren Männer, Frauen und Kinder in ihrer tibetischen Kleidung mit Arbeiten beschäftigt: Waschen, Reinemachen, Stricken, Aufräumen. Eine ruhige, friedliche Atmosphäre - das Gegenteil von gestern, als Kern im indischen Teil von Dharamsala angekommen war und in diesen hektischen, schmutzigen Menschenauflauf hineingeworfen wurde.

So früh am Tage war es noch recht kühl, aber mit jeder Stunde wärmte die Sonne das Land durch. Kern konnte nach dem Frühstück bereits auf seinen Pullover verzichten, als er das Hotel verließ, um seine Lebensumgebung, in der er in den kommenden 20 Tagen bleiben wollte, zu erkunden.

McLeod Gunj lag etwa 20 Gehminuten oberhalb von Dharamsala an einem bewaldeten Berg. Wie ein Halbkranz war es unter dem Berggipfel hingebaut, wo der 13. Dalai Lama seine Residenz hatte. Etwa 5000 Tibeter lebten hier in unmittelbarer Nähe ihres geistlichen und weltlichen Führers, der im Buddhismus - ebenso wie seine 12 Vorgänger - als Mensch gewordene Gottheit gilt, als Inkarnation des unbegrenzten Mitgefühls.

Die Bedeutung des Dalai Lama für die über 300 Millionen Buddhisten ist am ehesten vergleichbar mit der von Jesus für die Christen. 1959 flüchtete er aus Tibet, das 1950 gewaltsam von den Chinesen besetzt wurde.

Hier, an den Ausläufern des Himalaya, hatte ihm die indische Regierung damals Exil gewährt - in einem Landhaus, das von indischem Militär bewacht wird, hat der Gottkönig seither sein Domizil.

100.000 Tibeter folgten ihm damals aus der besetzten Heimat nach. Zur Flucht hatten dem Dalai Lama Regierungsbeamte und hohe Mönche geraten.

Seine 100.000 Gefolgsleute leben heute über ganz Indien verstreut, teils auch in Siedlungen im Süden, die ihnen die Regierung Indiens zur Verfügung gestellt hat. Die Tibeter haben dort Urwälder gerodet, Böden kultiviert, haben sich in kleinen Genossenschaften wirtschaftlich organisiert. Das gelingt ihnen überraschend gut. Geistiges und religiöses Zentrum dieser Exil-Tibeter ist Dharamsala. Von hier aus werden alle Aktivitäten gesteuert.

Die Tibeter sind ein religiöses Volk. Buddhistische Lehre und praktisches Leben stimmen in kaum vorstellbarem Maße überein. Unter der Führung ihres Gottkönigs versuchen die geflohenen Tibeter, ihre in der Heimat weitgehend von den Chinesen zerstörte Kultur und Religion außerhalb des Landes am Leben zu erhalten - bis zu jenem ersehnten Tag, an dem sie in ihr Hochland zurückkehren dürfen.

Mit bewundernswerter Energie hat dieses friedlichste, heiterste und vermutlich intelligenteste Flüchtlingsvolk der Welt seither im Exil Erstaunliches geleistet.

Die Tibeter haben eigene Tempel und Schulen gebaut, haben Heime und neue Klöster in Indien errichtet, betreiben die Herstellung von Kunsthandwerk, pflegen ihre kulturellen Traditionen in Musik, Tanz und bildender Kunst, unterhalten eine buddhistische Mini-Universität und entwickeln ihr medizinisches System genauso weiter wie einst zu Hause in Tibet.

Zentrum all dieser Bemühungen war eben dieses Dharamsala, wo Kern vor einigen Stunden eingetroffen war.

Sein Ziel war allerdings weniger, die tibetischen Aktivitäten - mochten sie noch so imponierend sein - unter die Lupe zu nehmen als ein Überlebensmodell für eine hochstehende Kultur, die im eigenen Land durch Invasoren ausgerottet werden sollte, sondern Kerns Interesse galt allein der tibetischen Medizin. In der Zwischenzeit hatte er aus Büchern wahre Wunderdinge über diese alte Heilkunde erfahren.

Jetzt wollte er vor Ort auskundschaften, ob man ihm und seinem Leiden helfen konnte.

Aber erst schaute sich Kern die Umgebung an.

Er ging aus dem Hotel heraus. Ein paar Schritte weiter stand er an einer der beiden Hauptstraßen des Dorfes, die in wenigen Metern Abstand paralell nebeneinander verliefen: überall kleine Läden in Holzhütten, wo Schmuck und tibetische Kleidung angeboten wurden, Gürtel und Pullover, Schuhe und religiöse Gegenstände. Daneben - in bunter Mischung - ein Friseur mit seinem zur Straße offenen, winzigen Arbeitsraum, ein Krims-Krams-Laden, Geschäfte mit Lebensmitteln, Obst, Gemüse und Brot, kleine Restaurants links und rechts, wo man auch vom ersten Stock aus das Treiben auf der Straße beobachten konnte.

Das alles war nicht aufregend. Doch Kern spürte sofort: Hier gab es nicht das aufdringliche Geschäftemachen wie bei den Indern. Die Tibeter standen schweigsam hinter ihren Ladentischen und warteten geduldig, bis man sich nach diesem oder jenen Gegenstand erkundigte.

So schlenderte Kern die beiden engen Hauptstraßen hinauf und hinunter, unbelästigt von den Menschen, selbst wenn er manchen neugierigen Blick auf sich gerichtet sah. Klar, so viele Europäer kamen ja auch nicht in dieses abgelegene Dorf, obwohl Kern zwischendurch schon einige junge Leute aus dem Westen registrierte, die in ziemlich abgerissenen Kleidern in den Restaurants saßen. Später erfuhr er, daß ein paar Deutsche, Franzosen und Amerikaner in Dharamsala lebten - wohl weniger wegen der Religiosität der Tibeter oder des spirituellen Lebens, sondern weil halt auch hier, wie überall im Fernen Osten, Drogen billig und problemlos zu besorgen waren. Schade, dachte Kern bei sich, daß diese jungen Menschen mit den pickeligen Rauschgift-Gesichtern hier das Bild des Europäers sehr einseitig prägten.

Was Kern bei seinem Rundgang auffiel, waren die vielen rotgekleideten Mönche und Nonnen. Sie lebten - getrennt nach Geschlechtern - allein oder in kleinen Gruppen zusammen; manche von ihnen hatten einen festen Platz in einem neuerrichteten, einfachen Kloster, aber so ein Dauerplatz war, wie Kern hörte, schon ein Glückstreffer.

Am Ende des Dorfes zweigte ein Weg ab, der zur Residenz des Dalai Lama führte.

In leichtem Auf und Ab führte er um den Berg herum.

Vor der Residenz hatten sich die Tibeter ein eigenes Kloster gebaut, mit einem Park vor dem Eingang - und auf der gegenüberliegenden Seite des Parks thronte der herrschaftliche Sitz des Dalai Lama.

Um von dort zum Tempel zu gelangen, brauchte der Gottkönig nur aus dem bewachten Tor der Residenz herauszutreten und durch den Park zu gehen. Am Ende des Parks begannen schon die Stufen, die zum Tempel hinaufführten.

Dort umkreisten die Tibeter, darunter wieder viele Mönche und Nonnen, den Tempel im Uhrzeigersinn - wie sie es sonst auch bei Gebäuden taten, in denen religiöse Gegenstände untergebracht waren. An der Seite des Tempels sah Kern auch einige der berühmten Gebetsmühlen, die senkrecht in das Mauerwerk eingelassen waren und von den Tibetern beim Vorbeigehen mit der Hand angedreht wurden. Dabei murmelten die Leute immer ihr „Om mani padme hum'' - jenes Kraftwort, das angeblich zur Erleuchtung verhilft, wenn man es einige hundertausendmal heruntergebetet hat.

Kern setzte sich an diesem ersten Tag lange auf die Stufen des Tempels und betrachtete die Menschen, die in stiller Gläubigkeit an ihm vorbeigingen, betend, mit Kindern an der Hand. Sie kamen ihm vor wie Pilger bei einer Wallfahrt, dabei waren es „nur'' Bewohner von McLeod Gunj, die hier ihre religiösen Übungen durchführten. Allerdings waren auch echte Pilger darunter, die aus allen Teilen Indiens, wo es tibetische Siedlungen gab, angereist kamen.

Ein Plan von McLeod Gunj war nicht aufzutreiben.

Kern mußte also jeden Winkel selber erkunden. Er hatte Zeit dazu - immerhin wollte er fast drei Wochen bleiben.

Am nächsten Tag erkundigte sich Kern nach dem Tibet Medical Institute, dem eigentlichen Ziel seiner Reise. Denn hier wollte er den Lama und Arzt wiedertreffen, den er in Alpbach kennengelernt hatte.

In den letzten Wochen hatte er sich auch über die tibetische Medizin informiert. Er hatte noch in Deutschland einige Bücher gelesen, die allerdings ziemlich umständlich geschrieben waren. Meist hatte Kern von diesen Ausführungen nur die Hälfte verstanden. Eines allerdings war ihm bei der Lektüre klar geworden: Die alten Heilsysteme waren nur zu verstehen vor dem Hintergrund der jeweiligen Religion und ihres Bildes vom Menschen und von Gott.

Das galt auch für die tibetische Methode.

Sie wurzelte im Buddhismus. Wie und in welcher Weise, das war Kern bis zur Stunde noch unbekannt, aber er hatte ja Zeit und würde sicher Gelegenheit finden, dies alles zu lernen. So trafen für ihn zwei Dinge zusammen: sein Wunsch nach erfolgreicher Behandlung - und die Neugier, mehr zu erfahren über eines der ältesten Heilsysteme der Welt, dessen volle Wirkung eben nur in Verbindung mit dem Glauben möglich war.

15

Bei tibetischen Mönchen und Ärzten

Das Tibet Medical Institute lag am unteren Teil des Bergdorfes. Kern mußte zwanzig Minuten zu Fuß auf einem steinigen Pfad hinuntergehen, um es zu erreichen.

Von außen war das Institut wenig beeindruckend: ein langgestrecktes, zweigeschossiges Gebäude, daneben noch einige kleinere Häuser, die teils als Krankenstation dienten, teils als Heim für die Studenten und Ärzte. Der gesamte Komplex lag an einem Hang, rundherum ein Garten.

Zwei Dinge fielen Kern auf, als er sich dem Institut näherte: der ungewöhnlich würzige Duft und am Eingang ein großes Schild, aus dem hervorging, daß dieses medizinische Institut mit Hilfe von Misereor, dem in Aachen ansässigen Hilfswerk der katholischen Kirche Deutschlands, gebaut worden war.

Den Grund für das würzige Aroma in der Luft fand Kern ein paar Minuten später heraus. Bei seinem Erkundungsgang um den Gebäudekomplex entdeckte er auf der Südseite eine Sonnenterrasse - und dort waren auf breit ausgerollten Teppichen Pillen und Medikamente zum Trocknen in der Sonne ausgebreitet. Diese aus Kräutern und

Wurzeln, aus Säften und Blüten in einem Naturverfahren hergestellten Medikamente verbreiteten Würze und Aroma, daß es eine Freude war, die von den Pillen ausströmende Kraft zu riechen.

Kern betrat das Gebäude, ging über die Treppen und durch die Gänge und klopfte dann an eine Tür, hinter der offenbar die Verwaltung arbeitete.

Eine junge Frau empfing ihn. Kern erkundigte sich nach Dr. Sonam Lodi und erfuhr, daß er anwesend war. Allerdings, so wurde ihm gesagt, halte er sich drunten in den Arbeitsräumen auf, wo er die Mixtur neuer Medikamente überwachte.

Die Tibeterin führte Kern eine Etage tiefer hinunter in eines der Nebengebäude. Sie betraten eine Veranda, von der aus mehrere Türen ins Haus hineinführten. Sie alle standen offen. Durch die zweite ging Kern mit seiner Begleiterin.

Da stand der Lama und Arzt mit zwei alten Männern, die sich geade an Kräutern zu schaffen machten. Dr. Sonam Lodi schaute auf, sah Kern - und erkannte ihn sofort wieder. Der war davon sichtlich überrascht, schließlich war er mit diesem Mann ja nur ein einziges Mal in seinem Leben für wenige Minuten beisammen gewesen. Die beiden unterhielten sich lange über Tirol, den Kongreß und die Reise.

Dann bot der Arzt Kern an, mit ihm einen Rundgang durch das Institut zu machen. Kern freute sich über so viel Freundlichkeit und nahm das Angebot gerne an.

An der Seite von Dr. Lodi ging er in der folgenden Stunde durch eine Welt, die ihm fremd und vertraut zugleich erschien. Fremd wegen der für Europäer ungewöhnlichen Behandlungsmethoden, die der Lama erklärte, und dem vorhandenen medizinischen Instrumentarium - von langen Silbernadeln bis zu merkwürdigen Metallzangen; vertraut, weil die Tibeter, die er bei der Arbeit antraf, so freundliche, fast gütige Gesichter hatten und voller Ruhe und Bescheidenheit ihre Arbeit mit den würzig duftenden Kräutern und Wurzeln verrichteten, die zu genau vorgegebenen Mondstellungen hoch droben von den Himalaya-Bergen geholt werden mußten. Das, so Dr. Lodi, war heute leider ziemlich problematisch geworden, weil dieses Herbeischaffen der Heilkräuter sehr viel Aufwand erforderte. Die Leute waren tagelang mit ihren Körben unterwegs, um die seltenen Plätze zu finden, wo jene Pflanzen wuchsen, die man zur Verarbeitung benötigte. Außerdem konnte man nach tibetischer Meinung diese natürlichen Materialien nicht einfach zu jeder beliebigen Stunde abschneiden oder pflücken. Vielmehr mußte auf bestimmte Mondphasen geachtet werden, es mußten auch noch andere astrologische Daten berücksichtigt werden, damit möglichst die volle Kraft dieser Pflanzen mit in die Medikamente einfloß. Daher war das Einsammeln ein mühsames Geschäft.

Früher, in Tibet, sei das kein Problem gewesen, sagte Dr. Lodi. Man habe damals mitten in den Bergen gelebt, jeder Arzt kannte die besten Plätze für seine Pflanzen - so habe man ständig unter den besten Voraussetzungen die Pillen herstellen können. Aber hier in Dharamsala müsse man unter schwierigen Bedingungen arbeiten. Trotzdem sei man zufrieden, und die Erfolge der Medizin gäben ihm und seinen Mitarbeitern selbst wieder Kraft und Mut, weiterzumachen.

Was Kern in den Vorratsräumen sah, was da zum Trocknen auslag, was geschnitten oder zu feinstem Pulver gemahlen wurde, was da an feuerroten, grünen, blauen und gelben Essenzen in großen Tiegeln unter der strengen Aufsicht von Ärzten gemischt wurde, zu Brei gerührt, von Hand zu Pillen und Klumpen geformt und dann draußen auf der Terrasse unter den Strahlen der Sonne zum Trocknen ausgelegt wurde, das duftete wie ein Gewürzgarten Gottes. Man konnte die Kraft einatmen, die in diesen Medikamenten steckte, deren Bestandteile so sorgsam und unter Beachtung uralter Kenntnisse von Gesundheit, Heilung und Astrologie zusammengesucht wurden.

Kern dachte an die pharmazeutischen Fabriken in der zivilisierten Welt, wo Automaten in menschenleeren Räumen Millionen Pillen ausspuckten, die von Geisterarmen aus Stahl in Röhrchen und Dosen abgefüllt wurden. Hochwirksame Präperate natürlich auch, aber so grundverschieden in der Herstellung!

Beim Rundgang traf Kern auch auf einen kleinen Tempel mitten im Institut. Drinnen saßen Mönche. Sie machten den ganzen Tag nichts anderes, als für die Kraft der Medikamente zu beten, die draußen gerade hergestellt wurden. Die Kraft der Gebete, so sagte Dr. Lodi zu Kern, werde sich auf die Medikamente übertragen und deren volle Heilwirkung entfalten.

Kern erfuhr, daß nicht nur die Mönche für die Pillen beten, sondern daß auch die Ärzte selbst und die Medizinstudenten täglich ihre Gebete verrichteten, damit ihre Arbeit segensreich war - für die Medikamente und für die Menschen, die damit behandelt wurden.

Die tibetische Medizin war in erster Linie ein Naturheilverfahren. Die Tibeter versuchten im Exil, ihre Erfahrungen und die uralten Rezepte und Methoden am Leben zu erhalten. In Tibet selbst war dies nicht mehr möglich, weil das Medizinsystem nur erfolgreich wirken konnte im Zusammenhang mit dem buddhistischen Glauben - und der war in der Heimat von den Chinesen ausgerottet worden.

Aber seit Jahren machten die Tibeter wieder in aller Welt von sich und ihrer Medizin reden. Tatsächlich, so erfuhr Kern an diesem Tag, schienen die Tibeter Behandlungsmethoden zu kennen, die schier unglaubliche Heilungen ermöglichten. Auch mit den hier erzeugten Pillen und Salben hatten sie erst in jüngster Vergangenheit wieder spektakuläre Erfolge nachgewiesen. Und neuerdings, so Dr. Lodi, „erregen wir vor allem mit unseren ‚precious pills', unseren ‚Kostbarkeiten', weltweit Aufsehen: das sind sehr wirksame Mittel gegen Bluthochdruck, Diabetes und Krebs''.

Kern horchte auf.

Von dieser legendären Krebs-Pille hatte er schon in Alpbach gehört. Aber die Tibeter waren immer sehr vorsichtig mit solchen Aussagen, weil sie vermeiden wollten, daß die vielen Krebskranken in aller Welt Hoffnungen schöpften, die am Ende vielleicht nicht erfüllt wurden.

Einer der ältesten und erfahrensten tibetischen Ärzte, der erst kürzlich über den Himalaya aus Tibet nach Indien geflohen war, hatte diese Pille gegen Krebs entwickelt. Er war nach den Worten Dr. Lodis der einzige lebende Arzt der Tibeter, der das gesamte alte Wissen besaß - und der jetzt in Dharamsala diese neuen Medikamente aus rund 100 Pflanzen und Kräutern, Essenzen und Wurzeln, Metallen, Mineralien und Blüten zusammenkomponiert hatte. Diese Pillen waren nur in begrenzter Zahl verfügbar. Ihre Herstellung, meinte Dr. Lodi, werde auch künftig sehr begrenzt bleiben, weil die einzelnen Bestandteile außerordentlich schwierig zu beschaffen seien. Aber die bisherigen Erfolge bei Krebs seien sehr gut, sagte der Lama. Man habe zahlreiche Krebsarten mit diesen Pillen - und natürlich mit flankierenden Maßnahmen wie Diät, Gebeten und einem insgesamt sehr spirituellen Leben des Patienten - behandelt. Sogar mit einer amerikanischen Klinik arbeitete man zusammen, und der Chefarzt dieser Klinik hatte erst vor wenigen Tagen in einem Schreiben bestätigt, daß er mit keinem anderen Medikament bisher so hohe Heilerfolge bei einigen Krebskrankheiten erzielt hatte wie mit den tibetischen „precious pills''.

Das, genau das hatte Kern zu hören gehofft!

Er bekam Herzklopfen, als Dr. Lodi diese letzten Sätze sagte. Ob der rotgekleidete Mönch und Arzt wußte, was sie in Kern an Hoffnung auslösten?

Nachdem er sich bei der Begrüßung offenbar sofort an den Deutschen erinnert hatte, war anzunehmen, daß er auch noch über die Krankheit Bescheid wußte, so daß es gar kein Zufall sein konnte, wenn er jetzt auf die Pille gegen Krebs zu sprechen kam. Und daß sich der Tibeter so optimistisch über die bisherigen Erfolge äußerte, war bei der sonstigen Zurückhaltung dieser Leute ein sehr deutliches Signal für Kern, daß er hier vielleicht die ersehnte Hilfe finden konnte.

Aber vielleicht wußte der Lama doch nichts mehr von Kerns Krebsleiden!

Kern konnte sich nicht mehr genau erinnern, ob er überhaupt mit Dr. Lodi in Alpbach so konkret über seine Krankheit gesprochen hatte oder ob er nur allgemein erwähnt hatte, daß er gerne zur Behandlung nach Dharamsala kommen wollte.

Er war sich jetzt nicht mehr sicher. Sei's drum, dachte er bei sich, wenn dieser Mann jetzt so offen von Erfolgen bei Krebs spricht, dann habe ich zumindest hier eine, vielleicht die große Chance, geheilt zu werden.

Am Ende des Rundganges durch das Institut setzten sich die beiden Männer noch zu einem Glas Tee in Dr. Lodis Büro zusammen.

Kern stellte ihm an diesem Tag hundert Fragen - alle zum gleichen Thema: Was war das Geheimnis der tibetischen Medizin?

Geduldig beantwortete der Lama Kerns Fragen.

Zunächst einmal, so erläuterte der Mönch, ging diese Medizin von einem Menschenbild aus, das ein vollkommenes Umdenken von jemanden erforderte, der aus einem anderen Kulturkreis kam.

„Also auch von Ihnen", sagte er zu Kern.

Der Hintergrund für diese Medizin lag nicht nur in der Anatomie, sondern auch in der Religion, im tibetischen Buddhismus. Deshalb war es nicht damit getan, daß ein Europäer einfach die „precious pills" gegen Krebs schluckte wie daheim eine Kopfschmerztablette - und dann auf Heilung wartete.

Diese Feststellung wirkte auf Kern ernüchternd und nahm ihm von einer Sekunde auf die andere viel von seinem Optimismus.

Die Tibeter unterscheiden 1212 Krankheiten, die sie in zwei Gruppen einteilen. 1111 Krankheiten entstehen durch falsches Verhalten im Leben: falsche Ernährung, verkehrte Verwendung der eigenen Medizin, böse Handlungen und schlechte Gedanken. Diese Krankheiten, sagte Dr. Lodi, seien alle heilbar.

Gegen die restlichen 101 Krankheiten allerdings waren die tibetischen Ärzte machtlos: Sie sind nach ihrer Meinung verursacht durch irgendwelche Missetaten in früheren Leben. Der tibetische Buddhismus - und da beginnt bereits der spirituelle Hintergrund dieses Heilsystems - glaubt an die Wiedergeburt. Und er geht davon aus, daß jeder Mensch bei einer Wiedergeburt in einem neuen Körper seine Schuld aus früheren Leben mitnimmt - wie ein Konto, auf dem alle guten und bösen Taten eingetragen sind. Deshalb muß der Mensch für bestimmte frühere Taten jetzt leiden - kein Arzt, sagte Dr. Lodi, könne gegen dieses karmische Prinzip etwas tun.

Gegen karmische Schuld gäbe es keine Arznei. - Basta!

Jetzt war Kern genauso schlau wie vorher.

Wozu gehörte sein Krebsleiden? War es heilbar oder stammte es aus der Gruppe jener 101 Krankheiten, die jetzt aufgrund ehemaliger böser Handlungen in früheren Leben auftreten?

Er fragte Dr. Lodi, aber dessen Antwort machte ihn auch nicht klüger.

„Krebs kann sowohl zur einen Gruppe gehören als auch zur anderen. In den meisten Fällen aber ist Krebs der großen Gruppe von heilbaren Krankheiten zuzurechnen. Auch unsere eigenen Erfolge bei der Krebsbehandlung sind dafür ein Beweis.'' Wichtig sei allerdings, sagte Dr. Lodi, daß man sich rechtzeitig in Behandlung begebe und nicht erst, wenn die Krankheit offen ausgebrochen sei und man sich in letzter Sekunde noch der tibetischen Medizin anvertrauen wolle.

Aus dieser Antwort konnte Kern alles und nichts herausdeuten.

Mit Dr. Fermanns Befund, daß es bei ihm keine Chance auf Heilung gibt, hatte Kern wenigstens ein klares Urteil erhalten, auch wenn es vernichtend ausgefallen war. Aber das hier war ein Orakel, das nach allen Seiten gedreht und gewendet werden konnte: keine klare Diagnose und keine deutliche Aussage über den Heilerfolg.

So groß Kerns Vertrauen in das tibetische Heilsystem auch war und so sehr sich dieser Eindruck verstärkt hatte durch das, was er hier im Institut gesehen und mit Dr. Lodi bisher besprochen hatte - diese alles offen lassenden Aussagen enttäuschten ihn doch sehr.

Kern eröffnete Dr. Lodi jetzt, warum er hergekommen war und daß sein Krebsleiden im Westen klar diagnostiziert sei. Man habe ihm dort keine Chance mehr gegeben. „Ich weiß nicht, ob Sie mir helfen können'', sagte er zu dem Lama, „aber ich würde mich freuen, wenn Sie mich behandeln.''

Der Tibeter schaute ernst. Er nickte.

Ja, man werde ihn mit den neuen „precious pills''

behandeln, man werde ihm Hinweise für eine hilfreiche Ernährung geben - und die Behandlung würde sicher gut unterstützt werden, wenn sich Kern ein bißchen mit der buddhistischen Religion vertraut mache. Es sei wichtig, daß er die Behandlung nicht einfach über sich ergehen lasse, sagte Dr. Lodi, sondern daß er sie in ihrem innersten Wesen verstehe. Er müsse zwar nicht gleich Buddhist werden, sagte der Lama, solle jedoch durch ein besseres Verständnis einen Beitrag zu seiner eigenen Gesundung leisten.

An dieser Stelle beendeten die beiden ihr erstes Gespräch. Morgen sollte Kern wiederkommen, dann werde man mit der Behandlung beginnen. Und vor allem über die Inhalte der tibetischen Medizin weitersprechen, sagte der Lama.

Kern bedankte sich und ging.

Er wußte nicht, wie er diese Begegnung einordnen sollte. Wohl hatte er an diesem Tag viel Neues gesehen und erfahren, aber klüger, so schien es ihm, war er nicht geworden.

In den nächsten Tagen tat Kern zweierlei: Einerseits saß er regelmäßig mit Dr. Lodi zusammen, mit dem er lange Gespräche über die tibetische Medizin und über den Buddhismus führte, und andererseits bemühte er sich, das Leben der Tibeter an ihrem Exilort kennenzulernen.

So erfuhr Kern in kürzester Zeit sehr viel über das alte Heilsystem in Tibet, wonach Krankheiten im geistig-seelischen Bereich eines Menschen entstehen, bevor sie sich dann als konkrete Leiden im Körper niederschlagen.

800 dieser Leiden, so hatte Kern ja schon in Tirol

erfahren, konnten die tibetischen Mediziner allein durch die Dreifinger-Methode am Puls feststellen. Dr. Lodi hatte seinerzeit an der Frau, der in Deutschland eine Niere operativ entfernt worden war, seine Fähigkeiten eindrucksvoll bewiesen. Jetzt erzählte ihm der Lama mehr über diese ungewöhnliche Art der Diagnose.

Mit seinen drei Fingern, die er beim Kranken an die Schlagader am Handgelenk legt, könne er aus dem Tempo des Pulses und dem unterschiedlichen Druck auf seine drei Fingerkuppen gewisse Schlußfolgerungen ziehen. Diese hohe Kunst der Pulsdiagnose war für Kern von Anfang an verblüffend, aber wenn er jetzt hörte, daß die tibetischen Ärzte 20 Jahre lang studieren mußten, ehe sie Patienten behandeln durften, dann leuchteten ihm solche Fähigkeiten ein.

Zusätzlich zu diesen Pulsdiagnosen aber bezogen tibetische Ärzte auch Urinanalysen mit in die Untersuchung ein, außerdem betrachteten sie die Augen - und ein ausführliches Gespräch mit dem Patienten selbst, über seine bisherigen Krankheiten und seine Lebensweise rundete die Diagnose ab. Zuletzt „besichtigten" die tibetischen Doktoren noch die Lebensumgebung des Kranken und versuchten sogar, durch Deutungen seiner Träume Informationen über den Gesundheitszustand zu erhalten.

So fremdartig schon die Diagnose-Methoden für einen Westler waren, so eigenartig waren auch die Heilmethoden selbst. Kern fühlte sich bei den Schilderungen Dr. Lodis immer wieder an Heilpraktiker erinnert - sie glichen in ihrer Arbeitsweise den tibetischen Ärzten am ehesten.

Chirurgische Eingriffe, so fand Kern mit seinen Fragen bald heraus, waren in der tibetischen Medizin äußerst selten. Der Arzt heilte in der Regel mit ganzheitlichen Therapien, indem er mit Arzneien aus Pflanzen, Knochen und Mineralien auf den gesamten Organismus einwirkte. Zu den leichten „Eingriffen'' gehörten Beräucherungen mit Weihrauch, medizinische Bäder und das Auftragen von Salben. „Schärfere'' Methoden waren der Aderlaß, Wärmebehandlungen, das Aufstechen und Ausbrennen von Geschwüren oder die Behandlung mit Heißnadeln, die - ähnlich wie bei der Akupunktur - an bestimmten Körperstellen in die Haut gestochen wurden.

Welche Methode angewendet wurde, an welcher Stelle des Körpers die Behandlung erfolgte und welche Medikamente verabreicht wurden, hing von der jeweiligen Krankheit ab. Immer aber entsprach die Behandlung dem Körperaufbau und den Körperfunktionen, wie sie im Buddhismus gelehrt wurden. Die Medizin, die dem grobstofflichen Körper verabreicht wurde, mußte mit den entsprechenden „inneren Elementen'' des Körpers harmonieren: Zur Regulierung der Körpertemperatur zum Beispiel gab es eine Behandlung durch Feuer oder Hitze; Medikamente aus dem Element Wasser wurden verordnet, wenn das Blut oder andere Körperflüssigkeiten erkrankt waren; Arznei aus dem Element Erde wurde verabreicht, falls Knochen und Gewebe behandelt werden mußten - und wenn der Atem oder die Körperzwischenräume erkrankt waren, dann wählten die Ärzte zur Behandlung Medikamente und Methoden, die dem Element Luft entsprachen.

Obwohl sich Kern nun schon mehrere Tage in Dharamsala aufhielt und täglich mit Dr. Lodi zusammenkam, wurde er noch nicht behandelt. Oder waren diese Gespräche etwa schon ein Teil der Behandlung, die Kern lediglich in seinen westlich orientierten Vorstellungen von medizinischer Therapie nicht so auffaßte? Wie dem auch war - Kern wußte inzwischen eine Menge von tibetischer Medizin, er verstand die Zusammenhänge einigermaßen, die zwischen Medikamenten, Behandlung und Körperfunktionen eine Rolle spielten. Dazu halfen ihm auch einige andere Begegnungen, die er inzwischen in Mc Leod Gunj gemacht hatte.

Vorgestern hatte er sich in der Bibliothek umgesehen, wo nicht nur die religiösen Schriften zum Buddhismus gesammelt waren, sondern auch aktuelle Literatur aus aller Welt. Dort hatte er einige junge Leute getroffen, die aus westlichen Ländern zum Studium des Buddhismus hierhergekommen waren.

Plötzlich tauchte zwischen diesen Studenten, die in Jeans und bunten Hemden herumstanden, eine kahlgeschorene Nonne im roten Habit des Gelugpa-Ordens auf - eben diesem dunklen Purpur, den hier die Mönche und Nonnen einheitlich trugen.

Aber die Frau, die da im Raum stand, war keine Tibeterin. Ihre Haut war hell, fast weiß, die Augen hellblau, das ganze Gesicht europäisch. Sie mochte Mitte 50 gewesen sein.

Sie blickte um sich, sah auch Kern.

Der nickte ihr freundlich zu.

Sie lächelte.

Kern stand von seinem Stuhl auf und ging auf die Nonne zu. Im Flüsterton, um die anderen in der Bibliothek nicht zu stören, sprach er die Frau an. Dann gingen die beiden nach draußen auf die Veranda, setzten sich nebeneinander in die warme Sonne und unterhielten sich.

Es stellte sich heraus, daß die Frau aus Deutschland stammte. Sie war in Ostpreußen geboren, war durch die Wirren des Zweiten Weltkriegs nach Leipzig verschlagen worden - zu Verwandten. Dort war sie aufgewachsen, zur Schule gegangen, hatte zu studieren begonnen und war dann aus der DDR in die Bundesrepublik geflohen, ohne sich klar darüber zu sein, was sie dort eigentlich wollte.

Sie hatte dann als Sekretärin in verschiedenen Stellen gearbeitet, hatte mit einem Mann, in den sie unsterblich verliebt war, eine Enttäuschung erlebt, die sie nicht verwand. Immer mehr hatte sich die junge Frau zurückgezogen, allein gelebt, die Gesellschaft gemieden.

Ohne Freunde, ohne Verwandte und in ihrer selbstgewählten Einsamkeit hatte die Frau auch allmählich ihre physische Wiederstandskraft verloren.

Sie wurde krank.

Erst waren es harmlose Erkrankungen: mal dies, mal das, immer nur ein paar Tage andauernd, aber plötzlich kam der Zusammenbruch. Sie mußte ins Krankenhaus gebracht werden, und dort entdeckten die Ärzte bei einer Generaluntersuchung, daß Gudrun, das war ihr Name, an Gebärmutterkrebs litt. Die Geschwulst war bösartig und schon soweit fortgeschritten, das selbst eine Operation nur bedingt Aussicht auf Erfolg hatte, obwohl die Medizin gerade auf diesem Gebiet schon damals sehr weit entwikkelt war und gute, dauerhafte Heilerfolge erzielte.

Gudrun wurde operiert.

Aber schon die Nachuntersuchung ergab, daß die Krebsgeschwulst nicht komplett entfernt werden konnte. Zu weit hatte sie sich schon durch den Körper der Frau gefressen.

Gudrun wußte, was diese Diagnose für sie bedeutete. Sie war damals wohl in einer ähnlichen Situation gestanden wie Kern jetzt. Nur war sie nicht so rational veranlagt wie er - und so machte sie keine neuen Pläne, um ihr Leben zu verändern. Sie nahm es, wie es kam.

In London hatte sie zu dieser Zeit einige Bekannte. Die verschafften ihr, ohne ihren Gesundheitszustand zu kennen, eine Stelle als Sekretärin bei einem Privatdozenten. Gudrun zog nach London, arbeitete mit dem Professor hervorragend zusammen, vervollständigte ihre Englischkenntnisse - und ging manchmal am Wochenende zum Meditieren in ein tibetisches Zentrum, das es damals am Stadtrand Londons gab.

Durch ihren Meditationslehrer, einen tibetischen Lama, kam Gudrun in Kontakt mit dem Buddhismus, einer Religion, die ihrer persönlichen Lebensart sehr entsprach.

Eines Tages packte die Frau - sie war gerade 50 Jahre alt geworden - ihre wenigen Habseligkeiten in zwei große Koffer, hob ihr gesamtes Erspartes von der Bank ab und flog nach Indien. Sie hatte nur noch den Wunsch, mehr von der buddhistischen Lehre zu hören.

So landete sie, die eher schüchterne und weltunerfahrene Frau, die niemanden in Indien kannte, eines Tages in Dharamsala bei den Tibetern.

Alles andere entwickelte sich rasch. Schon nach kurzer Zeit entschloß sie sich, ihr restliches Leben als buddhistische Nonne zu verbringen. Seitdem lief sie kahlgeschoren, ehelos und ohne Besitz in dem roten Ordensgewand umher, lebte mit Katzen und Hunden in einem bescheidenen Raum, half in der Bibliothek aus, unterrichtete die Mönche in Englisch - und war glücklich.

„Ich habe mich früher immer gefühlt wie ein Jojo, voller Bewegung, aber doch angebunden und unfrei'', sagte sie jetzt zu Kern.

Und ihr Krebsleiden?

Sie wisse es nicht, sagte sie. Es hatte sich in ihrem Glück offensichlich aufgelöst. Sie war jedenfalls nie mehr in Behandlung gewesen.

Kern hatte während seines Aufenthaltes von Gudrun viel erfahren - über das Leben in Dharamsala, über den Buddhismus, über die tibetische Medizin.

Was in McLeod Gunj an sprituellem Leben zu den Alltäglichkeiten gehörte, hätte Klaus Kern noch vor wenigen Wochen als Hirngespinste ins Reich der Fabeln abgetan. Die tibetischen Buddhisten führten tatsächlich ein Leben, das nur darauf ausgerichtet war, durch gutes Denken und Handeln endlich aus dem Leidenskreislauf der ständigen Wiedergeburten herauszukommen und ins ewige Nirvana einzugehen, eine Art Himmelreich. So lebten sie in Friedfertigkeit mit Menschen und Tieren - mit den Dämonen und Göttern, mit Gespenstern und den Geistern Verstorbener.

Die Lebenden hängten den Geistern sogar auf Wäscheleinen Gebetsfahnen in den Wind, mit guten Sprüchen und

Wünschen, um sie versöhnlich und gewogen zu stimmen.

Kern lernte durch Gudrun hohe Lamas kennen, die in einem früheren Leben angeblich schon Erleuchtung erlangt hatten, aber freiwillig zur Erde zurückgekommen waren, um den Menschen zu helfen. Thulku hießen diese Mönche, über deren Herkunft offenbar immer sehr exakt nachgeforscht wurde. In einer Chronik führte der Dalai Lama angeblich persönlich Buch über diese Männer. Meist wußte man genau, wer sie in einem früheren Leben gewesen waren. In der Regel waren sie damals hohe Gelehrte, Äbte und große Wohltäter.

Eines Tages hatte Kern Gelegenheit, durch Gudruns Vermittlung sogar das tibetische „Staatsorakel'' kennenzulernen.

Während sich die meisten Regierungen vor wichtigen Entscheidungen von hochkarätigen Experten-Stäben beraten lassen oder sich Rat vom Computer holen, befragen die Tibeter noch heute ihr „Staatsorakel''. An dieser 400jährigen Tradition hat sich selbst im Exil in Dharamsala nichts geändert.

Das Orakel selbst, ein Mönch, war vor Jahren selber aus der ehemaligen Haupstadt Lhasa hierher geflohen.

Er führt in McLeod Gunj ein normales Ordensleben - bis auf jene wenigen Stunden im Jahr, in denen er als Orakel dient. Sobald ein solcher Termin vom Dalai Lama festgelegt wurde - ein- oder zweimal im Jahr -, ändert sich das Leben dieses Mönchs schlagartig.

Er wird tagelang auf seinen Einsatz vorbereitet. Seine Meditation wird jetzt unterstützt durch Gebete und Gesänge anderer Mönche, von seinem ohnehin kargen

Speiseplan werden Fisch, Schweinefleisch, Knoblauch, Zwiebeln und andere „unreine'' Nahrungsmittel gestrichen. Er ißt von eigenem Geschirr, das von den übrigen Tellern, Gläsern und Bestecken im Kloster ferngehalten wird - und um den Reinigungsprozeß zu vervollständigen, gießen ihm die Mönche jeden Tag in einer besonderen Zeremonie geweihtes Safranwasser über den rasierten Schädel.

Sinn all dieser Riten: Der Mönch muß innerlich völlig gereinigt sein, um als Medium für eine Anrufung der Geistwelt dienen zu können. Alle 72.000 psychischen Kanäle, so heißt es im tibetischen Buddhismus, müssen frei sein von Verunreinigungen, dann erst kann die angerufene Schutzgottheit Dorje Drakden vom Körper des Mönches Besitz ergreifen und Informationen aus dem „Jenseits'' überbringen.

Einige Stunden vor der Befragung, die vor Tausenden Tibetern öffentlich stattfindet und nur selten geheim durchgeführt wurde, kleiden Mönche das „Orakel'' in historische Gewänder. Die farbenprächtigen Roben und Überwürfe, der Schmuck, das gewaltige Schwert und der riesige Helm auf seinem Kopf wiegen zusammen über einen Zentner.

Der Mönch muß unter der Last jedesmal von Helfern gestützt werden, wenn er den Tempel betritt, wo der Dalai Lama und seine hohen Regierungsbeamten schon auf ihn warten.

Dann beginnt im Tempel eine uralte Zeremonie. Mit Gebeten, Oberton-Gesängen und Rezitationen, mit Cymbalklängen, Trommeln und Hornstößen wird der

Mönch in Trance versetzt - und plötzlich passiert es: Unter ohrenbetäubendem Tosen der Hörner und Trommeln fährt die Schutzgottheit Dorje Drakden in den zitternden und bebenden Körper des Mönches, der mit einem Mal ruhig wird und - zu tanzen anfängt.

In einem Ritualtanz springt und schwebt er durch den Raum, erweist dem Dalai Lama symbolische Ehrerbietungen, trinkt mit ihm eine Tasse Tee aus einem gemeinsamen Becher - und steht dann für die Befragung bereit.

Die vorbereiteten Fragen verliest der Privatsekretär des Dalai Lama von einer Schriftrolle. Es sind meist Fragen über die Zukunft des Dalai Lama, des tibetischen Volkes und über besondere Angelegenheiten der Regierung. Die Antwort gibt das Orakel in Reimen - und verschlüsselt.

Die Angaben sollen, wie Kern erfuhr, immer gestimmt haben. Sogar die Invasion der Chinesen in Tibet 1950 war in solch verschlüsselter Form angeblich zweimal angekündigt worden.

Allerdings war wohl manche Aussage, so munkelte man unter den Tibetern, erst im nachhinein richtig gedeutet worden, vorher war die aus dem Jenseits übermittelte Botschaft offenbar doch nicht klar gewesen.

Das „Orakel'' mit seinen medialen Fähigkeiten wird, so erzählte man Kern, immer aufgrund von Hinweisen aus Klöstern gefunden und nach exakt festgelegten Vorschriften „geprüft''. Wenn es als echtes und einziges Staatsorakel eingestuft worden ist, bleibt ihm diese Rolle ein Leben lang.

Die Befragung des Orakels dauert nur wenige Minuten.

In dieser Zeit hatte nach tibetischer Auffassung der Geist von Dorje Drakden, dem Schutzgott, den Mönch in Besitz genommen und antwortet durch ihn. Nach einer solchen „Besessenheit'' fällt das Medium in tiefe Ohnmacht - und danach ist das Staatsorakel wieder ein ganz normaler Mönch unter Mönchen.

Klaus Kern war von der Zeremonie, die er einmal miterlebte, tief beeindruckt.

Aber nicht nur solche spektakulären Ereignisse holten ihn schrittweise aus der rationalen Welt heraus, die sich bei ihm ein Leben lang verfestigt hatte. Auch die vielen Nebensächlichkeiten bei den Tibetern nahmen den Ex-Prokuristen allmählich von seiner Verstandesebene hinauf in eine Sphäre, wo Mythen und Geheimnisse, Unerklärbares und Irrationales geschahen.

Da war zum Beispiel die Sache mit Gudruns schwarzem Hund. Das sonst so friedliche Tier hatte wenige Meter von der Veranda entfernt, wo sein Körbchen stand, das sechsjährige Kind einer Nachbarfamilie ins Bein gebissen. Und weil in Dharamsala und in McLeod Gunj ständig tollwütige Hunde umherliefen, denen keiner der Buddhisten - wegen des Wiedergeburt-Glaubens - etwas antat, so gab es bei Gudruns Nachbarn Aufregung und Besorgnis. Vielleicht, so wurde vermutet, war das sonst friedliche Tier tollwütig und das gebissene Kind schwebte in Lebensgefahr?

Zwei Tage lang wurde diskutiert. Die gute Nachbarschaft zwischen Gudrun und den Indern, einer Hindu-Familie, drohte auseinanderzubrechen. Gudrun selbst machte sich natürlich Sorgen um das Kind, obwohl sie fest davon überzeugt war, daß ihr Hund nicht an Tollwut litt.

Die Hindus drängten immer nachdrücklicher darauf, daß Gudrun rasch Klarheit schaffte, indem sie eine Tibeterin befragte, die in die Zukunft sehen konnte. Dann hätte man das Kind noch rechtzeitig gegen Tollwut impfen können.

Widerwillig stimmte Gudrun endlich zu; denn sie wußte, daß jeder neue Trancezustand dieser Frau sehr viel Energie kostete und somit ihre Lebenszeit verkürzte.

Schließlich ging sie zu ihr - und die Seherin brachte in Trance die Botschaft, daß der Hund nicht tollwütig war. Diese Information stellte die Nachbarn zufrieden.

So eng verbunden waren die Menschen hier mit dem Jenseits.

Kern kannte inzwischen schon eine Menge Leute in McLeod Gunj: den Lama und Arzt vom Medical Institute, zwei seiner Helfer, die Nonne Gudrun, ein paar junge Leute aus dem Westen, die an der Bibliothek Buddhismus-Unterricht nahmen, das Staatsorakel, zwei junge Mönche von der Buddhist School of Dialectics, wo die künftigen Gelehrten ausgebildet wurden, die Leute vom Hotel und einen jungen Mann, der im Büro des Dalai Lama als Sekretär arbeitete.

Mit seinem Lama Dr. Lodi hatte Kern inzwischen schon fünf oder sechs lange Gespräche geführt, aber behandelt wurde er immer noch nicht. Lediglich über die Ernährung hatte er ihm etwas gesagt: eine Diät sollte er, Kern, essen, mit viel Fisch, aber kein Fleisch, außerdem sehr viel Gemüse und Salate. Und dazu möglichst reines Wasser, keinen Alkohol, wenig Fett.

Diesen Rat befolgte Kern, es war für ihn kein Problem - das tibetische Essen war schmackhaft und gut gewürzt, obwohl er gerade mit Gewürzen nicht übertreiben durfte, hatte Dr. Lodi zu ihm gesagt.

Dann endlich, nach über einer Woche, nahm ihn der Lama mit in einen Raum des Instituts, den Kern bisher noch nicht betreten hatte, auch nicht beim Rundgang am ersten Tag. Dort lagen in großen Schränken mit offenen Regalen Medikamente und Pillen, Salben und Säfte - alles sauber geordnet, in Fläschchen und Dosen aus Glas, in Glasschalen und Holzschachteln.

Auch hier roch Kern wieder dieses wunderbare Aroma, das die Naturerzeugnisse verströmten.

Dr. Lodi trat an einen Eckschrank heran. Es war der einzige im ganzen Zimmer, der durch eine Holztüre verschlossen war.

Er öffnete den Schrank.

Drinnen befanden sich drei große Glasbehälter. Kern erinnerte sich bei diesem Anblick an die Bonbongläser in den Dorfläden, wo man als Kind beim Einkauf der Mutter schon mal mit der Hand hineingreifen durfte und einen der bunten Bonbons herausfischte.

In den Glasbehältnissen lagen bunt eingewickelte Pillen, allerdings nicht durcheinander, sondern sauber nach Farben geordnet: im ersten Glas nur rot verpackte Pillen, im zweiten nur grüne und im dritten die blauen.

„Das sind unsere ‚precious pills' ", sagte der Arzt, „die hier gegen Diabetes, in der Mitte die gegen Bluthochdruck - und da", Dr. Lodi zeigte auf die blauverpackten Pillen, „das sind die gegen Krebs."

Der Name dieser Wunderpille, so sagte Dr. Lodi, sei in tibetisch „Ngochu Tsothel." Sie wirke grundsätzlich jeder Vergiftung im Körper entgegen. „Außerdem", lachte der Lama, „hat sie noch zwei andere positive Eigenschaften: sie wirkt vorbeugend gegen Falten und graue Haare."

Die tibetische Wunderwaffe, so erfuhr Kern, sei ein gepreßtes Pulver, das aus gereinigtem Quecksilber, Schwefel, 16 Metallen, Mineralstoffen und Pflanzenextrakten bestehe.

Er holte eine der Pillen aus dem Glas und legte sie Kern in die Hand. Schon die Verpackung, so stellte Kern fest, war beeindruckend: Die Pille war umhüllt von einem dünnen blauen Stoffsäckchen, oben mit fünf hauchdünnen Fäden zugebunden - die Fäden in den fünf tibetischen Nationalfarben. Der feine Knoten war versiegelt. Und auf dem Siegel war das Wappen des Dalai Lama kunstvoll eingeprägt.

„Precious pill" - jawohl, Kern hatte wirklich das Gefühl, eine Kostbarkeit in Händen zu halten. Welch ein Unterschied zu den gestanzten und gepreßten Chemie-Tabletten daheim!

„Nehmen Sie jeden dritten Tag eine solche Pille", sagte Dr. Lodi und holte aus dem Glasbehälter sechs Stück heraus. „Sie müssen die Pille zwei Stunden vor Sonnenaufgang auf nüchternen Magen einnehmen - mit viel lauwarmem Wasser. Vorher und danach sollten sie beten. Sie sind Christ, also beten sie zu Gott."

Kern steckte die sechs Pillen fast schon ehrfürchtig in seine Hemdtasche und bezahlte sie. Sie waren nicht teurer als eine Kopfschmerz-Tablette in einer deutschen Apotheke.

Dann ging er in sein Hotel zurück.

Schon am nächsten Morgen, so plante Kern, werde er die erste Pille nehmen - und er tat es.

Er stellte den Wecker, stand in der Dunkelheit auf, goß aus seiner Thermosflasche, in die er abends zuvor warmes Wasser gefüllt hatte, einen Becher voll ein und wickelte die Pille vorsichtig aus ihrer kunstvollen Umhüllung.

Allein dieser Vorgang, so dachte Kern bei sich, gab einem eine völlig andere Einstellung zum Medikament, in dem die Kraft der Natur und der Mönchsgebete konzentriert war.

Kern faltete die Hände und betete.

Lange hatte er das nicht mehr getan. Wohl glaubte er an Gott, aber mit der Kirche hatte er so seine Probleme. Sie war ihm einfach nicht glaubwürdig genug. Ihm mißfielen die Geschichten aus dem Mittelalter, als sich die Kirche an den Menschen bereicherte, als sie sich in die Politik einmischte und sehr oft mehr bei Reichen und Sündern zu finden war als bei denen, wo sie damals eher hingehört hätte, bei den Redlichen, den Armen, bei denen, die an Gott glaubten. Alte Geschichten, aber in der Gegenwart war es nach Kerns Meinung auch nicht viel besser. Er hatte zwar nicht direkt etwas gegen seine katholische Kirche, aber sie zog ihn auch nicht sonderlich an.

Kern glaubte an Gott, aber mit dessen weltlicher Organisation hatte er seine Schwierigkeiten. Allerdings: Austreten aus der Kirche, wie das viele seiner Bekannten getan hatten, um die Kirchensteuer zu sparen - nein, das hatte er nie erwogen. Schließlich tat die Kirche seiner Meinung nach viel für alte Leute, sie betreute Kindergärten, Schulen und andere soziale Einrichtungen.

Aber gebetet hatte er schon lange nicht mehr. Es war merkwürdig: Ausgerechnet hier, im Zentrum des Buddhismus, faltete er seit Jahren zum ersten Mal wieder die Hände zu einem Gebet - und noch dazu aufgefordert von einem buddhistischen Lama, der ja selbst eine Art Priester war.

Aber Kern hatte in den letzten Wochen vieles gedacht, erlebt und getan, was mit seiner alten Welt nicht mehr übereinstimmte. Doch er fühlte sich gut dabei - trotz der teuflischen Krankheit, die in ihm steckte und die eigentlich der Auslöser war für all das, was er in den vergangenen Monaten gemacht hatte.

Jetzt betete Kern zu Gott, er möge ihm beistehen und ihm helfen, vor allem dann, wenn die Krankheit ausbrach. Kern dankte im Gebet auch dafür, daß er noch einmal, am Ende seines Lebens, so reiche und neue Erfahrungen machen durfte, die ihn vom offenbar völlig falsch eingeschätzten Weg in der äußeren Welt abgebracht hatten. Mehr noch: Kern empfand dieses neue Leben inzwischen wirklich als Gnade, besonders im Vergleich zu den wilden Ausschweifungen, von denen er geglaubt hatte, daß dies sein großes Versäumnis im Leben gewesen sei.

Dann nahm Kern in seinem kargen Hotelzimmer die Pille in die Hand, steckte sie in den Mund und schluckte sie mit warmem Wasser hinunter. Er mußte kräftig schlukken, immerhin war die Pille so groß wie eine Murmel.

Das also war der Auftakt!

Kern fühlte sich wohl in seiner Haut, wobei er nicht wußte, ob dieses gute Gefühl von der Hoffnung in die

Medizin herrührte oder von seinem Gebet zu Gott.

Er legte sich wieder ins Bett. Draußen war es immer noch dunkel.

Das Ritual der Pilleneinnahme wiederholte Kern alle drei Tage. Wie schon auf den Philippinen und bei der indischen Heilerin wußte er auch dieses Mal nicht, ob die Arznei half. Immer noch war er schmerzfrei und an seinem Allgemeinzustand war nicht festzustellen, ob und wie die tibetische Medizin auf sein Leiden einwirkte. Zunächst war für Kern nur wichtig, daß die Krankheit noch nicht ausgebrochen war, daß er keinerlei Symptome an sich spürte, die einen solchen Ausbruch in nächster Zeit erwarten ließen - es sei denn, und das wußte Kern natürlich nicht, daß dieser Fall ganz akut von heute auf morgen eintrat, ohne Vorwarnung, ohne Signal.

Kern genoß in diesen Tagen das spirituelle Leben in dem Himalaya-Dorf. Ständig stieß er auf Menschen und Situationen, die sein altes Weltbild auf den Kopf stellten. Was daheim undenkbar war, ins Reich von Spinnern und Phantasten eingeordnet worden wäre, das war hier völlig normal, gehörte zum Leben wie Essen und Trinken.

Und umgekehrt!

Hätte Kern hier den Tibetern erklärt, daß die Anrufung Verstorbener, der Kontakt zur jenseitigen Welt, das Leben mit Göttern und Dämonen, denen man fromme Sprüche wie Wäsche auf der Leine in den Wind hängt - daß all diese Dinge verrückt waren, den Einbildungen kranker Hirne entspringen mußte, man hätte ihn ausgelacht.

Kern lachte ja selbst nicht mehr darüber. Er war schon Teil dieses Lebens geworden, das sich so sehr unterschied vom Weltbild eines Europäers.

In den letzten Tagen war Kern ein Wohnmobil mit österreichischem Kennzeichen aufgefallen, das am Dorfrand stand. Als er sich das Gefährt näher besah, lernte er die Leute kennen, die drinnen lebten: eine Familie aus dem Burgenland, der Mann Mitte Vierzig, seine etwas verhärmt aussehende Ehefrau und drei Kinder zwischen sechs und vierzehn Jahren.

Sie hatten einen Lastwagen zu einem Wohnmobil umgebaut und waren auf dem Landweg nach Indien gereist - keine Leute, die nach Drogen gierten, sondern eine unternehmungslustige Familie, die einfach einmal ein Jahr Pause machte.

Das jedenfalls sagte der Mann.

Er wollte das Wohnmobil in einigen Wochen in Delhi verkaufen und mit seiner Familie in die Heimat zurückfliegen, wieder hinein in den europäischen „Way of Life".

Eines Tages, beim Einkaufen in McLeod Gunj traf Kern den Mann mit seinem jüngsten Sohn an der Hand. Sie grüßten sich und dann erfuhr Kern, daß die Frau ins Krankenhaus gebracht werden mußte.

Sie lag seit Tagen unbeweglich im Hospital, unfähig zu sprechen, unfähig die Beine, die Hände, den Mund zu bewegen. Erst war der Österreicher mit seiner kranken Frau ins Tibet Medical Institute gegangen, aber als sich nach zwei Tagen keine Besserung einstellte, brachte er sie ins Spital, das nur zwei Steinwürfe entfernt war: ein kleines, nach westlichen Maßstäben ausgestattetes Krankenhaus. Dort lag die Frau immer noch, bei ständigen

Injektionen und künstlicher Ernährung, stumm, reglos.

„Die vermuten, es ist ein Virus'', sagte der Österreicher zu Kern, „und sie haben mir geraten, daß ich sie in eine Spezialklinik nach Delhi fahren soll. Ich werde also heute nacht mit unserem Wohnmobil starten, damit ich morgen in Delhi bin.''

Aus diesem Grund hatte er jetzt für seine Familie noch etwas Proviant gekauft, denn die 400 Kilometer lange Fahrt nach Delhi war zeitraubend und beschwerlich. Kern verabschiedete sich von dem Mann und wünschte ihm und seiner Frau Glück.

Später traf Kern dann mit der Nonne Gudrun zusammen, die von dem „Unfall'' der Österreicherin auch erfahren hatte - McLeod Gunj war ein Dorf, in dem jeder sofort alles wußte. Die Nachricht von der Lähmung der Europäerin war wie ein Lauffeuer durchs Dorf gegangen und hatte stundenlang für Gesprächsstoff gesorgt.

„Der Frau kann in Delhi keine Klinik helfen", sagte Gudrun, „höchstens ein Lama hier. Denn was der Frau passierte, ist nicht neu. Wir hatten das schon ein paarmal bei Tibetern: Die Frau ist von einem bösen Geist ‚besetzt' worden."

Die Nonne sagte das, als wäre es die selbstverständlichste Diagnose der Welt.

„Die Atmosphäre hier in dieser heiligen Umgebung rund um den Dalai Lama und die vielen Mönche und Gebete im Tempel ist voller Geistwesen, auch bösen natürlich. Sie sind ständig da, auch wenn wir sie nicht sehen. Und wenn sie jemanden finden, in den sie hineinschlüpfen können, dann tun sie es - wie bei der Frau aus Österreich. Sie hat wahrscheinlich falsch meditiert. Das ist immer gefährlich, weil man in solchen Augenblikken der inneren Einkehr auch besonders offen ist für die Geister. Deshalb ist ihr Leiden auch nicht mit Medizin zu beheben, sondern nur durch spirituelle Behandlung. Die Lamas können das. Aber ärztliche Kunst ist da falsch am Platz."

Das war für Kern doch zuviel.

Er sagte das auch zu Gudrun, wiewohl er ihr aufgrund ihres buddhistischen Glaubens zugestand, daß sie so dachte. Aber für ihn als Europäer und Christen war so eine Erklärung natürlich an den Haaren herbeigezogen.

„Meinst du?", sagte Gudrun. „Komm mit, ich lade dich auf einen Tee zu mir ein und zeige dir etwas."

Kern ging mit Gudrun die paar Minuten den Hang hinauf zu ihrem winzigen Zimmer, das sich in einem ebenerdigen Flachbau befand, mit einer kleinen Veranda vor dem Eingang.

Gudrun hatte auf ihrem Fensterbrett ein paar abgegriffene Bücher stehen. Eines davon nahm sie in die Hand - es war die Bibel, eine abgewetzte Taschenbuchausgabe, die ihr einmal ein Deutscher hiergelassen hatte, bevor er sich wieder auf die Heimreise gemacht hatte.

„Ich habe natürlich auch viel in der Bibel gelesen" - Gudrun blätterte lange hin und her - „und da steht genau das gleiche drin, was wir im Buddhismus sagen: Böse Geister besetzen den Menschen, sobald diese sich innerlich öffnen."

Dann las die Nonne aus dem Lukas-Evangelium vor: „Ein unreiner Geist, der einen Menschen verlassen hat, wandert durch die Wüste und sucht einen Ort, wo er bleiben kann. Wenn er keinen findet, sagt er: Ich will in mein Haus zurückkehren, das ich verlassen habe. Und wenn er es bei seiner Rückkehr sauber und geschmückt antrifft, dann geht er und holt sieben andere Geister, die noch schlimmer sind als er selbst. Sie ziehen dort ein und lassen sich nieder. So wird es mit diesem Menschen am Ende schlimmer als vorher."

Kern konnte sich noch keinen rechten Reim darauf machen.

„Das Beispiel aus der Bibel entspricht genau dem, was der Frau passiert ist. Sie war wahrscheinlich bei ihrer Meditation geistig sehr geöffnet, aber weil sie dabei etwas falsch gemacht hat, wurde sie ‚besetzt' ", fuhr Gudrun fort.

Sie habe ähnliche Berichte über Meditationsunfälle auch im Westen gehört, sagte Gudrun. Die jungen Leute, die hierher nach McLeod Gunj kämen, wüßten darüber eine Menge zu berichten.

„Wer meditieren will, muß vorsichtig sein, vor allem solange er es noch lernt. Ziel der Meditation ist es ja, daß man seinen Geist weit öffnet und die göttliche Kraft in sich aufnimmt. Das ist zugleich höchst gefährlich. In diesen Augenblicken nämlich bietet der Mensch sich für eine Besetzung durch böse Geister, die wie negative Energien in der Luft liegen, geradezu an. Deshalb ist es wichtig, daß man einen guten Menschen hat, der einen in die Meditation einführt, egal ob das ein buddhistischer Mönch ist oder ein christlicher Priester!"

Die Besetzung durch einen bösen Geist, sagte Gudrun, müsse aber nicht unbedingt nur bei der Meditation geschehen. Auch sonst sei das möglich, besonders in so „geladenen" Umgebungen wie hier. Das einzige Mittel, das dann hilft, um den Dämon wieder aus dem Körper zu treiben, seien spirituelle Behandlungen.

Kern mußte sofort an Exorzismus denken, diese Schreckensrituale aus dem finsteren Mittelalter.

Gudrun blätterte wieder in der Bibel.

„Damit du nicht denkst, wir im Buddhismus spinnen: Die Bibel schreibt, was die einzig richtige Behandlung solcher Besessenheiten sein kann - Jesus selbst hat den Weg gewiesen. Ich lese dir noch ein paar Zeilen aus dem Markus-Evangelium vor. Da heißt es: `Am Abend, als die Sonne untergegangen war, brachte man alle Kranken und Besessenen zu Jesus. Die ganze Stadt war vor der Haustür versammelt, und er heilte viele, die an allen möglichen Krankheiten litten, und er trieb Dämonen aus.' - Die Bibel ist auch an anderen Stellen voll von Beschreibungen über Dämonen, Besessenheiten und deren Heilung durch die religiöse Kraft", sagte die Nonne.

Kern war verblüfft.

Warum bloß hatte er über diese Phänomene nie daheim etwas gehört? Immer nur ging es im Religionsunterricht und in der Kirche um die zehn Gebote, um Beten und darum, keine Sünden zu machen. Dabei standen diese spirituellen Dinge schwarz auf weiß da, nur kein Pfarrer ging darauf ein. Die weltlichen Probleme wurden behandelt - der grobe Schutt vor der Haustür.

Wahrscheinlich aber würden viele junge Menschen, die Sehnsucht haben nach mehr Spiritualität, gar nicht erst in den Fernen Osten reisen, um hier im Buddhismus oder bei

Gurus Erfüllung finden. Wir haben all das, dachte Kern, in unserer eigenen Religion, doch kaum einer erklärt es.

Angeregt durch das Gespräch mit Gudrun suchte Kern am folgenden Tag Dr. Lodi auf. Von ihm wollte er noch mehr über die Geistwelt der Tibeter erfahren. Vor allem aber wollte er wissen, was bei Meditationen tatsächlich passiert.

„Es gibt verschiedene Techniken zu meditieren", antwortete Dr. Lodi auf Kerns Frage. „Bei uns lernt man in der Meditation, seine fünf Körpersinne - Sehen, Hören, Riechen, Schmecken und Fühlen - zu kontrollieren. Durch diese Methode kann man dann auch seinen Geist beherrschen. Wer in der Meditation schon sehr hoch entwickelt ist, ist sogar in der Lage, die inneren Elemente, aus denen nach unserer Auffassung der Mensch besteht, unter Kontrolle zu bringen: Feuer, Wasser, Erde, Luft und Raum. Feuer bedeutet die Körperwärme, Wasser sind alle Körperflüssigkeiten, Erde umfaßt Knochen und Gewebe, die Luft entspricht dem Atem und mit dem Raum meinen wir alle Zwischenräume im Körper.

Wer aber seine inneren Elemente kontrollieren kann, ist in der Lage, auch die äußeren Elemente zu überwinden: Feuer verursacht dann keine Verbrennungen mehr, man kann über Wasser gehen oder frei in der Luft schweben."

Dr. Lodi ließ Kern Zeit, das zu verdauen.

Aber der war dazu nicht in der Lage.

Bei aller Aufgeschlossenheit, die er inzwischen diesen geistlichen Phänomenen entgegenbrachte, das war zuviel. Wohl hatte er schon gelesen, daß Leute barfuß über glühende Kohlen laufen und dabei unversehrt bleiben oder daß sie nachts ihren Körper verlassen und auf Astro-Reise gehen - sollte das etwa damit gemeint sein?

Für ihn war es dennoch unverständlich.

„In der Welt der Meditation ist es möglich, mit der Geistwelt in Kontakt zu treten", fuhr der Lama fort, „aber das geht auch beim Träumen. Allerdings darf man daraus nicht schließen, daß jede Traumerfahrung schon eine tiefe Information aus dem Jenseits ist. Da wird viel Unsinn getrieben."

Letztlich gehe es in der Meditation darum, sagte Dr. Lodi, das eigene Bewußtsein zu entwickeln und zu verstehen, was im Buddhismus ‚shunyata' genannt wird: die Leere.

„Und was bedeutet das - Leere?", wollte Kern wissen. Sollte die Erkenntnis von der Leere etwa ähnlich sein wie diese westlich-wissenschaftliche Theorie, wonach unsere Außenwelt ohne Formen und Farben ist, nur verdichtete Energie - und daß es sich nicht lohnte, hinter diesen „leeren" Dingen herzujagen, die sich allein durch unsere Sinne als Farben, Gerüche, als Musik, Genüsse und Leidenschaften entpuppten, die uns täuschten, indem sie uns Trugbilder vorgaukelten, die in Wahrheit „leer" waren?

War das ‚shunyata'?

„Shunyata", sagte der Lama, „ist nicht so leicht mit Worten zu erklären. Es bedeutet den Vorstoß in das eigene Selbst, eben die Erkenntnis von der Leere der Dinge, die in der Welt vorhanden sind. Wer ‚shunyata' erkannt hat, ist ein Erleuchteter - im buddhistischen Sinne", sagte Dr. Lodi.

„Und was passiert bei euch nach dem Tod?", fragte

Kern den Buddhisten.

„Wir glauben an den Fortbestand des Geistes. Für uns gibt es ständige Wiedergeburten. Wer in diesem Leben irgend etwas noch nicht vollenden konnte, hat im nächsten Leben eine neue Gelegenheit."

Kern staunte immer wieder, mit welcher Selbstverständlichkeit die Tibeter vom Übernatürlichen reden, als ob man sich über Semmeln und Urlaub unterhält.

Die Tage in McLeod Gunj vergingen wie im Flug.

Kern war völlig eingetaucht in dieses geistliche Leben, auch wenn er oft genug mit seinem rationalen Denken steckenblieb. Aber das gehörte wohl dazu. Im Grunde fand er schon nichts mehr dabei, daß ihm auf Schritt und Tritt das Irrationale in hunderterlei Formen begegnete - durch Gespräche, Beobachtungen, Erlebnisse.

Allmählich wurde es Zeit, an die Heimreise zu denken. Immerhin hatte er eine Festbuchung für den Rückflug, und der war in vier Tagen.

Kern genoß die restliche Zeit, obwohl nach fast drei Wochen hier bei diesen freundlichen, anregenden und hilfsbereiten Tibetern doch ein wenig Abschiedsstimmung bei ihm aufkam.

Eigentlich ging er ungern fort.

Das Leben in Bescheidenheit, Beschaulichkeit und Religiosität hatte ihm gut getan. Und daß er inzwischen nicht nur betete, wenn er alle drei Tage seine Wunderpille einnahm, sondern auch zwischendurch - dazu hatte diese spirituelle Atmosphäre sicherlich viel beigetragen.

Kern war rundherum zufrieden.

Er machte in den letzten Tagen seine Abschiedsbesuche, deckte sich im Tibet Medical Institute noch mit den „precious pills" ein und bereitete seine Rückreise nach Delhi vor.

Seine Klamotten, die inzwischen den Koffer fast schon sprengten, so viele waren es durch die ständigen Zukäufe geworden, verschenkte er an Freunde und Bekannte unter den Tibetern.

Er brauchte für die Heimreise nur noch das Allernotwendigste. Und den Menschen hier, die jedes Geldstück fünfmal umdrehen mußten, machte er mit den Kleidungsstücken eine Freude. Immerhin war es jetzt an den Himalaya-Ausläufern abends und früh schon empfindlich kalt. Kern schätzte, daß die Temperatur nahe null Grad sein mußte, obwohl sich die Luft am Tage rasch erwärmte, sobald die Sonne am Himmel stand. Dann brauchte man in der Mittagszeit nicht einmal einen Pullover, sondern konnte im kurzärmeligen Hemd hinausgehen.

Die weißen Schneeaffen waren inzwischen schon weit von den noch kühleren Höhen des Himalaya herabgekommen und saßen gruppenweise in den Bäumen neben den Straßen, auf Steinen und kleinen Felsen. Sie beobachteten das Treiben der Menschen aus sicherer Entfernung mit großer Gelassenheit - wenn diese mittelgroßen Affen mit ihren weißen Haarspitzen im Fell auftauchten, dann war es für die Tibeter immer ein sicheres Zeichen, daß der Winter nahe war.

Kern sah diese Affen zum letzten Mal, als er schon im Omnibus zurück nach Pathankot saß. Links und rechts der Serpentinen hockten die Affen mit ihren Jungen und beobachteten, was auf der Straße los war. Kern hatte den Eindruck, daß es hier umgekehrt zuging wie im Zoo, wo sich - vertauschtes Rollenspiel! - die Menschen die Affen anschauten.

Die Rückfahrt nach Pathankot, dort umsteigen in einen „Luxusbus" nach Delhi - alles wie gehabt, diesmal nur in umgekehrter Richtung.

In Delhi war es um diese Jahreszeit noch immer heiß - kein Vergleich mit der Frische droben in Dharamsala. Die Luft in Delhi war schlecht, voller Benzingestank und voller Gerüche aus Gullis, Kloaken und Abfällen.

Kern kam am Vormittag in Delhi an. Seine Maschine nach Frankfurt startete am späten Nachmittag.

Zu der indischen Heilerin Sree ging Kern nicht mehr. Er hatte ihr aus Dharamsala einen Brief geschrieben, daß er sie wahrscheinlich vor dem Heimflug nicht mehr besuchen werde.

Er selber war von der anstrengenden Busfahrt müde, übernächtigt und zerschlagen. So war er froh, daß er jetzt nur noch seine Reisetasche bei sich hatte.

Er fuhr in Delhi mit einer Rikscha noch in den herrlichen Park, wo sich die Grabmale von Mahatma Ghandi und Nehru befanden. Dort legte er sich in den Rasen, schob seine Reisetasche unter den Kopf und schlief.

Als er aufwachte und auf seine Uhr schaute, war es eins. Er blickte noch eine Zeitlang in den blauen Himmel und hörte den Vogelgesängen zu.

Dann stand er auf, spazierte gemütlich zum Ausgang des Parks, rief eine Rikscha herbei und fuhr zum Flughafen.

Drei Stunden vor Abflug kam er am Airport an, aß noch einmal kräftig, checkte ein, wusch sich auf der Toilette im Flughafen, wechselte seine Klamotten ein letztes Mal - und kurze Zeit später saß er schon im Flugzeug. Nach acht Stunden Flug landete er in Frankfurt.

Das winterliche, eisig kalte Deutschland hatte ihn wieder.

16

Zurück in Deutschland

Kern war todmüde, als er daheim am Bahnhof aus dem Schnellzug von Frankfurt stieg. Er setzte sich in ein Taxi und fuhr zu seiner Wohnung.

Ein merkwürdiges Gefühl war das, nach fünf Wochen Aufenthalt in einer anderen Welt wieder daheim zu sein! Er hatte vom Flughafen Frankfurt aus seine Putzfrau angerufen, damit sie alle Heizungen auf Volldampf stellte - so war es jetzt, trotz der klirrenden Kälte draußen, angenehm warm. Und sauber aufgeräumt, wie immer.

Auf dem Tisch im Wohnzimmer lag ein Berg Post. Kern blätterte alles im Eiltempo durch - fast nichts, was ihn interessierte: Drucksachen, Einladungen, Werbung, ein paar Zeitschriften, Bankauszüge, ein paar alte Rechnungen, Formalitäten von Behörden, von der Krankenkasse. Daheim hatte Kern also nichts versäumt - zumindest ging das aus der Post hervor.

Ein einziger Brief interessierte ihn. Es war eine Einladung zum Klassentreffen. Und er hatte Glück: der Termin war noch nicht vorbei. Übernächsten Samstag wollten sich seine Klassenkameraden treffen, um gemeinsam ihr „20jähriges Abitur" zu feiern - mit Frau, Kind und Kegel.

Die meisten aus seiner Klasse kannte er gar nicht mehr. Das Leben hatte sie irgendwohin verschlagen. Kern war gespannt, was aus den einzelnen Klassenkameraden geworden war, vor allem, ob sie noch dem Bild entsprachen, das er von ihnen vor 20 Jahren gehabt hatte.

Kern füllte die Postkarte mit seiner Zusage aus. Er wollte unbedingt teilnehmen.

Mit diesem ersten Eindruck von daheim stellte er sich unter die heiße Dusche, brauste lange und legte sich dann ins Bett.

Er schlief sofort ein. Immerhin war er schon zwei Tage und zwei Nächte unterwegs.

Am nächsten Morgen begann Kern ganz allmählich, sein Leben umzustellen. Er hatte sich bewußt vorgenommen, nichts zu überstürzen.

In den folgenden Tagen kaufte er sich neue Wintersachen, denn er hatte im Schrank nur leichte Sommer- und Herbstkleidung hängen. Dann führte er ein paar Telefonate mit der Bank, mit ein paar Behörden - und er rief einige Bekannte an.

Ganz gemächlich warf er den Motor wieder an, achtete aber darauf, daß er nicht gleich wieder die frühere Hektik auslöste, auch wenn seine Bekannten, bei denen er sich zurückgemeldet hatte, am liebsten sofort mit ihm zum Essen oder auf einen gemeinsamen Kaffee gegangen wären. Kern wollte sich nicht sofort wieder verplanen lassen in neugierigen „Erzähl-doch''-Terminen.

An sich selber verspürte Kern, daß er sich in der letzten Zeit verändert hatte.

Früher wäre er nach der Rückkehr von einer so ungewöhnlichen Reise ans andere Ende der Welt in seiner Bekanntenrunde losgejagt und hätte über die Erlebnisse berichtet, vor allem über diese sensationellen übersinnlichen Phänomene, die er kennengelernt hatte. Das war ja für die Leute daheim ein unglaublicher Erzählstoff, denen wären Augen und Ohren aufgegangen, wenn er ihnen über seine Erfahrungen auf den Philippinen, in Indien und bei den Tibetern berichtet hätte.

Er hätte dabei ohne Schwierigkeiten durchaus sein eigenes Krebsleiden, das ja Ursache und Mittelpunkt dieser ganzen Reise war, aus den Schilderungen heraushalten können. Aber er breitete seine Erlebnisse nicht aus. Wie anders gegenüber früheren Urlaubsreisen, als er über Surfen und Discos erzählte, über die Bars und seine Mädchenbekanntschaften.

Kern saß in diesen ersten Tagen nach der Rückkehr viel zu Hause, dachte über seine Eindrücke nach, ging allein spazieren und las viel. Er kaufte sich Bücher über Buddhismus, über die philippinischen Geistheiler, über parapsychologische Phänomene - Bücher, von deren Existenz er früher nicht einmal etwas gewußt hatte. Erst durch Tirol und jetzt natürlich auf seiner Reise hatte er diese Anstöße bekommen.

Am vierten Tag nach seiner Rückkehr ging Klaus Kern zu Dr. Fermann. Er hatte diesen Termin gleich nach seiner Ankunft telefonisch vereinbart.

Als Kern jetzt im Wartezimmer seines Internisten saß, bekam er doch Herzklopfen.

Obwohl ja die Ereignisse der letzten Wochen ausschließlich wegen seiner Krankheit zustande gekommen waren und er auch permanent behandelt worden war, hatte er ziemlich wenig an sein Leiden gedacht. Merkwürdig - jetzt erst fiel es Kern auf: Er hatte sich über seinen Tod, der ja in nicht allzu ferner Zeit bevorstand, kaum noch Gedanken gemacht. Aber jetzt, da er bei Dr. Fermann ein paar alte Illustrierte durchblätterte, dachte er ununterbrochen daran.

Dann saß er dem Internisten gegenüber.

Das Gespräch begann lapidar.

„Na, Herr Weltreisender, wieder daheim? Alles gut überstanden - wie geht es Ihnen?''

Das war die Frage.

Kern schilderte seinen Zustand: Er könne nicht klagen, sagte er wahrheitsgetreu.

„Haben Sie die Medikamente regelmäßig genommen, die ich Ihnen mitgegeben habe?''

Kern nickte. Jawohl, er hatte sie regelmäßig eingenommen. Nur ein paarmal hatte er darauf vergessen, vor allem wenn er durch die Zeitzonen gereist war, mal ein paar Stunden voraus, dann wieder sechs Stunden hinterher; da war er mit den Tabletten einige Male in Verzug geraten.

„Sie sehen gut aus'', sagte Dr. Fermann, „ich freue mich für Sie, daß es unterwegs keine Komplikationen gegeben hat.''

Dann schlug er vor, daß er Kern wieder an die Universitätsklinik überwies, wo erneut eine Untersuchung gemacht werden sollte.

„Um Gewißheit zu bekommen, in welcher Form die Krankheit fortgeschritten ist. Wir werden dann die ganze Therapie neu einstellen'', sagte Dr. Fermann und schrieb ein Überweisungsformular aus.

Im Beisein Kerns telefonierte der Arzt mit der Klinik, sprach mit einem Kollegen, den er offenbar gut kannte, und vereinbarte für Kern einen Untersuchungstermin.

„Geht's morgen früh um 8 Uhr 30?'', fragte er zu Kern hinüber, während er den Telefonhörer kurz vom Ohr nahm.

„Ja.''

Der Arzt fixierte den Termin und verabschiedete sich von seinem Kollegen am anderen Ende der Leitung.

Dr. Fermann bat Kern, in zwei Tagen wieder zu ihm zu kommen, damit sie dann über den neuen Befund reden konnten und entsprechende Maßnahmen ergriffen.

Kern ging am nächsten Tag in die Klinik, legte sich dort erneut unter diese Torpedo-Kamera, die seine Krebszellen ablichten konnte und saß am folgenden Tag wieder Dr. Fermann gegenüber.

„Zwischen den zwei Untersuchungen sind sechs Monate Zeit vergangen'', begann der Arzt, „die Krankheit schreitet erheblich langsamer voran, als wir vermutet haben. Die Metastasen sind inzwischen zwar deutlicher zu erkennen, aber ingesamt ist der Krankheitsverlauf nicht typisch. Seien Sie froh.''

Seien Sie froh!

Kern lachte bitter. „Sie meinen, daß ich entgegen der Meinung der Ärzte noch ein paar Wochen zusätzlich geschenkt bekomme?!''

Von den Behandlungen auf den Philippinen und in Indien erwähnte Kern nichts. Er war in diesem Augenblick auch enttäuscht. Insgeheim hatte er doch gehofft, daß die

Kunst von Tony, Sree und den tibetischen „Wunderpillen'', die er auch daheim noch regelmäßig einnahm, helfen würde. Aber da hatte er sich getäuscht - also doch alles fauler Zauber?!

Kern verabschiedete sich, nachdem er mit Dr. Fermann noch die weitere Einnahme von Arzneien besprochen hatte, die ihm der Arzt auf sein Rezept geschrieben hatte.

Am Abend ging Kern in die Disco, lachte sich Ursula, eine ehemalige Bekannte an, trank mit ihr zwei Flaschen Sekt und ein paar Kurze, nahm die Frau mit zu sich nach Hause, aber infolge des vielen Alkohols, den er nicht mehr gewohnt war, wurde aus dem geplanten Abenteuer nichts - die Frau schien zwar bereit, aber kaum war Kern mit ihr im Bett, schlief er schon ein.

Am nächsten Morgen, Ursula war nach einer gemeinsamen Tasse Kaffee bereits weggegangen, kämpfte Klaus Kern mit einem höllischen Kater. Sein Kopf schmerzte, schlecht war ihm - und der starke Bohnenkaffee trug auch nicht gerade zur Besserung bei.

Nein, so wollte er nicht wieder anfangen, sagte er sich.

Natürlich war er enttäuscht. Das Ergebnis der Untersuchung hatte ihn gestern getroffen, vor allem nach dem Silberstreifen, den er zu sehen geglaubt hatte.

Trotzdem wollte er sich nicht zurückfallen lassen auf die Stufe, die er aus eigener Einsicht vor einiger Zeit aufgegeben hatte. Aber er mußte sich jetzt wieder neu mit dem Gedanken vertraut machen, daß sein Leben zu Ende ging.

Das Klassentreffen war ganz amüsant.

Neunzehn von ehemals 28 Abiturienten waren erschienen, die meisten mit ihren Frauen, einige sogar schon mit der zweiten Frau, nachdem die erste Ehe auseinandergegangen war. Drei ehemalige Schüler, das erfuhr Kern an diesem Abend, waren schon gestorben: Einer hatte einen Autounfall - Frontalzusammenstoß ohne eigenes Verschulden -, ein zweiter hatte sich am Ende seiner Studienzeit in seiner Bude aufgehängt, er war immer schon ein Nervenbündel gewesen, und Kurt Kowalski, der sportliche, athletische Draufgänger, der sich merkwürdigerweise einen ruhigen Beamtenjob gesucht hatte, war mit 32 Jahren an Darmkrebs gestorben.

Zur Feier waren auch ein paar ehemalige Lehrkräfte gekommen. Man erzählte natürlich nur über die alten Zeiten und die Streiche. Es wurde gelacht und getrunken.

Nur einer blieb in dieser Runde nüchtern und nachdenklich: Hans Stöller, der nach dem Abitur in Salzburg Theologie studiert hatte und schon im dritten Semester in ein bayerisches Benediktinerkloster eingetreten war. Er war Priester geworden und lebte seither als Mönch in einer Abtei - einer von 48 Fratern und Patern.

Kern saß etwa eine halbe Stunde lang neben Stöller, der jetzt Pater Thomas hieß und in seinem schwarzen Habit mit der Kapuze auf der Schulter zum Klassentreffen erschienen war. Er unterhielt sich mit ihm sehr angeregt. Dabei erfuhr Kern, daß an das Kloster auch ein Gymnasium mit einem Internat angegliedert war, wo der Benediktiner seinen Dienst als Religionslehrer und Präfekt im Internat versah.

Das Gespräch zwischen Kern und ihm wurde immer wieder unterbrochen von anderen, so daß es nicht so recht in die Tiefe gehen konnte. Aber beide hatten das Gefühl, daß sie die begonnene Unterhaltung fortsetzen sollten. Vor allem Klaus Kern spürte die stille Kraft, die von dem ehemaligen Schulfreund ausging, der wenig sprach, aufmerksam zuhörte und, wenn er den Mund auftat, gescheite Gedanken von sich gab.

Kern und Pater Thomas einigten sich auf ein gemeinsames Treffen. Kern hatte ja genügend Zeit und konnte mit seinem Wagen zum Kloster fahren, wo Thomas lebte. Mit dem Auto waren es nur zweieinhalb Stunden dorthin.

Schon am kommenden Wochenende, so vereinbarten die beiden, werde Kern hinkommen. Sie verabredeten sich für den Nachmittag des nächsten Sonntag.

Dieser Kontakt zu Thomas war für Kern das Wichtigste am ganzen Klassentreffen, obwohl er nicht sagen konnte, daß es ihm sonst nicht gefallen hätte. Aber bei Pater Thomas hatte er das Gefühl, daß er auch daheim seinen neuen Lebensweg mit Hilfe des ehemaligen Klassenkameraden fortsetzen konnte.

17

Kerns Gespräche mit dem Mönch

Am folgenden Sonntag war Klaus Kern pünktlich an der Klosterpforte.

Er zog an einem uralten Glockenseil. Drinnen läutete es, dann ein Summton, die schwere Tür schnappte auf - moderne Zeiten in alten Klöstern.

Kern trat ein und sah einen betagten Mönch hinter einer Glasscheibe sitzen. Er versah den Dienst als Pförtner. Kern fragte nach Pater Thomas und der alte Mann mit dem gütigen Gesicht telefonierte kurz.

„Setzen Sie sich da drüben hin'', sagte er und wies auf eine Holzbank, „der Pater Thomas kommt gleich.''

Ein paar Minuten später tauchte Thomas auf.

In seinem schwarzen Ordensgewand unter dem Kreuzgewölbe des Klostereingangs wirkte er überhaupt nicht mehr wie der ehemalige Schulfreund.

„Ich freue mich, daß du da bist'', begrüßte er Kern und streckte ihm die rechte Hand entgegen.

Die beiden Männer unterhielten sich kurz.

„Ich darf dich leider nicht mit ins Kloster hereinnehmen'', sagte er. „Wir können uns aber ins Besucherzimmer setzen oder gehen spazieren. Draußen ist es aber kalt und wir haben Schnee. Mit festem Schuhwerk ist das kein Problem. Wir können durch die Klosteranlage gehen, da hinten den Berg hinauf, durch die Wälder - es ist sehr schön und wir kriegen in der frischen Luft ordentlich Appetit auf Kaffee und Kuchen'', meinte Thomas.

Kern war einverstanden.

Er hatte gefütterte Schuhe an und trug einen dicken Fellmantel. Pater Thomas holte sich noch einen Überwurf, dann war auch er gerüstet für den Spaziergang durch den Winter.

„Unser Kloster hat eine große Tradition'', erklärte er, als die beiden draußen im Hof standen, „viele Gebäude - da hinten die Gärtnerei, dort drüben unsere Handwerksbetriebe. Wir versorgen uns zum größten Teil selbst. Früher haben wir gar nichts von außerhalb gekauft, aber heute lohnt es sich nicht mehr, alles selber zu machen.''

Pater Thomas zeigte zum Portal auf der anderen Seite des Hofes. Dahinter war die Kirche zu erkennen, eine herrliche barocke Wallfahrtskirche, reich ausgeschmückt.

Kern und der Pater gingen hinein, setzten sich und beteten nebeneinander in der Bank. Dann erklärte Thomas die interessantesten Gemälde, Altarfiguren und Fresken der Kirche im Flüsterton.

Ein paar Minuten später waren sie bereits auf dem Weg: erst durch den Friedhof, dann hinten hinaus über einen Steg, unter dem ein halb zugefrorener Bach floß, an niedrigem Buschwerk vorbei und schließlich in einen Hochwald hinein.

Der Weg war verschneit, aber fest und gut zu gehen.

„Ist das Klosterleben nicht langweilig?'', fragte Kern.

„Es ist ruhig, leider auch nicht immer, aber langweilig? - Nein, langweilig ist es nicht.''

Dann erzählte er aus dem Alltag hinter diesen dicken gelben Mauern.

Um halbfünf wird aufgeläutet, von fünf bis sechs die ersten Gebete im Chorraum, dann die Morgenandacht. Ab halbsieben Frühstück, danach beginnt für die Mönche die Arbeit: Die einen erledigen handwerkliche Arbeiten im Kloster, als Metzger und Bäcker, in der Gärtnerei und im Stall, als Elektriker, Schlosser oder Schreiner. Andere tun ihren Dienst am Gymnasium, wo sie unterrichten - und einige betreuen nach der Schule als Präfäkte im klostereigenen Internat die Schüler. Die Priester unter den Mönchen übernehmen während der Woche, vor allem aber sonntags und an Feiertagen, noch Gottesdienste in den Kirchen der Umgebung.

Vor und nach dem Mittagsessen, bei dem die Mönche nicht sprechen, sondern geistlichen Lesungen eines Bruders zuhören, finden kurze gemeinsame Gebete im Chor statt.

Der Nachmittag ist für die Arbeit da, und um 18 Uhr treffen sich die Mönche vor dem Abendessen wieder zu ihren Gebeten. Nach dem Essen bleiben alle auf eine gemeinsame Dreiviertelstunde zur Rekreation im Refektorium - zu Spielen und Gesprächen. Kurz vor acht beendet dann das Schlußgebet im Chorraum den Tag der Mönche. Nachher ist Bettruhe.

„Das klingt natürlich nicht sehr aufregend'', sagte Pater Thomas schmunzelnd, „aber so ein geregelter Tagesablauf hat seine Vorteile.''

Pater Thomas machte eine Pause.

,,Was wir im Kloster versuchen, nämlich das Leben in eine Grundordnung zu bringen, wäre auch draußen notwendig'', sagte er. ,,Die Gesellschaft gerät aus den Fugen, weil sie nirgends Verankerung findet. Alles schwimmt, löst sich auf, der Tag selber rutscht den Menschen durch wie ein Kalenderblatt, sie halten ihn nicht mehr fest und wundern sich am Abend, wie schnell die Zeit verfliegt.''

,,Aber wie willst du diese Entwicklung ändern? Oder anders gefragt: Was machen die Menschen draußen denn falsch?''

,,Wenn das so einfach zu beantworten wäre! Ich habe mich mit der derzeitigen Krise sehr beschäftigt, die den Menschen so zu schaffen macht - nicht nur bei meinem Philosophiestudium oder weil ich Priester bin'', sagte Thomas.

,,Du meinst den Paradigmenwechsel?'', warf Kern ein.

,,Oh - ich bin überrascht, daß du dich offenbar damit auseinandersetzt. Wenige Leute tun das, obwohl es so wichtig ist. Ich beiße schon seit zehn Jahren auf diesem Problem herum.''

Kern und Thomas gingen nebeneinander durch den winterlichen Hochwald. Der Schnee knarrte unter ihren Schuhen. Eine Zeitlang stapften sie schweigend dahin.

Dann nahm Thomas das Gespräch wieder auf.

,,Zur Zeit Galileis - den erwähne ich, weil er halt eine Symbolfigur für das ganze wissenschaftliche Zeitalter geworden ist, zur Zeit Galileis war das Leben der Menschen im Abendland eingebettet in den christlichen Glauben. Die Menschen fühlten sich geborgen, ihr Dasein war nicht nur durch den Verstand bestimmt, sondern vor allem von der Mystik, von ihren Gefühlen zu Gott.

Er war der zentrale Bezugspunkt im Leben.

Alles, was die Menschen damals dachten und machten, hatte diese religiöse Ausrichtung auf ein ewiges Leben. Leider aber gab es immer häufiger Fälle, bei denen die Kirche und die Priester ihre geistlichen Aufgaben in weltliche Macht umwandelten. Sie verlagerten also ihre Kompetenz, die eigentlich außerhalb dieser Erde lag, immer mehr in die Welt herein. Sie verkauften Sündern die Absolution für bares Geld, der Platz im Paradies mußte von den Gläubigen mit Gold und Landabgaben bezahlt werden. Der Kirche kam bei solchen Geschäften natürlich zugute, daß sie behauptete, allein im Besitz der Wahrheit zu sein."

„Aber dieser Wahrheitsanspruch bezog sich doch ausschließlich auf den Glauben und auf das Jenseits?", unterbrach Kern.

„Da liegt ja das Problem. Selbstverständlich hatte dieser Anspruch der Kirche auch Auswirkungen auf das Verhalten der Menschen hier auf Erden. Das war ja gut - richtig umgesetzt, äußerte sich das in einem anständigen Leben.

Aber unsere Kirche hat zur Zeit Galileis ihre Macht zu sehr für weltliche Ziele ausgenützt, sie hat viele Gläubige betrogen. Beispiele dafür gibt es ja in Hülle und Fülle.

Die Kirche mißbrauchte also ihre geistliche Autorität, um weltliche Macht anzusammeln - nicht nur in der großen Geschichte, sondern tagtäglich im kleinen Leben der Menschen und Pfarrer.

Um sich diese weltlichen Vorteile und Annehmlichkeiten dauerhaft zu sichern, mußte die Kirche logischerweise gegen jeden auftreten, der es wagte, ihr diesen Führungsanspruch streitig zu machen. Ihr Anspruch, ganz allein im Besitz der Wahrheit zu sein, durfte weder im großen noch im kleinsten Detail in Frage gestellt werden.

Da kam Galilei - und mit ihm das Heer der Wissenschaftler - und sagte: Die Kirche hat unrecht, es ist alles ganz anders! Die Kirche hatte ihre Kompetenz inzwischen auf weltliche Angelegenheiten ausgedehnt - jetzt mußte sie sich in ganz unerwarteter Weise mit weltlichen Problemen herumschlagen, nämlich mit den aufkommenden Wissenschaften. Und da, losgelöst von den ewigen Gesetzen, kam die Kirche ins Wackeln.

In der Person Galileis kristallisierte sich der Konflikt zwischen der Kirche und der Wissenschaft erstmals spektakulär heraus. Und prompt reagierte die Kirche falsch.''

„Wieso falsch? Weil sie Galilei verurteilte, obwohl er recht hatte?'', fragte Kern.

„Galilei mußte seiner Theorie abschwören, wonach sich die Erde um die Sonne dreht - und eben nicht der Mittelpunkt war, wie die Kirche bis dahin behauptet hatte.

Aber ist es nicht interessant, daß ausgerechnet die Kirche unsere Erde in eine so zentrale Bedeutung gerückt hat? Damals drehte sich - symbolisch gesagt - bei der Kirche wirklich alles um die Erde. Statt sich um die geistliche Welt zu kümmern, identifizierte sich die Kirche mit der irdischen Welt. Es bekam ihr schlecht - und fast möchte man hinzufügen: Gott sei Dank!''

Kern wußte nicht, worauf Thomas hinaus wollte.

Der fuhr fort: „Galilei war die Symbolfigur für den Konflikt der Kirche mit der Wissenschaft, mit dem technischen Fortschritt schlechthin. Dabei hätte die Kirche nur in ihre eigene Geschichte schauen müssen, um auf den sich rasch entwickelnden Fortschritt die richtige Reaktion zu finden, statt sich mit ihm anzulegen.''

Der Mönch dachte wieder nach.

„Sicher ist dir der Name Thomas von Aquin geläufig. Das war einer jener Mystiker, die ein paar Jahrhunderte vor Galilei gelebt hatten. Dieser Thomas von Aquin hatte das gesamte Dasein in erste und zweite Dinge aufgeteilt.''

„Und?''

„Nach seiner Auffassung gehörte zu den ersten Dingen alles, was überirdische, ewige Bedeutung hat. Also alle Erscheinungen, die über unser kleines Erdendasein hinausweisen und letztlich die große Ordnung darstellen, die von einem Schöpfer, von Gott, ausgeht. Diese ersten Dinge, sagte Thomas von Aquin, stehen über allem, natürlich auch über den zweiten Dingen, die unser irdisches Leben betreffen. Die zweite Ebene umfaßt alles, was in unserer Welt passiert, was dem irdischen Leben zuzurechnen ist - auch die Wissenschaft.

Nun behauptet Thomas von Aquin, daß beim Menschen Harmonie nur möglich ist, wenn sich die Dinge der zweiten Ebene den ersten Dingen unterordnen. Auf gar keinen Fall dürften die zweiten Dinge sich an die erste Stelle setzen und einen absoluten Anspruch auf Wahrheit erheben. Dieser Anspruch stehe nur Gott, der ersten Ursache, zu.

Mit Galilei begann die Wissenschaft, sich von der zweiten Ebene auf die erste hinaufzuschwingen; denn die Naturgesetze und der Fortschritt in der Welt waren eben „zweite Dinge''. Die Wissenschaft betrachtete - und das war damals ihr Fehler, wie wir heute wissen - ihre Erkenntnisse als unfehlbar. Ihre Gesetze galten als absolute Wahrheiten, die keine Ausnahme oder Abweichung duldeten. Damit setzte sich die Wissenschaft als absoluter Bezugspunkt an die erste Stelle, vor Gott, der diese Position innehatte.''

„Aber wir wissen doch jetzt, daß dieser Anspruch falsch war'', warf Kern ein, der sich an sein Alpbacher Gespräch mit Rieger erinnerte. „Eigentlich hat Einstein diese absoluten Gesetze der Wissenschaft wieder ‚relativiert'.''

„Richtig, aber das konnte die Wissenschaft damals nicht ahnen. Und die Kirche machte den Fehler, daß sie die nachfolgenden Entwicklungen falsch einschätzte. Anstatt zu versuchen, Galileis Erkenntnisse deutlich der zweiten Ebene zuzuordnen und ihnen damit innerhalb der Schöpfung einen bedeutenden Platz zuzuweisen, wollten die Kirchenväter schlicht und einfach ihre weltliche Autorität retten, die ihnen Macht und Geld sicherte.

Sie machten Galilei zum Märtyrer.

Vielleicht wäre es damals möglich gewesen, einen Konsens zu finden zwischen religiöser Gläubigkeit und wissenschaftlichem Fortschritt. Aber die Kirche hat zu diesem Zeitpunkt versagt, was ihr hinterher immer wieder zum Vorwurf gemacht wurde. So entstand eine Situation, die völlig unnötig war, deren Folgen aber bis in die Gegenwart hineinreichen: Religion und Wissenschaften galten in der westlichen Welt fortan nicht mehr als Einheit, sondern als unüberbrückbare Gegensätze, entweder - oder!

Statt sich auf ihre ursprüngliche Aufgabe zu konzentrieren und den Menschen Orientierung und geistliche Ziele zu geben, die Kraft des Herzens zu stärken im Blick auf die Unsterblichkeit des Geistes, begab sich die Kirche auf das Glatteis des reinen Verstandes, bot den Wissenschaften eine offene Flanke nach der anderen - und verlor den Kampf um die Erde, die Materie. Die Wissenschaft errang einen Sieg nach dem anderen und überholte mit ihren scheinbar unfehlbaren irdischen Erkenntnissen die Kirche. Gott wurde von der Wissenschaft immer mehr aus der Welt verdrängt. Wissenschaftliche Formeln waren der neue Götze der Menschheit, die mit zunehmendem Tempo durch das fortschrittliche Zeitalter raste.''

Kern seinerseits war in diesem Augenblick kaum in der Lage, dem geistigen Tempo seines alten Schulfreundes zu folgen.

Der aber war richtig in Fahrt gekommen.

„Allmählich wird uns bewußt, daß wir einen Irrweg gegangen sind - nicht, weil wir etwa die Technik nicht bräuchten, sondern weil wir ihr einen falschen Wert zugestanden haben. Der Fortschritt selber war keine Fehlentscheidung, aber wie wir damit umgegangen sind, das macht uns heute ganz schön zu schaffen.''

Der Benediktiner, der sich seine schwarze Kapuze über den Kopf gezogen hatte, sah aus wie ein Wesen aus einer anderen Welt: eine lange Gestalt, völlig schwarz gekleidet - nur aus Mund und Nase dampfte der Atem in kleinen Wolken heraus.

„Wir haben zuletzt an immer größerer Perfektion gearbeitet. Und wir haben über dieser Arbeit vergessen, daß es viel wichtigere Dinge gibt'', sagte er etwas resignierend.

Er bückte sich, formte einen Schneeball in seinen Händen und warf ihn zehn Meter nach vorne an den Stamm einer Eiche. „Zum Beispiel, daß man mit einem Schneeball auf einen Baum werfen kann.''

Sie lachten.

Die beiden waren inzwischen am Ende des Waldweges angelangt. Hundert Meter weiter vorn stand ein Bauerngasthof, vor dem ein paar Autos parkten.

„Ich lade dich auf einen Kaffee ein'', sagte Kern zu dem Mönch.

Die Wirtsstube war warm und gemütlich.

Kern bestellte ein Kännchen Kaffee, Pater Thomas nahm einen Tee. „Auf Bohnenkaffee kann ich nachts nicht schlafen'', entschuldigte er sich, „wir trinken nämlich im Kloster nur Malzkaffee.''

„Thomas'', begann Kern das Gespräch wieder, „ich muß dir etwas sagen: Ich habe Krebs und werde bald sterben.''

Der Benediktiner schaute seinen Schulfreund lange an. Er sagte nichts.

Dann, nach einer Pause: „Wirst du damit fertig?''

Kern hätte erwartet, daß sich Thomas jetzt nach der Art des Leidens erkundigt hätte, daß er Trost gespendet und ihm Hoffnung gemacht hätte, daß alles vielleicht doch nicht so arg sei und möglicherweise sich wieder zum Guten wendete.

Nein - dieser Mensch fragte lediglich, ob er damit fertig werde.

„Bis jetzt schon'', antwortete Kern, „aber noch ist es nicht so schlimm, wenn man einmal davon absieht, daß das Wissen um diesen Zustand natürlich alles andere als lustig ist. Aber mir tut nichts weh, ich fühle mich gut und ich habe in den letzten Wochen viel erlebt.''

Dann erzählte er dem Mönch einiges von seiner Reise.

„Glaubst du an Gott?'', fragte Thomas.

Kern nickte. „Ich habe zwar mit der Kirche, also mit deinen Kollegen, einige Schwierigkeiten. Aber an Gott, ja, an Gott glaube ich schon. Ich bete sogar wieder.''

„Das ist gut.''

Was das wert sei, setzte Thomas die Unterhaltung fort, werde er, Kern, noch zu schätzen wissen, wenn es mit seiner Krankheit ernst werde.

„Warst du schon einmal dabei, wenn ein Mensch stirbt?'', fragte Thomas seinen alten Freund.

Der schüttelte den Kopf.

„Als ich ins Kloster eintrat, damals, während meiner Studienzeit, mußte ich als Novize alle möglichen Dienste verrichten. Zu meinen Arbeiten gehörte auch, daß ich die kranken Mitbrüder, die ihr Bett nicht mehr verlassen konnten, betreute. Ich war ständig auf ihren Zellen, brachte ihnen das Essen, wusch sie, zog sie um - und ich betete mit ihnen. Sie waren ja nicht mehr in der Lage, mit in den Chor zu gehen, wo unsere täglichen Gebete abgehalten werden.''

Er habe in dieser Zeit drei, vier dieser alten Ordensbrüder bis zu ihrem Tod betreut. „Du spürst auf einmal, daß er stirbt'', sagte Thomas zu Kern, „er bekommt einen Blick, der geht nicht mehr nach außen, und es ist eine Sehnsucht drin. Wenn einer so schaut, dann weißt du, daß er mit der Welt abschließt.''

Die Mönche, die er sterben sah, sagte Thomas, seien wirklich in Frieden fortgegangen. „Natürlich haben sie gelitten durch ihre Krankheiten, sie hatten Schmerzen. Aber vor allem hatten sie Gott. Ich glaube, sie haben ihre Krankheit verstanden, deshalb konnten sie so ruhig sterben. Sie sind wirklich eingeschlafen, Klaus, verstehst du das? Da war kein Todeskampf, bei dem sich der Körper mit seiner letzten in ihm steckenden Kraft wehrt gegen das Unausweichliche, gegen das Endgültige - nur wer glaubt, daß mit dem Tod alles vorbei ist, wehrt sich, sträubt sich dagegen, kämpft und ringt mit dem Tod, weil er glaubt, alles zu verlieren. Aber es ist anders...''

Kern und Pater Thomas saßen schweigend da. Kern rührte mit dem kleinen Löffel im Kaffee, immer und immer wieder.

„Laß uns wieder hinausgehen'', schlug Thomas vor.

Kern trank aus und zahlte.

Sie zogen sich die warmen Mäntel über und machten sich auf den Rückweg, ohne miteinander zu sprechen.

Kern gingen auf dem Rückweg viele Gedanken durch den Kopf. Er hatte in den vergangenen Monaten soviel über Krankheiten und die Ursachen der Leiden gehört, daß er nicht mehr wußte, was richtig war.

Sein Arzt in Deutschland hatte ihm erzählt, daß eine

Krankheit halt entstehe durch Infektionen, durch falsche Ernährung, durch Streß oder durch Unfälle. Manche Leiden konnte man vermeiden, hatte Dr. Fermann ihm erklärt, wenn man entsprechende Vorsorge träfe: ruhiger und einfacher leben, mehr Erholungspausen, weniger Hektik, sich gesünder ernähren, nicht rauchen, wenig Alkohol, mäßig, aber regelmäßig Sport treiben - das alles zusammen steigere die Lebenserwartung beträchtlich. Und vor allem sei damit zu rechnen, daß man bis ins hohe Alter von vielen Krankheiten verschont bleibe.

Die bei New Age hatten Kern dann erklärt, daß eine Krankheit entsteht, sobald der Mensch aus seinem Gleichgewicht, seiner inneren Balance gerät. Die Harmonie von Körper und Seele sei die beste Gewähr für Gesundheit, erst wenn sie gestört werde, träten die Leiden in ihren vielfältigen Formen auf. So war jeder an seiner Krankheit selber schuld - und er mußte dafür die Verantwortung übernehmen. Die Krankheit, die nie ohne Ursache auftrat, „entlarvte'': Nierenleiden sind dann eben typisch für Partnerschaftsprobleme; Hautkrankheiten sind Zeichen für den verdrängten Wunsch nach Nähe und Wärme; Infektionen stellen sich ein, wenn man einem persönlichen Konflikt ausweicht; die Verdauung funktioniert nicht mehr, wenn die Gefühle gestört sind.

Auch bei Krebs ist es demnach nicht anders: die fehlgesteuerte Krebszelle wuchert rücksichtslos - ein inneres Abbild unserer Gesellschaft, die am Egoismus der einzelnen zugrunde zu gehen droht. Krebs tritt auf, wenn die Liebe fehlt. Und interessanterweise haben die Krebszellen dort im Körper keine Chance, wo das Liebes-

Organ sitzt: im Herzen; es gibt keinen „Herzkrebs''.

Auf den Philippinen sagte der Wunderheiler, jede Krankheit entsteht durch die Ansammlung negativer Energien im Körper - und die wiederum entstammen einer falschen Lebensweise. „Wer glücklich ist, wird nicht krank'' - auf diesen Satz hatte Tony Larbo seine Einstellung zusammengefaßt. Und mit Glück meinte Tony natürlich nicht das äußere, weltliche Glück, sondern die Zufriedenheit, die aus dem Glauben stammt.

Dann der Lama im tibetischen Buddhismus: Alle Krankheiten haben geistig-seelische Ursachen oder sind auf böse Taten in früheren Leben zurückzuführen. Die einen kann er heilen, weil sie vom Menschen selbst erzeugt sind, gegen die karmischen Ursachen gibt es keine Medizin.

Was also war denn Krankheit? Etwa ein Mittelding von allem: ein bißchen Schuld aus dem Vorleben, ein bißchen Schuld aus dem jetzigen Leben durch schlechte Taten und verkehrte Lebensweise, ein bißchen Infektion, ein bißchen innere Unausgeglichenheit?

Pater Thomas nahm nach langem Schweigen das Gespräch wieder auf. „Jede Krankheit ist ein Zeichen der Herrlichkeit Gottes.''

Ach du lieber Himmel, dachte Kern bei sich, jetzt fängt er so an...

Der Mönch schien die Gedanken hinter Kerns Stirn zu lesen. „Das klingt natürlich wie eine gewaltige Provokation oder wie ein frommer Schmarren. Aber Jesus hat es selbst einmal gesagt - im Johannes-Evangelium, als er beim kranken Lazarus war, den er später von den Toten wieder auferweckte.

Die Krankheit ist ein wunderbares Signal, das dem Menschen anzeigt: Im Körper ist etwas durcheinander gebracht worden - und das muß geheilt werden. Also nicht die Krankheit selbst muß behandelt werden, sondern die Ursache, die dafür verantwortlich ist, verstehst du?

Insofern ist die Krankheit für den Arzt nicht ein Ziel, sondern ein Weg, nämlich der Weg zur wahren Ursache für das Leiden. Deshalb ist es auch nicht möglich, eine Krankheit zu beseitigen, indem man sie, Hokuspokus, zum Verschwinden bringt.

Leider wird das in unserer Medizin sehr häufig so gemacht. Aber dieses Leiden kommt wieder, genauso wie vorher. Oder in anderer Form an anderer Stelle im Körper. Es kann ja nicht verschwinden, weil die Ursache dafür nicht beseitigt ist. Deshalb muß der Mensch selbst behandelt werden, weniger seine Krankheit... die löst sich auf, sobald die Ursache beseitigt ist.''

Pater Thomas hielt inne. Das gab Kern die Möglichkeit, über diese Sätze nachzudenken.

Dann nahm der Pater den Faden wieder auf. „Daß eine Ursachen-Heilung so schwierig ist, hat seinen Grund: Sehr oft will der Mensch seine Krankheit unbewußt behalten, weil er sich mit ihr ein System aufgebaut hat, mit dem er ganz gut leben kann - so paradox das klingt. Seine Krankheit bringt ihm nämlich Zuwendung durch andere, verschafft ihm Anteilnahme - und zwar um so mehr, je schlimmer die Krankheit ist. In diesem Fall steckt hinter der Krankheit der Wunsch nach Zuneigung, nach Liebe - und weil der Mensch diese Liebe im normalen Leben nicht bekommt, zumindest nicht in dem erhofften Maße, verwirklicht er sich diesen unerfüllten Wunsch, indem er krank wird.

Die Krankheit ist nichts anderes als seine Sehnsucht nach Liebe. Der Körper sucht sich eben sofort einen Notausgang, wenn das Haupttor versperrt ist - so genial ist er angelegt.''

,,Das klingt ja wie vom Psychiater'', warf Kern ein.

,,Ja. Aber auch wenn ich das als Christ betrachte, sieht es nicht anders aus - nur daß dann eben Gott, der Glaube, die alles entscheidende Rolle spielt.

Eine Krankheit tritt auf, sobald im Körper die Schöpfungsordnung durcheinander geraten ist. Oder anders ausgedrückt: irgend ein Teil des Menschen akzeptiert diese göttliche Ordnung in ihm nicht.

Dem Verstand ist das nicht klar. Aber im Herzen gibt es eine Kraft, die sofort nach Veränderung ruft, sobald diese Ordnung gestört wird. Nur ist diese Stimme sehr leise, zu leise meist, so daß man sie oft nicht hört.

Die Wiederherstellung der Schöpfungsordnung also, die ein Mensch bewußt erreichen kann, indem er Glaube, Liebe und Hoffnung in sich entwickelt, diese Wiederherstellung der inneren Ordnung beseitigt dann auch die Krankheit.''

,,Und was ist, wenn der Mensch stirbt?'', fragte Kern.

,,Dann ist eben der Tod die einzige Form, um die Schöpfungsordnung wiederherzustellen.

Gott hat uns Menschen Sinn und Geist gegeben, indem er uns seinen Atem eingehaucht hat. Mich überrascht es nicht, daß die neuesten Erkenntnisse in der Medizin auch die Bedeutung des Atems entdecken; mit Atemtherapien kann man, sagen die Fachleute, fast alle Krankheiten heilen.

Warum denn? Weil der Atem für uns Lebensrhythmus bedeutet. Und je bewußter ich das erlebe, desto mehr bleibe ich im inneren Gleichgewicht - und damit gesund.

So erhalte ich mir meine innere Beziehung zur Schöpfungsordnung, die aus dem Atem Gottes entstanden ist.''

Der Benediktinermönch entwickelte seine Gedanken weiter. „Die Angst vor dem Tod wurzelt in der Glaubenslosigkeit des Menschen. Er glaubt, etwas zu verlieren - in diesem Fall sein Leben und seine Äußerlichkeiten, halt alles, was er besitzt. Aber er hängt sich doch an diese Dinge, weil er keine andere Bindung hat. Wirkliche Geborgenheit findet der Mensch nur im Glauben und in der Liebe Gottes. Das ist menschlich - und es ist unmenschlich, nicht zu glauben.''

„Heißt das, daß die Krankheit ein Weg ist zum Glauben, für Christen also zu Gott?'', fragte Kern.

„In der einfachsten Form führt eine Krankheit zum Glauben an die Arznei, an die Schwester, an den Arzt. In ihrer höheren Form führt sie hin zu Gott. Helfen tut jede Art des Glaubens, allerdings um so stärker, je höher sie entwickelt ist. Wenn im kranken Menschen jeder Glaube zerstört ist, kann auch kein Arzt mehr helfen, keine Arznei.''

„Willst du denn behaupten, daß Penicillin weniger hilft als Gott?''

„Penicillin wirkt auch ohne Glauben. Aber gesund wird

der kranke Mensch erst, wenn er in sich selbst die Dinge neu ordnet. Es ist auch interessant, daß Jesus vor jeder Heilung dem Menschen erst einmal seine Sünden vergeben hat oder seinen Glauben forderte - beides sollte nämlich die Grundlage schaffen, damit die Schöpfungsordnung im Menschen wiederhergestellt werden konnte.''

Kern wurde allmählich klar, was Thomas meinte: daß ein Medikament offenbar wirklich nur das Mittel ist, um das Krankheitssymptom zu beseitigen - daß die Gesundung des Menschen aber erst erreicht wird durch die Wiederherstellung der inneren göttlichen Ordnung.

Aber da hakte Kern noch einmal nach. Denn wenn dies alles so einfach war, weshalb neigte der Mensch dann dazu, sich selber in Unordnung zu bringen, diesen göttlichen Rhythmus in seinem Inneren zu stören? Brauchte der Mensch gar ein völlig neues Verhältnis zum Leben, zu seiner Arbeit, zu seinen Beziehungen, seinen Gedanken, seiner Ernährung, seiner Einstellung zur Natur, in der sich die Gottesordnung zeigte?

Pater Thomas nickte. „Ich denke schon. Das ist sicher der richtige Weg. Aber die wahre Ursache für Unordnung, die zur Krankheit führt, liegt tiefer. Unruhe und Unordnung entstehen ja nicht aus sich selber, sondern brauchen eine Kraft, eine Ursache - und da stoßen wir zum Grundproblem der Menschen überhaupt: zur Macht des Bösen.

Erinnere dich an unseren Griechisch-Unterricht: ‚Diabolus', also das Wort für Teufel, heißt übersetzt ‚der Durcheinanderbringer'.

Der Motor in uns, der Unrast und Unordnung schafft, ist

das Böse. Es bringt die Seele durcheinander - und die den Körper.''

,,Das würde ja in letzter Konsequenz bedeuten, daß die Ursache für eine Krankheit das Böse im Menschen selbst ist. Und umgekehrt, daß die Ursache für Gesundheit der Glaube an Gott ist...''

Kern blickte den Pater fragend an.

,,Ja, so könnte man es sagen. Ich bin absolut sicher, daß man den Zusammenhang von Glauben und Heilung sogar wissenschaftlich nachweisen kann, ebenso wie den Zusammenhang von Unglaube und Krankheit. Das müßte man nur einmal in einer Doktorarbeit exakt untersuchen.''

,,Aber wie soll man denn solche Einsichten im normalen Leben verwirklichen? Was kann der einzelne tun, um sich vor der inneren Unordnung zu schützen, die der Satan stiften will?''

Die Antwort, die Pater Thomas darauf gab, klang einfach. ,,Vor allem muß jeder erst einmal zwei Dinge tun: erstens muß er anerkennen, daß es eine Schöpfungsordnung im Menschen und im Universum gibt, also ein göttliches Prinzip. Und zweitens muß er sich darüber im klaren sein, daß das Böse tatsächlich existiert, daß es als Kraft in unserer Welt wirkt.''

,,Erst diese bewußte Anerkennung des Bösen'', so sagte der Pater, ,,verschafft uns die Möglichkeit, daß wir es entlarven, sobald es zu wirken beginnt. Das Böse taucht ja leider meist verdeckt und im verborgenen auf. Wir müssen deshalb sehr bewußt leben und unsere Wahrnehmung schulen.''

,,Und wie kann das geschehen?'', wollte Kern wissen.

„Du bist ein Meister im Erfragen von Patentrezepten. Nur gibt es kein Patentrezept gegen das Böse. Man muß wachsam sein und viel an sich arbeiten.

Die gleiche Frage, die du mir jetzt gestellt hast, richtete einmal ein Schüler an einen geistlich erfahrenen Mann - und der sagte zu ihm: ‚Wenn du stehst, dann stehe. Wenn du ißt, dann iß. Wenn du arbeitest, dann arbeite. Wenn du betest, dann bete.'

Darauf sagte der Schüler: ‚Aber das tue ich doch'.

Und der Meister antwortete: ‚Nein, das tust du nicht. Wenn du ißt, dann denkst du an deine Arbeit. Wenn du stehst, denkst du ans Gehen. Wenn du betest, denkst du an Freunde'."

Das Problem sei, sagte Pater Thomas, daß der Mensch es selten schaffe, im Hier und Jetzt zu leben. Meist eilen seine Gedanken voraus oder in die Vergangenheit zurück. „Nur selten genießen wir die Einheit von Zeit und Raum. Das Leben in Wünschen und Träumen, in Plänen und Erinnerungen wirft den Menschen aus dem Augenblick hinaus, seine Einheit von Raum und Zeit ist zerstört - und schon gerät die innere Ordnung aus dem Gleichgewicht", meinte Thomas. Natürlich könne kein Mensch verhindern, daß ihm so etwas immer wieder passiert, er sei ja ein unvollkommenes Wesen. Aber er sollte sich über diesen Zustand klar werden und müsse wissen, was die Ursache sei: daß dahinter eben die Kraft des Bösen wirke.

„Gesetzt der Fall, dem Menschen leuchten diese Dinge ein, über die wir eben gesprochen haben. Was kann er in seinem Tagesablauf tun, um nicht wieder aus den Fugen zu geraten?", fragte Kern weiter.

„Die Grundlage für die Abwehr des Bösen - und damit auch für die Abwehr von Krankheiten - habe ich schon erwähnt: Man muß sich bewußt machen, daß es das Böse in der Welt tatsächlich gibt. Um es nicht wirksam werden zu lassen, sollte der Mensch ständig für seine innere und äußere Ordnung sorgen: durch Regelmäßigkeit beim Essen, Schlafen, Erholen, Arbeiten, Beten - das bringt jenen Rhythmus, der im Einklang ist mit dem Schöpfungsprinzip.

Natürlich wird jeder von uns immer wieder aus dieser Ordnung herausgerissen. Das muß man nur erkennen - und sich wieder einfügen.

Etwas ist ganz wichtig: Der Mensch muß lernen, Liebe zu entwickeln.

Liebe ist die Verbindung zwischen Gott und dem Menschen. Erst wenn die Liebe zu Gott entwickelt ist, kann jemand einen anderen Menschen lieben - und schenkt ihm die Kraft weiter, die er selbst von Gott erhalten hat.''

Die beiden Männer waren am Kloster angekommen.

Sie standen im Schnee vor dem Portal. Dann verabschiedeten sie sich. Pater Thomas mußte wieder zurück in den Tagesablauf des Klosters, für ihn war jetzt Zeit für das Abendgebet.

Er drückte dem alten Schulfreund lange die Hand und schaute ihm in die Augen.

„Ich werde für Dich beten'', sagte er. „Vertraue auf Gott. Auf Wiedersehen - und laß wieder etwas hören von Dir. Ich habe mich sehr gefreut über diesen Besuch.''

Dann verschwand er hinter der schweren, rundbogigen Holztür ins Kloster.

Im Auto auf dem Heimweg waren Kerns Gedanken immer noch bei den Gesprächen mit Pater Thomas. Der Nachmittag hatte ihm gut getan. Kern fühlte sich stark - und vor allem waren ihm viele Dinge klarer geworden, die er wohl so ähnlich erahnte, die ihm aber noch niemand so deutlich gesagt hatte wie der Benediktinermönch.

Kern war zufrieden - fast glücklich.

Ein merkwürdiges Gefühl durchströmte ihn. Wie damals in Gegenwart der Heiler, bei Tony auf den Philippinen, bei Sree und bei dem tibetischen Lama in McLeod Gunj.

Die gute Verfassung, die Kern von den Gesprächen mit Pater Thomas mitgenommen hatte, hielt lange an. Die ganze Woche war er in Hochform. Er dachte viel nach, las viel. Und er betete jetzt regelmäßig, oft mehrmals am Tag.

Bei allem, was er tat, ob er las oder den Fernseher einschaltete, ob im Gespräch mit Freunden oder in seiner Kneipe, wenn er dort mal auf ein Bier vorbeischaute - immer mehr fiel ihm jetzt auf: die Probleme, die die Menschen beschäftigten, entstammten alle der gleichen Verwirrung. Die Gesellschaft war offenbar wirklich in Unordnung geraten und fand mit den bisher bewährten Mitteln keine Lösung mehr.

Kern sah plötzlich, daß die Leute, auch er selber natürlich, gewaltige Fehler gemacht hatten. Die alten Maßstäbe konnten den Weg in die Zukunft nicht mehr weisen.

Wenn wir uns jetzt nicht unserer Verantwortung bewußt werden, dachte Kern, dann gehen wir zugrunde an uns selbst! In der Natur waren die Anzeichen schon sichtbar - als Warnung für die Menschen? Die Natur hatte,

Kern erinnerte sich an das Gespräch mit Pater Thomas, nur eine einzige Möglichkeit, ihre Krankheit zu überwinden: Sie wählte für sich den Tod - er allein gab ihr den göttlichen Rhythmus zurück, den sie in der Nachbarschaft der Menschen verloren hat.

Bei diesen Gedanken fiel Kern auf, wie weit sich die christliche Lehre heute vom praktischen Leben entfernt hatte. Was bei den Tibetern in McLeod Gunj noch übereinstimmte, diese Harmonie von Glauben und Alltag, war im Westen verschwunden. Von daher erklärte sich nach Kerns Auffassung auch die Bedrückung und Leere, die die Menschen hier empfanden und die sie krank machten. Selbst den einzelnen war es schwer, aus dieser unseligen Entwicklung auszubrechen, zu sehr war er eingewoben und verstrickt in das Netz der Gesellschaft - und die lief scheinbar reibungslos und rund. Der verlorene Lebensrhythmus zwang die Menschen offensichtlich in die Knie.

Pater Thomas hatte nach Kerns Meinung den Nagel wirklich auf den Kopf getroffen mit seiner Beurteilung. Sie galt nicht für einzelne Menschen, sondern für alle und alles, auch für die Natur.

Gestern abend, auf dem Heimweg von einem italienischen Speiserestaurant, wo er mit einem ehemaligen Arbeitskollegen gegessen hatte, war ihm ein Hase vor das Auto gelaufen. Er war plötzlich auf der Fahrbahn aufgetaucht und im Kegel des Scheinwerferlichtes im Zickzack vor dem Auto hergehoppelt - statt sich mit einem mutigen Sprung zur Seite, heraus aus dem Lichtkegel, in Sicherheit zu bringen.

So ähnlich war es nach Meinung Kerns mit den Menschen. Sie mußten lernen, mit den neuen Verhältnissen umzugehen. Dazu war es notwendig, manche alte Gewohnheit bewußt zu überwinden. Der Hase war so „gesteuert'', daß er in der Natur zurechtkam - das bedeutete: keine planlose Flucht in der Dunkelheit, sondern auf Bahnen bleiben, die gut überschaubar sind. Mit diesem Verhalten kam der Hase in seiner natürlichen Lebensumgebung gut zurecht. Aber in dem Augenblick, da er einen künstlichen Lebensraum betrat, nämlich die geteerte Straße im Scheinwerferkegel, brachten ihn seine natürlichen Instinkte in tödliche Gefahr. Hier, im künstlichen Lebensraum, konnte er nur überleben, wenn er zusätzlich zum Instinkt das neue Verhalten erlernte, das in diesem unnatürlichen Umfeld notwendig war: den Sprung ins Unbekannte - sogar gegen den Instinkt.

18

Die Frau, die in sein Leben tritt

Fast ein dreiviertel Jahr war inzwischen vergangen, seitdem Dr. Fermann die für ihn so wichtige Diagnose gestellt hatte. Jetzt mußte Kern doch öfter an seine Krankheit denken als früher - der Zeitpunkt, daß sie offen auftrat, rückte immer näher.

Aber eines hatte sich bei ihm gewandelt: die Angst vor dem Tod war weg!

Kern hatte sich ja schon schnell gefangen, als ihm Dr. Fermann seinerzeit den tödlichen Befund mitgeteilt hatte. Er war damals ein durch und durch rationaler Mensch, der sich sagte , daß er so oder so einmal abtreten mußte. Schade zwar, hatte er sich gesagt, daß ihm nicht mehr Zeit gegeben war, deshalb wollte er ja noch einiges nachholen. Aber er hatte schon damals keine Angst vor dem Sterben, womit er allerdings die Todesstunde meinte, den Zeitpunkt des Übergangs vom Leben zum Tod - dem hätte er nämlich mit einem Röhrchen Schlaftabletten schon den Schrecken genommen. Und wie es hinterher weiterging, wer wußte das schon!

So dachte er damals.

Inzwischen war ihm klar geworden, daß er sich getäuscht hatte.

Jede Krankheit, auch seine eigene, hatte ihren Sinn, davon war Kern inzwischen überzeugt. Sie war eine Prüfung, die das höchste Wesen ihm auferlegt hatte. Kern wußte zwar nicht warum, aber Gott ließ sich nicht in die Karten schauen.

Natürlich würde er keine Schlaftabletten nehmen, um sich heimlich aus dieser Welt davonzuschleichen - im Gegenteil: Kern hatte sich vorgenommen, seine Todesstunde bewußt zu erleben, falls er mit dieser Absicht nicht den Mund zu voll nahm. Vielleicht war er in der letzten Stunde vor Schmerzen gar nicht in der Lage, irgend etwas anderes als diese Schmerzen wahrzunehmen. Aber es war seine Absicht, sich den Übergang ins andere Leben bewußt zu machen.

Damit war er in Gedanken schon bei seiner zweiten Fehlbeurteilung: Er war sich inzwischen völlig sicher, das es nach dem Sterben weiterging! Die vielen Berichte von Geistwesen, zu denen medial veranlagte Menschen Kontakt aufnehmen können, das Sprechen mit Verstorbenen, Hinweise aus dem Jenseits - über solche Berichte hatte Kern früher gelächelt. In seiner rationalen Welt hatten diese Hirngespinste keinen Platz.

Auf den Philippinen war dann sein altes Weltbild aus den Angeln gehoben worden. Dann Indien, dann die Tibeter und ihr Buddhismus - und zuletzt der Benediktinermönch Thomas. Vier verschiedene Glaubensrichtungen, vier Welten - eine Wahrheit?

Die Geistwelt, in die die Seele, der unsterbliche Teil des Menschen, eingeht, war für ihn jetzt keine skurrile Phantasterei mehr. Er glaubte es, auch wenn er sich das Wie und Wo nicht vorstellen konnte. Aber sein Grundzustand, seine Einstellung dazu war inzwischen anders geworden. Und er fühlte, daß das Verhalten auf Erden eine Art Prüfung war für ein Weiterleben in geistiger Form. Der Zusammenhang zwischen irdischem Verhalten und ewigem Leben war für ihn keine Frage mehr.

Mit dieser Erkenntnis lebte Kern viel besser als vorher. Sie gab ihm Sicherheit und Vertrauen. Das eisige Gefühl von Einsamkeit, das er noch vor Monaten in sich gespürt hatte, war weg. Es hatte sich aufgelöst in seinem Vertrauen auf das künftige Leben nach dem Tod.

Kern träumte in letzter Zeit viel. Wohl hatte er auch früher geträumt, aber seltener - nie konnte er sich hinterher erinnern und den Traum rekonstruieren. Er hatte das auch nicht versucht, weil er auf Träume nichts gegeben hatte.

Jetzt war das anders geworden.

Wenn er früh aufwachte und geträumt hatte, dachte er lange über seinen Traum nach. Er war allerdings nicht in der Lage, ihn zu deuten, dazu fehlten ihm die Grundkenntnisse. Er wußte nicht, was die einzelnen Symbole bedeuteten - und nur von daher war es ja möglich, die Trauminhalte auszulegen. So lag er früh einfach im Bett und ließ den Traum noch einmal in sich auftauchen, soweit er ihn überhaupt noch ins Bewußtsein heraufholen konnte. Es waren schöne, angenehme Träume, und er fühlte sich meist noch stundenlang wohl, ohne zu wissen, woran das lag.

In der letzten Nacht hatte er einen Traum, der ihn morgens besonders beschäftigte.

Es war wieder einer jener langen, in mehreren, völlig verschiedenen Bildern auftauchenden Träume, die in ihrer überwältigenden Klarheit auf Kern wirkten. Große, weite Bilder voller wunderbarer Farben, darin ruhige, fast würdig handelnde Menschen - schade, dachte Kern bei sich, daß er die Bedeutung nicht verstand.

Kern hatte sich im letzten Traum in einem Zimmer im Krankenhaus liegen sehen, gemeinsam mit einigen anderen Patienten. Dann betrat ein kleiner Junge den Raum, kam auf ihn zu und führte ihn an der Hand aus dem Zimmer hinaus auf eine wunderbare, weite Wiese voller bunter Blumen. Die Vögel zwitscherten und Kern ging mit dem Buben, der ein langes weißes Hemd anhatte, durch die friedfertige Natur und erreichte eine lange Holzbrücke, die über einen Fluß führte. Drüben, auf der anderen Seite des Ufers, betrat Kern mit dem Kind eine Wiese, auf der unendlich viele blühende Bäume standen. Unter der weißen Blütenpracht, die den herrlichsten Duft verströmte, spazierte Kern mit dem Kind dahin...

Über diesen Traum wollte er sich mit jemanden unterhalten, der die Botschaft, die seine Seele ihm gab, verstand.

Eventuell mußte er sich wieder mit Peter Rieger treffen, er war ja Psychologe - und es gehörte zu seinem Beruf, daß er die aus dem Unterbewußtsein auftauchenden Symbole deuten konnte. Kern hatte jedenfalls das Bedürfnis, diesen Traum nicht nur morgens im Bett noch einmal zu genießen. Eher glaubte er, daß darin eine wichtige Botschaft für ihn veschlüsselt war - und die wollte er verstehen.

Kern stand auf, duschte, rasierte sich und kochte Kaffee. Zu seinem morgendlichen Ritual gehörte auch, daß er sich die Zeitung von der Haustüre holte und während des Kaffeetrinkens darin blätterte. So begannen für ihn die Tage - nicht, daß er besonders neugierig war, was in der Welt oder in seiner Stadt passierte, eher war dieses Blättern in der Zeitung eine Gewohnheit, die ihn in den neuen Tag hineinführte.

Als Kern die Lokalseite aufschlug, las er von einer Bilderausstellung, die heute abend in einer Galerie im Zentrum eröffnet wurde. Der Titel der Ausstellung war es, der ihn sofort fesselte: „Traum-Bilder''. Und in dem Artikel las er, daß der Künstler, ein Franzose namens Guido - ohne Familiennamen - ausschließlich seine selbst geträumten Bilder malte. In zahlreichen Großstädten in Frankreich und Deutschland, sogar in New York, habe er mit diesen gemalten Träumen schon Aufsehen erregt, stand da zu lesen.

Kern glaubte inzwischen nicht mehr an Zufälle - so verstand er es als eine Aufforderung, sich die Ausstellung anzusehen. Vielleicht bekam er dort auch für sein eigenes Traumerlebnis einen Hinweis. Möglicherweise waren unter den Bildern Motive, deren Symbole auch mit seinem Traum der letzten Nacht zu tun hatten.

Er entschloß sich, um 18 Uhr zur Ausstellungseröffnung hinzugehen.

Als Kern die Galerie betrat und sich unter den Besuchern umsah, entdeckte er viele bekannte Gesichter. Die Kultur-Schickeria der Stadt hatte sich wieder versammelt - wie üblich bei solchen Vernissagen. Wer etwas auf sich hielt, mußte dabei sein. Er erkannte ein paar Stadträte, den

Kulturreferenten aus dem Rathaus, ein paar Leute aus der „Szene'', auch lokale Maler - und die feingekleidete Gesellschaft, die oft auch für sie Unverständliches hingerissen bestaunte.

Ein Drittel der Gäste war Kern allerdings unbekannt, darunter viele junge Leute, die in ihrer unkomplizierten Kleidung und in ihrer Natürlichkeit einen wohltuenden Kontrast bildeten zu der etwas steifen Art der Stammgäste.

Auch der Künstler selbst war da: ein 40 Jahre alter Franzose aus dem Elsaß, ehemaliger Psychotherapeut, der bis vor fünf Jahren in Paris gelebt hatte und dort einer der Stars, der neuen Gurus in der Psycho-Szene war: ein bewunderter, beneideter Mann, der hart arbeitete und viel Geld verdiente. Wer bei ihm einen Gesprächstermin haben wollte, mußte wochenlange Wartezeiten in Kauf nehmen, so gefragt war sein Rat.

Aber plötzlich hatte der Mann von seiner Arbeit und seinem Vergnügen in Paris genug. Er reiste für einige Wochen - ursprünglich geplant als verlängerter Urlaub, auf den er ein paar Jahre wegen seines beruflichen Engagements verzichtet hatte - zu einem früheren Freund, der an der Ostküste von Korsika ein Restaurant betrieb. Guido half aus Spaß während des Urlaubs in der Küche aus. Er war ohnehin ein exzellenter Hobby-Koch, und er sprang auch mal beim Bedienen ein, wenn Not am Mann war. In dem unkomplizierten Fischrestaurant nahe am Meer brauchte Guido für diese Freundschaftsdienste keine Oberkellner-Ausbildung.

Nach fünf Wochen unbeschwerten Lebens in Korsika entschloß sich Guido, daß er nicht mehr nach Paris zurückkehren wollte. Er hatte genügend Zeit damit verbracht, die Neurosen der Pariser Schickeria zu behandeln. Damals reiste er nur noch nach Paris zurück, um die Auflösung seiner Praxis abzuwickeln, ein komplizierter und langwieriger Akt, der Guido mehrere Wochen in Anspruch nahm.

Dann packte er die wichtigsten Sachen, die er zum Leben auf der Insel brauchte, in sein Auto und setzte sich ab.

Auf Korsika suchte sich Guido ein altes Bauernhaus, das die früheren Inhaber verlassen hatten. Sie waren aufs Festland in eine Stadt gezogen, um dort ihr Glück zu machen. Die Landwirtschaft und das karge Leben auf der Insel waren ihnen zu mühselig geworden - und wahre Wunderdinge hatten sie vom schönen, unbeschwerten Stadtleben gehört.

Guido lebte allein auf dem Bauernhof, an dem es ununterbrochen etwas zu mauern, zu renovieren und auszubessern gab. Aber nach und nach schuf er sich sein eigenes Paradies, von Pflanzen, Blumen und Bäumen zugewachsen, sehr primitiv, aber urwüchsig und ehrlich.

Einen großen Raum nutzte Guido für sich als Atelier. Es war das Zimmer im ersten Stock, mit vier Fenstern, durch die helles Licht hereinflutete. Guido hatte schon sehr früh sein Talent zum Malen erkannt - und ums Haar wäre er an die Kunstakademie gegangen und hätte Malerei studiert. Aber es war damals anders gekommen.

So blieb ihm die Malerei immer nur als Hobby, bis er eben in Korsika Ernst machte. Er begann Bilder zu malen - und dabei kam ihm seine Erfahrung als Psychotherapeut zugute: denn Guido malte nur seine eigenen Träume.

Diese Geschichte vom Künstler, der jetzt seine Bilder in der Ausstellung zeigte, erzählte der Inhaber der Galerie in seiner Begrüßungsansprache. Er wollte damit die Besucher einstimmen in die Gefühlswelt des Malers, der in der Folgezeit mit seinen Traum-Bildern immer bekannter geworden war und gut davon leben konnte.

Auch der Künstler selbst sprach dann ein paar Sätze: erfrischende, originelle Gedanken zum Thema.

Danach hatten die Besucher Gelegenheit, die Bilder anzuschauen. Sie machten sich mit dem obligaten Gläschen Sekt in der Hand auf den Rundgang. In kleinen Gruppen standen sie vor den Werken, diskutierten, prosteten sich zu, urteilten: halt das übliche Ritual bei Ausstellungseröffnungen.

Kern sah sich die Bilder natürlich auch an - mit besonderem Interesse und hellwach, weil er einen Bezug zu seinem eigenem Traum von der letzten Nacht herauszufinden hoffte.

Die Bilder waren nach Kerns Meinung sehr schön. Sie strahlten etwas aus, das einem Ruhe gab, Klarheit und gute anregende Gedanken.

Es waren wirklich gemalte Träume: großflächige, mit Pastelltönen hingezauberte Stimmungen, die in Fabelwesen und realen Gegenständen ineinander übergingen. Ein schemenhafter Frauenkopf zerfloß in einer zarten Wolke, die sich im Himmel auflöste. Bäume und Wurzeln verschmolzen mit Erde und Wasser, eingehüllt in anrührende Farbpoesie, die aufwärtsstrebend sich erhellte und oftmals überging in gleißendes Licht. Die Gesichter und

Gestalten, die in diesem Wechselspiel von Farben und Formen zu erkennen waren, strahlten Würde aus - nichts von diesen Horrorvisionen, wie sie oft von Egozentrikern auf die Leinwand geschleudert wurden. Guidos Bilder waren einfach schön, so abgegriffen dieses Wort in Kunstkreisen auch klingen mochte - Kern empfand es so. Sie waren nicht gegenständlich, obwohl man Formen deutlich erkennen konnte, es waren keine Sonntagsmalereien, und trotzdem spürte der Betrachter, daß sie abstrahlten, was ursprünglich einmal unter „schönen Künsten'' verstanden worden war.

Hinweise auf seinen eigenen Traum, eine symbolische Verknüpfung zu seinen geträumten Bildern der letzten Nacht, hatte Kern jedoch nicht feststellen können. Aber er war nicht enttäuscht, im Gegenteil! Die Bilder, die er jedes einzeln für sich betrachtete, beglückten ihn - und daß er hierher gekommen war, hatte seinen Zweck schon allein damit erfüllt.

Wieder stand Kern lange vor einem dieser Traumbilder und merkte plötzlich, daß er sich so direkt davor aufgebaut hatte, daß er anderen die Sicht versperrte.

„Pardon'', sagte er, halb zu sich selbst, halb zu der Person neben ihm, und wich etwas nach links aus.

Neben ihm trat eine junge Frau näher heran. Fasziniert schaute sie auf den gemalten Traum. Kern kannte sie nicht, er hatte sie in seiner Stadt noch nie gesehen. Sie hatte kein Sektglas in der Hand, was den Eindruck verstärkte, daß sie nicht zur Kultur-Schickeria rund um den Galeristen gehörte. Sie war offensichlich alleine in die Ausstellung gekommen.

Kern hatte diese Bestandsaufnahme eher spontan gemacht, innerhalb weniger Sekunden. Jetzt erst betrachtete er die Frau bewußt. Sie sah ungewöhnlich aus. Unter halblangen, dunklen Haaren trat ein Gesicht hervor, das dem Menschen Charakter gab. Aber nicht schön im klassischen Sinn, nicht von ebenmäßiger Ästhetik. Eine hohe Stirn, eine fast etwas zu große Nase, ein kräftiger, großer Mund mit weichen vollen Lippen - jeder Teil für sich unvollkommen, aber in der Gesamtheit ein ausdrucksvolles Gesicht, keine Pin-up-Maske. Die Ringe an ihrem Ohr stammten sicher nicht von einem teuren Juwelier, eher von einem Straßenhändler auf einer Mittelmeerinsel. Die Frau war mittelgroß, sie mochte um die 30 sein.

Kern war von diesem Typ, der in einem knöchellangen, dunkelblauen Kleid mit verschiedenen farbigen Schärpen und Überwürfen neben ihm stand, fasziniert.

Er starrte sie an - und sie schien plötzlich zu merken, daß jemand den Blick von der Seite auf sie heftete.

Sie wandte den Kopf zu Kern, lächelte, daß ihre festen Zähne zum Vorschein kamen. „Gefallen Ihnen die Bilder nicht mehr?''

Kern war einen Moment lang verwirrt.

„Doch, doch - aber Sie sind auch ein Traum...''

Beide lachen - eine komische Situation, doch ganz natürlich.

„Aber um Ihre Frage von vorhin zu beantworten: die Bilder gefallen mir, ausnehmend gut sogar'', sagte Kern.

„Mir geht es genauso. Ich bin ganz hingerissen, obwohl ich sonst eher knalligere Farben mag. Aber hier nehmen einen die weichen, zarten Töne direkt mit hinein in die

Träume. Bei einigen Bildern habe ich das Gefühl, als saugt mich das Motiv auf und zieht mich mitten hinein in diese Welt voller Harmonie...'', meinte die junge Frau.

Auch Kern war es so gegangen.

Die beiden gingen gemeinsam durch die Galerie, sahen sich jedes der Werke lange an, sprachen darüber und genossen die stille Kraft, die die Bilder ausstrahlten.

Kern und seine Begleiterin waren sich von der ersten Sekunde an sympathisch - in einer einfachen, selbstverständlichen Weise. Sie sprachen miteinander, tauschten immerhin sehr persönliche Eindrücke und Gefühle im Zusammenhang mit den Bildern aus, obwohl sie sich noch nicht einmal beim Namen ansprechen konnten. Es war, als würden sie sich seit Jahren kennen, als wären sie Freunde seit eh und je.

Nach etwa einer Stunde - die Ausstellungsgäste machten sich allmählich daran, sich vom Galeristen zu verabschieden - waren auch Kern und die junge Frau zum Aufbruch bereit.

„Ich habe mich noch gar nicht vorgestellt'', sagte Kern, als er ihr in den Mantel half, „mein Name ist Klaus Kern. Ich wohne hier in der Stadt.''

„Ich heiße Barbara Koslowski. Ich bin aus dem Ruhrgebiet hierhergezogen - daher auch der etwas komplizierte Nachname, wir stammen aus Polen. Sagen Sie einfach Barbara zu mir.''

Draußen wurde es dunkel.

„Haben Sie Lust, mit mir noch zum Essen zu gehen? Zwei Ecken weiter ist ein guter Italiener - ich würde mich freuen, wenn wir uns noch ein bißchen unterhalten könnten'', bot Kern an.

„Ich komme gerne mit.''

Barbara sagte es, ohne sich zu zieren. Als sei es das natürlichste auf der Welt, daß sie mit einem Mann, den sie soeben kennengelernt hatte, den weiteren Abend verbrachte.

Die beiden schlenderten zu dem Restaurant hinüber, traten ein, gaben ihre Mäntel ab und ließen sich einen ruhigen Tisch zuweisen.

Es war ein angenehmes Lokal. Nicht zu aufwendig, sauber - und man aß dort gut. Kern war schon öfters dagewesen, er liebte diese ungekünstelte Atmosphäre.

Beide bestellten als Vorspeise Tomaten mit Mozarella-Käse und Basilikum - und als Hauptgericht eine Seezunge nach Art des Hauses. Dazu einen offenen Orvieto und zwei Flaschen Mineralwasser.

„Ich hatte vor zehn Jahren eine Freundin, mit der gab es wenige Gemeinsamkeiten - eine war, daß wir beide Hähnchen vom Grill liebten. Sie wurde später meine Frau.''

Barbara lachte.

Die beiden knüpften an das Gespräch von vorhin in der Galerie wieder an.

Barbara interessierte sich sehr für Malerei. Sie hatte zwar durch ihren Beruf wenig Zeit. Als Vorstandssekretärin in einer Aktiengesellschaft war sie von ihrem Chef ziemlich in Beschlag genommen. Daß sie gut verdiente, war dafür ein kleiner Ausgleich, aber lange wollte sie das nicht mehr machen. Sie hatte vor, einen anderen

Job anzunehmen, um wieder mehr Zeit für sich selbst zu haben.

Zur Kunst hatte sie eine besondere Beziehung bekommen, als sie in Paris an der Sorbonne Französisch studierte und dort viele Freunde und Bekannte aus der „Szene'' hatte. Nach dem Sprachendiplom, als sie nach Deutschland zurückgekehrt war, wurde die freie Zeit immer knapper. Aber ihre Beziehung zur Malerei nahm eher zu, als daß sie sich durch den Beruf abschwächte.

„In der letzten Zeit allerdings macht es mir nicht mehr soviel Freude'', sagte sie, „weil die ganze Szene nur noch von Leuten besetzt ist, die in krankhaften Selbstdarstellungen und hinter lauten Gags ihre Un-Kunst verdekken. Alles ist zu laut geworden, zu selbstherrlich, zu schrill. Auch die Kritiker gehören dazu. Ich bin sehr enttäuscht von dem, was heute geschieht. Ich glaube, mit ehrlicher Kunst hat das nur selten etwas zu tun...''

Barbara sprach Kern aus der Seele. Auch er hatte schon lange den gleichen Eindruck, obwohl er fachlich natürlich nicht den Überblick und das Verständnis hatte wie sie.

Aber auch diese Entwicklung in der Kunst sah Kern inzwischen unter dem Aspekt des Paradigmenwechsels. Die alten Maßstäbe waren nicht mehr anwendbar auf neue Entwicklungen, und so waren Tür und Tor geöffnet für Scharlatane, die sich in der nicht objektiv bewertbaren Kunst austobten.

„Viele behaupten'', fuhr Barbara fort, „daß sie schokkierende Mittel verwenden müßten, um die Menschen aufzurütteln. Das Elend in der Welt, sagen sie, kann man nicht mit Pastellfarben widergeben. Aber ich glaube: Der

Zweck heiligt die Mittel nicht, wie manche meinen. Im Gegenteil: Gute Zwecke sind mit schlechten Mitteln nicht erreichbar. Wenn Sie eine Entzündung an der Fingerkuppe haben, lassen Sie sich ja auch nicht gleich den Arm amputieren.''

„Und Sie glauben, daß viele Künstler zwar einen guten Zweck anstreben, also zum Beispiel wachrütteln wollen gegen die Zerstörung der Umwelt - daß sie dazu aber viel zu destruktive Mittel einsetzen?'', fragte er Barbara.

Die nickte. „Genau das ist bei den meisten der Fall. Glauben Sie im Ernst, daß man einen Beitrag leistet zur Wiederherstellung der Würde des Menschen, wenn man diesen Menschen im Ölbild darstellt als zerfressenes, gieriges, schweinisches Lebewesen? - Ich nicht, danke.

Die Bilder, die Musikstücke, die Plastiken, die uns viele Künstler heute vorsetzen und mit denen sie uns angeblich helfen wollen, Mißstände zu erkennen, sind in ihrer Wirkung meist schlimmer als der Mißstand, den sie bekämpfen.

Wir leben in einer sehr sensiblen Welt. Vor allem Künstler nehmen das für sich in Anspruch. Aber im gleichen Moment wählen sie die brutalste Abschreckung als Mittel, um uns zum Guten zu wenden? Wir sind doch keine Neandertaler mehr, denen man die Keule auf den Kopf schlagen muß. Statt daß sie uns mit ihrer destruktiven Kunst angst machen, sollten sie in uns die Sehnsucht nach dem Guten wecken. Durch gute Musik und gute Bilder in uns die Sehnsucht zum Konstruktiven zu wecken - mit allen Fähigkeiten und Stilmitteln, die dem Künstler dabei zur Verfügung stehen: das wäre sinnvoll.''

„Wir haben in uns wahrscheinlich zwei Saiten: eine empfängt die guten Töne, die andere reagiert auf die bösen Töne'', sagte Kern. „Kunst, die aus dem Bösen kommt und entsprechende Wellen aussendet, bringt wahrscheinlich die negative Saite im Menschen zum Vibrieren. Das äußert sich dann bei diesem Menschen in schlechten Gedanken und schlechten Handlungen.''

Die beiden machten eine Pause. Sie hatten fast vergessen, daß die Vorspeise schon auf dem Tisch stand.

Während sie aßen, begann Kern erneut mit dem Gespräch.

„Wissen Sie, was mein Freund machen will? Er arbeitet mit seinen Studenten an einem Experiment. Er will Mäuse im Labor mit ganz übler Rockmusik ‚belärmen', Tag für Tag, Nacht für Nacht - die Jungen genauso, dann wieder die Nachkommen und so fort...''

„Und was soll das?'', fragte Barbara.

„Er ist von der Idee besessen, daß in einer späteren Generation die destruktive Musik bei den Mäusen Verhaltensstörungen erzeugt. Er glaubt, daß dann Kannibalismus auftritt, daß sich die Mäuse selber fressen oder vernichten.''

„Ein schönes Thema beim Essen, finde ich - prost.''

Barbara lachte und hob ihr Glas. Kern stieß mit ihr an.

Der Abend im Restaurant verging wie im Flug.

Es war schon fast elf, als die beiden das Lokal verließen. Kern brachte Barbara noch bis zu ihrem Auto, das vor der Galerie stand. Ihre Telefonnummer hatte er sich im Lokal notiert, ihre Adresse auch. Sie wohnte am Stadtrand, gar nicht weit von ihm entfernt.

„Ich rufe Sie morgen abend an'', sagte Kern, „vielleicht haben Sie wieder Zeit auf ein Glas Wein - und danke für den Abend. Er war sehr schön.''

Barbara drückte Kern die Hand.

„Mir hat es auch gefallen. Gute Nacht. Und bis morgen.''

Sie stieg ins Auto und fuhr davon.

Klaus Kern rief Barbara am nächsten Tag an, setzte sich abends mit ihr auf eine Flasche Wein in einer kleinen Bodega zusammen, telefonierte auch an den folgenden Tagen mehrmals mit ihr, sah sie meist kurz in ihrer Mittagspause im Café - die beiden nutzten jede freie Minute, um zusammen zu sein. Sie sprachen vom Leben und spürten aus diesen Gesprächen, wie nahe sie sich in ihrem Denken und Fühlen standen.

Kern hatte bisher noch kein Wort von seiner Krankheit erwähnt. Er zögerte, ob er Barbara überhaupt einweihen sollte. Sie würde alles ja noch früh genug mitbekommen, dann nämlich, wenn das Leiden offen zutage trat. Sollte er das kurze Verhältnis deshalb schon jetzt damit belasten? Andererseits war Barbara eine Frau, die Offenheit sicher verstehen würde, vielleicht sogar wünschte. Kern war sich in dieser Frage nicht klar. Doch er verließ sich mittlerweile auf seine Intuition und wollte mit ihr darüber reden, sobald ihm dies seine innere Stimme eingab.

Barbara, das hatte Klaus Kern von ihr erfahren, lebte seit einem Jahr in der Stadt. Sie hatte hier ihre gute Position in einem Großbetrieb bekommen - und die wollte sie damals nicht ablehnen. Inzwischen dachte sie anders darüber. Aber sie hatte sich eingewöhnt, und weil ihre Eltern, um die sie sich kümmerte, ebenfalls mitgekommen waren, mochte sie nicht schon wieder fortziehen und die ganzen Umstände auf sich nehmen, die ein Wohnort- und Berufswechsel mit sich brachte. Besonders wohl jedenfalls fühle sie sich in der Stadt nicht, hatte sie zu Kern gesagt.

Barbara war 31. Mit 22 hatte sie in Paris einen Kunststudenten geheiratet, eine Entscheidung, die sie „über Nacht'' - im wahrsten Sinne des Wortes - getroffen hatte. Die Ehe mit dem chaotisch veranlagten jungen Mann erwies sich schon bald als Katastrophe. Nach einem halben Jahr hatte sich Barbara von ihm getrennt und scheiden lassen.

„Gott sei Dank war kein Kind da. Maurice, mein Mann, drängte immer darauf. Unvorstellbar, wenn aus dieser Beziehung ein Kind entstanden wäre'', sagte sie.

„Du hättest es ja wegmachen lassen können'', meinte Kern.

„Möglicherweise hätte ich das damals getan, aber die Frage stellte sich nicht.'' Heute, meinte Barbara, denke sie über dieses Thema anders, sie habe überhaupt ein völlig verändertes Bild vom Leben.

„Ich weiß nicht, wie du das meinst...''

Barbara nippte an ihrem Glas. Sie saßen wieder in dem kleinen Rathaus-Café.

„Ein Leben ist für mich die Aneinanderreihung verschiedener Räume. Jeder Raum muß durchwandert werden, mit bestimmten Gedanken und Personen, die dich in diesem Zeitraum begleiten. Dann sind die Erkenntnisse und Erfahrungen dieses Lebensabschnittes zu Ende - du verläßt den Raum, verläßt die Gedanken und Personen und betrittst den nächsten Raum. Und hier begleiten dich wieder Gedanken und Personen, bis du auch dort am Ende ankommst und den Raum verläßt. So geht das fort und fort. Wenn du Glück hast, nimmst du einige Gedanken durch alle Räume mit, das sind dann aber gewiß die wichtigsten Erfahrungen im Leben. Vielleicht gibt dir Gott auch die Gnade, daß du parallel zu deiner Entwicklung und zu deinem Tempo beim Durchschreiten der Lebensräume eine Person an deiner Seite hast, die sich genau in gleicher Weise mitentwickelt - das wäre ein Glücksfall. Meist ist es anders und du mußt dich von vielen Menschen trennen. Vielleicht triffst du manche sogar im übernächsten Raum wieder und sie werden dir vertraut, obwohl du sie in einer früheren Phase nicht verstanden hast.''

Kern staunte über die Lebensklugheit der Einunddreißigjährigen. Andererseits kamen ihm Zweifel, ob bei dieser Lebenseinstellung Beziehungen unter Menschen überhaupt dauerhaft möglich waren - nicht nur zwischen Mann und Frau, auch zwischen Eltern und Kindern.

Er stellte Barbara diese Frage.

„Ich halte das tatsächlich für ein Problem. Und wenn du in deinen Freundeskreis hineinschaust: Wieviele gute und dauerhafte Beziehungen zwischen Mann und Frau kennst du? Meist sind es Zweckgemeinschaften geworden, die durch hundert Schnüre im äußeren Leben zusammengehalten werden: durch Ratenzahlungen und den standesamtlichen Vertrag, durch das gemeinsame Haus und gemeinsame Kinder - und natürlich auch durch die Angst, alleine leben zu müssen. Aus solchen Gründen ziehen es die Menschen vor, den Raum, den sie einmal betreten haben, nicht mehr zu verlassen. Sie verzichten lieber auf ihre eigene Fortentwicklung, um das bisher Erworbene nicht zu gefährden'', sagte Barbara.

„Aber das ist noch keine Antwort auf meine Frage'', nahm Kern den Faden wieder auf, „gibt es nach deiner Meinung überhaupt dauerhafte Beziehungen zwischen zwei Menschen?''

„Ich denke ja'', antwortete Barbara, „und ich halte sie für sehr sinnvoll, solange sie die persönliche Entwicklung des einzelnen nicht behindern. Aber zu einer guten Beziehung, die auch auf Dauer Chancen hat, reicht es nicht aus, daß sich die beiden Leute innerlich nahe sind, das setze ich einfach voraus. Sich ständig in die Augen zu schauen, sich ununterbrochen gegenseitig die Liebe zu bestätigen, gemeinsame Reisen zu machen - das ist zu wenig. Die Beziehung hat erst dann eine Chance, ein Leben lang zu halten - ich meine jetzt eine wirklich gute Beziehung, keine goldene Hochzeit bei verkniffenem Gesicht -, wenn sie kein Selbstzweck ist. Die Beziehung sollte ein Mittel sein, um ein gemeinsames Ziel zu erreichen.''

„Aber ist es denn kein Ziel, Kinder zu erziehen, ein gemeinsames Haus zu bauen, Reisen zu unternehmen...?'', wollte Kern wissen.

„Klar - das sind schon Ziele, wie ich sie meine. Nur: je materieller so ein Ziel ist, desto näher bleibt es an der Zweier-Beziehung kleben. Die wirklich guten, erstrebenswerten Ziele liegen wahrscheinlich höher. Die beiden Partner müssen ihren Blick, den sie sonst nur aufeinander richten, in die gleiche Richtung wenden - zum Ziel. Die Beziehung muß den beiden helfen, das gemeinsame Ziel zu erreichen. Und dieses Ziel muß wie ein Magnet wirken, wie eine Vision, auf die beide zugehen, dann lösen sich die vielen kleinen Probleme, die das Zusammenleben so schwer und oft so unerträglich machen, von selber auf. Die Kraft, die vom Ziel ausgeht, läßt dann den einzelnen kaum noch links oder rechts vom Weg abweichen.''

„Warum bist du nicht wieder verheiratet?'', fragte Kern.

Barbara lachte. „Warum wohl? Jetzt habe ich versucht, dir zu erklären, wie nach meiner Meinung eine Beziehung zwischen zwei Menschen aussehen soll. Ich habe niemanden kennengelernt, mit dem ich so ein Leben führen kann.''

In Kern war ein Wandel vorgegangen.

Kein dreiviertel Jahr zurück glaubte er noch, seine Erfüllung liege im Schoß jener Schmusekatzen, die sich in Discos und Nachtbars zur Verfügung hielten - für ein paar Stunden, für eine Nacht, ein Wochenende. Jetzt, da sich sein eigenes Leben dem Ende zuneigte, wurde ihm bewußt, wie der richtige Weg aussah.

Und Barbara empfand er als Abschiedsgeschenk.

Noch immer hatte er mit ihr nicht über seine Krankheit gesprochen. Aber er nahm sich vor, es bald zu tun. Vorher wollte er sich noch einmal untersuchen lassen, um Klarheit über seinen Zustand zu erhalten. Dann würde er mit Barbara darüber reden.

Die beiden kannten sich jetzt seit zwei Wochen, waren viel zusammen, gingen miteinander essen und ins Café, spazierten durch die Wälder und wärmten sich in kleinen Kneipen bei Glühwein auf.

Trotzdem erschien Kern die Beziehung zu Barbara fast unwirklich, zumindest nicht typisch für eine so lockere Zeit, in der ein einziges gemeinsames Glas Sekt schon als Vorbereitung für eine gemeinsame Nacht reichte. Barbara und Kern hatten sich wohl ein paarmal flüchtig geküßt, beim Spazierengehen, im Auto, auf der Straße - doch mehr war nicht passiert.

Am 15. März hatte Klaus Kern Geburtstag. Er wurde 39.

Barbara sagte er nichts davon. Er lud sie nur zu sich nach Hause ein - das erste Mal, daß sie in seine Wohnung kommen sollte.

Er wünschte sich, daß sie diesen Abend miteinander feierten. Dazu wollte er ein paar Schlemmereien einkaufen: Lachs, Shrimps, feine Salate, Weißbrot, französischen Wein. Und für den Schluß einen Schampus.

„Ich bin sowieso schon gespannt, wie es bei dir daheim aussieht'', lachte sie, nachdem Kern sie für Montag abend eingeladen hatte.

Als sie an diesem Abend beieinander saßen, bei Kerzenlicht und den feinen Speisen, bei trockenem Weißwein und guten Gesprächen, spürten beide, daß sie heute auch ihre erste Nacht gemeinsam verbringen würden. Sie fühlten es, ohne darüber zu sprechen.

Barbara blieb bei Klaus Kern über Nacht. Sie fanden in der Umarmung die gleiche Harmonie wie im Sprechen, Denken und Fühlen.

In den nächsten Tagen waren Barbara und Kern noch häufiger beisammen als vorher. Sie empfanden immer tiefere Zuneigung zueinander, zumal sie spürten, daß sie sich auf den Wegen zu ihren Zielen gegenseitig helfen konnten. Sie beteten in Kapellen und kleinen Kirchen miteinander, meditierten gemeinsam, unterhielten sich. Sie kamen sich näher und näher, wuchsen im Geist zusammen, sendeten und empfingen auf der gleichen Welle - und empfanden die Beziehung zueinander als glückhaften Zustand.

Bei den Unterhaltungen stellte Kern eines Tages auch fest, daß sich Barbara mit Träumen befaßte, daß sie viele Bücher darüber gelesen hatte und wohl eine ganze Menge wußte über die in den Träumen auftauchenden Symbole.

Kern fiel sein eigener Traum wieder ein, den er vor einiger Zeit gehabt hatte. Er wollte deshalb eigentlich Peter Rieger anrufen, hatte es aber durch die Bekanntschaft mit Barbara, die fast seine gesamte Zeit ausfüllte, nicht getan. Inzwischen hatte er den Traum schon fast vergessen. Komisch, dachte er jetzt bei sich, wo doch mein Besuch der Ausstellung damals, als ich Barbara kennengelernt hatte, nur diesem einzigen Zweck gedient hatte.

Jetzt sprach er mit Barbara darüber, als sie ihn besuchte. Er schilderte ihr den Traum in allen Einzelheiten.

„Ich lag mit anderen Patienten gemeinsam im Krankenzimmer. Zwei der Kranken wurden künstlich ernährt, über ihnen hingen diese Flaschen mit Infusionslösung. Da öffnete sich plötzlich die Tür und ein Kind, vielleicht sechs Jahre alt, ein Junge, der ein weißes Hemd trug, betrat den Raum. Er kam direkt auf mich zu, nahm mich bei der Hand - ich warf meine Bettdecke zurück, erhob mich und folgte dem Buben. Der führte mich aus dem Krankenzimmer hinaus. Wir standen sofort auf einer wunderbaren Wiese. Es war wie im Märchen. Wir gingen beide durchs Gras zwischen den vielen bunten Blumen, die Vögel zwitscherten. Der Junge hatte mich noch immer an der Hand gefaßt.

So erreichten wir eine lange, schmale Holzbrücke, die über einen Fluß führte. Nebeneinander gingen wir über die Brücke, unter uns ruhig dahinfließendes, grünes Wasser. Auf der anderen Seite des Flusses, gleich nach der Brücke, dehnte sich, soweit das Auge schauen konnte, ein Wald von Bäumen aus, die alle in voller Blüte standen. Es duftete herrlich, und unter der weißen Blütenpracht ging ich mit dem Kind an der Hand spazieren. So endete der Traum.''

Barbara dachte lange nach.

,,Hm'', meinte sie nach einer Weile, ,,der ist gar nicht so schwer zu deuten. Es sind nämlich nur einige wenige wichtige Symbole drin: das Krankenzimmer mit dir - das zeigt an, daß du an etwas leidest. Während sonst die Botschaften aus der Seele meist sehr verschlüsselt mitgeteilt werden, ist es bei Krankheiten umgekehrt: Da entspricht die Traumsituation sehr direkt dem körperlichen Zustand. Du müßtest demzufolge ziemlich krank sein, aber das ist ja nicht möglich: du bist putzmunter. Dann wird sich das wahrscheinlich auf die Vergangenheit beziehen oder auf die Zukunft. Du warst oder wirst wahrscheinlich krank.

Dann das Kind, das dich herausführt. Das ist ein sehr positives Symbol. Es bedeutet für dich: neues Leben. Du läßt deinen alten Zustand, also offenbar diese Krankheit, zurück und beginnst neu zu leben. Daß dieses Leben unbeschwert sein wird, darauf deutet die schöne Wiese hin, durch die du mit dem Kind gegangen bist. Die Brücke über den Fluß verstärkt das noch einmal: Sie führt symbolisch in eine gute Zukunft. Daß sie besonders lang ist, läßt darauf schließen, daß du, indem du sie überquerst, einen großen Fortschritt in deinem Leben machst.

Ja - und die blühenden Bäume zum Schluß, das ist etwas ganz Gutes. Ein Baum, der in Blüte steht, ist ein Symbol für die Besserung des eigenen Zustandes - wie eine Heilung. Und die Blüten symbolisieren das Wachsen und Entfalten im Menschenleben. Ich bin zwar kein Psychoanalytiker, aber ich glaube, daß diese Deutung stimmt, weil der Traum nicht allzu kompliziert ist.

Er ist jedenfalls sehr positiv, sage ich dir. Bloß mit der Krankheit oder dem Leiden am Anfang - das verstehe ich nicht recht. Vielleicht mußt du aufpassen, weil dir so etwas noch bevorsteht, aber es wird dann gut ausgehen für dich.''

„Bist du sicher, daß du den Traum richtig ausgelegt hast?''

Kern war kaum in der Lage, seine Erregung zu verbergen, schließlich war in dieser Deutung ein sehr klarer Hinweis auf seine Krankheit enthalten. Mehr noch: darauf, daß er diese Krankheit überwinden konnte, daß er sogar in diesem Prozeß der Selbstheilung offenbar schon mitten drin war.

Barbara konnte nicht ahnen, was sie mit ihren Sätzen bei ihm ausgelöst hatte: Hoffnung, Hoffnung auf Leben!

Klaus Kerns Stimme war belegt, so groß war seine innere Bewegung geworden. Das Herz schlug ihm bis zum Hals. Sollte in dieser Sekunde sein Todesurteil aufgehoben worden sein?

Barbara wußte von Kerns Krankheit nichts. Er hatte es immer wieder vor sich hergeschoben, sie zu informieren. Wahrscheinlich steckte in ihm die Angst, daß er die Frau verlieren würde, wenn er ihr das sagte. Nicht, daß Barbara ihn verlassen würde, das glaubte Kern nicht, aber daß jählings eine Barriere auftauchte, eine Trennscheibe zwischen der Gesunden und dem Todkranken. Wer umarmt schon gerne einen, der krebskrank ist, küßt ihn, gibt sich ihm körperlich hin? Kern wollte wahrscheinlich die herrliche Zeit mit Barbara genießen - ganz, ungeteilt in Geist und Körper.

„Ich muß dir etwas sagen'', stieß Kern hervor.

Barbara hob die Augenbrauen. „Das klingt ja sehr pathetisch?''

Kern trommelte mit seinen Fingern auf der Tischplatte. „Du hast mich am Anfang unserer Beziehung gefragt, was ich arbeite. Ich habe dir erzählt, daß ich jetzt erst einmal vorhabe, ein Jahr lang auszuspannen. Danach, so sagte ich dir, würde ich erneut einen Job in meiner alten Branche annehmen. Diese Geschichte habe ich in ähnlicher Form allen Leuten erzählt, auch meinem Chef und meiner Bank.

Aber das war eine Lüge.

Ich habe vor einem dreiviertel Jahr von meinem Arzt die Mitteilung bekommen, daß ich unheilbar krebskrank bin. Er gab mir noch zwölf Monate.''

Und dann erzählte Kern die gesamte Geschichte.

Barbara kam aus dem Staunen nicht mehr heraus. Als Kern fertig war, blickte sie ernst.

Sie schaute ihn lange an, voller Mitgefühl und Trauer. Aber je länger sie ihm in die Augen sah, desto mehr verschwand diese Trauer. Tränen stiegen ihr hoch, aber keine Tränen der Enttäuschung, keine Tränen des Mitleids für Klaus. Es waren Tränen der Freude, sie füllten ihre Augen, mehr und mehr, rollten an den Wangen herab - Barbara weinte vor Freude.

„Klaus'', stammelte sie unter Tränen, „dein Traum - du wirst leben, wir werden leben. Du hast den Tod überwunden... du wirst leben, leben, wir werden leben.''

Klaus war angerührt.

Seine Erregung über die Botschaft aus dem Traum schlug jetzt um in Hilflosigkeit, in Freude, in Liebe. Er schlang seine Arme um die immer noch weinende Barbara, auch ihm stiegen Tränen auf - ihm, der nie geweint hatte, der sein Leben stets rational und mit kühlem Verstand gelebt hatte.

Die beiden lagen sich in den Armen und weinten.

Das Weinen ging über in Streicheln, sie umarmten sich, sie küßten sich - um sie herum war alles vergessen. Die Welt hatte keine Vergangenheit und keine Zukunft, Barbara und Klaus waren eins geworden in Raum und Zeit. Ohne zu wissen, wie alles geschah, fanden sie sich unbekleidet nebeneinander auf dem Bett wieder, küßten sich, streichelten sich - keiner spürte das Gewicht des anderen Körpers, sie waren frei, frei, frei...

Sie lachten miteinander in ihrer Umarmung, wälzten sich wie Kinder und weinten. Ihre Liebe und ihre guten

Gefühle strahlten Kraft aus, die aufeinander überging, die wie eine ungeheuere Energie um sie herum alles auflud. Sie waren eins mit sich und ihren Gefühlen. Die Körper waren ohne Gewicht, nicht zu spüren, nur noch Geist und Liebe umfluteten die beiden - und im Orgasmus ertrank und verschmolz alles miteinander.

Etwas Großes, Würdevolles, Göttliches war geschehen.

Ruhig atmend lagen Klaus und Barbara nebeneinander, Arm in Arm, voller Demut gegenüber diesem Augenblick, der sie für Sekunden aus der Welt herausgeführt hatte.

„Gestern war ich tot'', sagte Klaus und starrte zur Decke, „und jetzt bin ich neugeboren - gleich zweimal: erst durch den Traum und jetzt durch das.''

Beide fühlten das gleiche: Sie hatten erlebt, daß ihre Sexualität sich losgelöst hatte vom Körper, daß sie sich auf unerklärbare Weise umgewandelt hatte in reine Liebe, in eine vollkommene Einheit zweier Geschöpfe, in ein wunderbares Zusammenfließen von Fühlen und Berühren.

„Ich glaube, das war es, wovon wir neulich gesprochen haben'', begann Barbara, „ich habe so etwas noch nie erlebt.''

Klaus Kern schwieg lange. „Du meinst, das war eine Gotteserfahrung - ausgerechnet bei sowas...?''

„Ich glaube schon'', antwortete Barbara.

19

Geburtstag

Das gemeinsame Erlebnis beschäftigte die beiden in den nächsten Tagen stark. Sie hatten zum ersten Mal erfahren, daß Sexualität etwas anderes sein konnte: nicht nur Körperliches, Niedriges oder gar Gemeines, kein schlechter Gedanke und keine aufreizende Handlung. Es war eine Erfahrung an der Grenze menschlicher Wahrnehmungen - und es war für beide unglaublich schön gewesen.

Barbara und Klaus empfanden dieses Erlebnis als Gnade, als etwas, das sie gemeinsam geschenkt bekommen hatten. So schön dieses Erlebnis war - beide wußten auch, daß damit etwas in ihnen abgestorben war: die Fähigkeit, sexuelle Beziehungen der alten Art wieder einzugehen.

Auch sonst hatte sich für Barbara und Klaus Kern das Leben verändert.

Sie sahen die Menschen und Tiere, die Pflanzen und alles, was rundherum geschah, mit neuen Augen. Und sie versuchten das zu tun, was Pater Thomas zu Kern gesagt hatte: essen, wenn man aß; lesen, wenn man das Buch in der Hand hatte; zuhören, wenn der andere redete...

Beide lebten jetzt ihr Leben bewußt.

„Ich fühle mich wie neugeboren'', sagte Barbara zu

Klaus, „vielleicht ist das die Auferstehung, von der in der Bibel immer die Rede ist: Jetzt erst lebe ich. Dabei habe ich das Gefühl, ich brauche keine Kirche, keine zehn Gebote. Ich glaube, wem sich Gott einmal offenbart hat, der kann gar nicht mehr anders handeln. Der braucht keine Vorschriften und keine Verbote mehr. Die sind wahrscheinlich nur solange wichtig, bis der Blitz einschlägt. Danach bist du frei - auch frei von Regeln und Maßregeln, die nur wichtig sind, um eine Atmosphäre zu schaffen, damit so ein Erlebnis möglich wird.''

Viereinhalb Wochen waren schon vergangen seit dem Ereignis, das ihr Leben verändert hatte. Es war damals der Tag, an dem Barbara den Traum gedeutet hatte - mit dem Hinweis, daß sich Kerns Krankheit offenbar besserte.

Jetzt rief Kern seinen Arzt an und machte mit ihm einen neuen Untersuchungstermin aus.

In der Praxis sprach er lange mit Dr. Fermann. Er sagte ihm, daß er sich körperlich und geistig außerordentlich wohl fühle, ohne natürlich die intimen Erlebnisse zu erwähnen, die dafür der Auslöser waren. Allerdings erzählte er Dr. Fermann auch von seinem Traum und der Deutung, die seine Freundin ihm gegeben hatte. Dr. Fermann war ebenfalls überrascht von dem Trauminhalt - als Psychotherapeut bestätigte er Barbaras Deutungen der Symbole.

„Ich beurteile den Traum ganz ähnlich'', meinte er und schlug vor, daß Kern ein drittes Mal die Untersuchung am Immunszintigramm an der Universitätsklinik machen sollte.

Wieder vereinbarte Dr. Fermann kurzfristig einen Termin bei seinem Kollegen.

Schon am nächsten Tag suchte Klaus Kern die Uniklinik auf, ließ die Prozedur erneut über sich ergehen und wartete an den folgenden Tagen gespannt auf den Anruf von Dr. Fermann, der ja wieder die Untersuchungsergebnisse zugeschickt bekam.

Nach vier Tagen meldete sich der Arzt und bat Kern, er möge zu ihm kommen. Eine Stunde später saß Kern vor ihm.

Dr. Fermann kam gleich zum Thema.

„Sie kennen ja inzwischen die Untersuchungsmethode: Wenn im Körper Krebszellen vorhanden sind, dann erscheinen sie auf den Aufnahmen als rote Punkte und Flecken. Ich habe gestern die neuen Bilder bekommen und sie mit den zwei früheren Aufnahmen verglichen. Herr Kern, ich sage Ihnen das jetzt mit aller gebotenen Vorsicht: Das Rot auf dem letzten Bild ist deutlich weniger geworden.

Ich freue mich natürlich darüber, auch wenn mir der Prozeß völlig rätselhaft ist. So etwas habe ich, ehrlich gesagt, während meiner jahrzehntelangen Tätigkeit als Internist noch nicht erlebt. Ihr Krebs scheint allmählich zu verschwinden..."

Kern hatte hatte insgeheim gehofft, daß es so sein würde. Aber ganz hatte er der Traumdeutung doch nicht getraut.

Kern fühlte sich wie schwerelos. Dabei war ihm klar, daß der Neubeginn seines Lebens nicht die Überwindung des Krebsleidens war, sondern das kürzliche Erlebnis mit Barbara.

„Die Medikamente werden halt immer besser'', sagte Dr. Fermann. „Ich werde Ihnen die Arznei weitergeben und bitte Sie, auch die Dosierung so einzuhalten, wie wir es zuletzt besprochen hatten.''

Kern bedankte sich und verließ die Praxis. Wie in Trance eilte er die Treppen hinunter, hinaus auf die Straße. In ihm war die Sonne aufgegangen - den kalten Regen draußen im Freien spürte er nicht. Er ging zur nächsten Telefonzelle und rief Barbara im Geschäft an.

„Darf ich dich heute abend zum Geburtstag einladen?'', fragte er.

„Quatsch, der war doch erst...''

„Ich komme soeben von Dr. Fermann. Darf ich dich heute abend zu meinem Geburtstag einladen...?''

Barbara hatte verstanden.

Sie ließ einen Jauchzer los, den ihre Kolleginnen im Büro nicht deuten konnten. Die beherrschte Vorstandssekräterin, war sie durchgedreht?

Am Abend feierten Barbara und Klaus den Beginn des neuen Lebens. Kern war sich allerdings nicht sicher, ob das nun an dem philippinischen Wunderheiler gelegen war oder an der Inderin Sree, an den tibetischen „precious pills'' - oder am Ende wirklich an der Medizin von Dr. Fermann. Oder gar an ihm selbst und an der Veränderung seines Lebens, an der Selbstheilung seines seelischen Zustandes.

Es war ihm auch egal.

Er lebte, und jetzt wollte er nicht herumgrübeln und alles in kleine Scheiben schneiden.

Barbara und Klaus blieben diese Nacht wieder zusammen.

Die herrlichen Gefühle, die Kern in diesen Glücksstunden empfand, hatten auch seine Seele in Schwingung gebracht, so daß er - mit Barbara im Arm - in dieser Nacht einen Traum hatte, der ihm am Morgen so klar in Erinnerung geblieben war wie sonst nie.

Nach dem Erwachen, noch im Bett, schilderte er ihn Barbara. Weniger weil ihn die Deutung interessierte, sondern weil er ihr einfach etwas Faszinierendes, Klares und Schönes mit in den Tag geben wollte:

„Die Sonne ging unter und verschwand im Meer. Ich stand am Ufer und hielt einen toten Fisch in meinen Händen. Plötzlich wurde der Fisch lebendig und sprang ins Wasser zurück. Als er eintauchte, kam es zu einer Katastrophe - mit einer Springflut und einem Erdbeben: Es regnete vom Himmel Schlangen, Vögel, Stiere und Löwen. Aber die Katastrophe wurde verschlungen von einer riesigen Grotte.

Aus der Grotte tauchte dann ein Ei auf, das auf dem Wasser dahinschwamm. Das Ei öffnete sich, es teilte sich - und darin war eine Rose. Sie begann voller Zärtlichkeit und Sanftheit mit mir zu sprechen: ‚Ich bin nicht Gefühl und nicht Verstand. Ich bin nicht Gedächtnis und nicht das Ich, auch nicht der Sinn zum Hören oder Sehen. Ich bin nicht Körper und nicht Luft, nicht Erde und nicht Feuer.

Ich bin das vollendete Wissen und die Glückseligkeit.'

Dann verwandelte sich die Rose in einen goldenen Adler, der sich mit seinen mächtigen Schwingen erhob und majestätisch davonflog in ein märchenhaftes weißes Licht...''